W0024057

Matilda ist anders – die junge Frau hat eine ausgeprägte
Phantasie, und damit kann ihr vernunftorientierter und re-
alitätsgläubiger Mann so gar nicht umgehen. Ihre Tagträu-
me und Visionen sind für ihn Zeichen geistiger Verwirrung,
und er schickt sie kurzerhand zu Schrobacher, dem Psycho-
therapeuten, in den sich Matilda schon bald verliebt. Mit
ihrer Offenheit und unverblümten Art bringt sie seine fest-
gefügte Welt gehörig durcheinander.
Zur selben Zeit lernt Matilda Pauline kennen. Sie ist
Schriftstellerin, und Matilda ist vom ersten Augenblick an
fasziniert von ihr. Aber wie es der Zufall so will: Pauline ist
die Geliebte Schrobachers. Diese Menage à quatre entwik-
kelt eine dramatische Dynamik …
Eine faszinierende Geschichte über Wahn und Wirklichkeit, über weibliche und männliche Abhängigkeiten und
Aufbruchslust.

Erika Pluhar, 1939 in Wien geboren, war nach ihrer Ausbil-
dung am Max-Reinhardt-Seminar lange Jahre Schauspie-
lerin am Burgtheater Wien und als Sängerin tätig. Bislang
veröffentlichte sie mehrere Romane, Gedicht-, Lieder- und
Erzählungsbände. 2009 erhielt sie den Ehrenpreis des öster-
reichischen Buchhandels für Toleranz in Denken und Handeln.
Im insel taschenbuch liegen außerdem vor: *Spätes Tagebuch*
(it 4091); *PaarWeise* (it 4183); *Schatten der Zeit* (it 4247);
Reich der Verluste (it 4282), *Die öffentliche Frau* (it 4354).

insel taschenbuch 4432
Erika Pluhar
Matildas Erfindungen

Erika Pluhar

Matildas Erfindungen

Roman

Insel Verlag

Erstausgabe dieses Romans:
Hoffmann & Campe Verlag, Hamburg 1999.

Dieses Werk wurde vermittelt durch die
Michael Meller Literary Agency GmbH, München.

Erste Auflage 2016
insel taschenbuch 4432
Insel Verlag Berlin

Vertrieb durch den Suhrkamp Taschenbuch Verlag
Umschlag: hißmann, heilmann, hamburg
Umschlagfoto: Maria Stijger © plainpicture
Druck: Druckhaus Nomos, Sinzheim
Printed in Germany
ISBN 978-3-458-36132-9

Diese Geschichte ist vollkommen wahr,
weil ich sie von Anfang
bis Ende erfunden habe.

Boris Vian
(L'écume des Jours)

Daß die Erde eine Kugel ist, wußte Matilda natürlich. Man hatte es ihr gesagt, sobald sie alt genug war, für solche Tatsachen aufnahmefähig zu sein. Sie kam auch gar nicht auf die Idee, es zu bestreiten. Aber jede flache Wiese, jede Ebene, alles, was einem fernen und geradlinigen Horizont zustrebte, endete für sie als Absturz. Sie meinte diesen Knick, diesen Bruch vor sich zu sehen, so deutlich, als hätte sie ihn schon einmal vor Augen gehabt. Ja, sie sah Tiefe vor sich, die gleichzeitig Höhe und Weite war. Die nicht schwindlig machte, weil man sich nicht irgendwo hoch oben befand, sondern nur dort, wo sich alles auflöst. Sie sah es zu genau. Also mußte sie schon einmal dort gestanden sein, dort, am Rand der Welt. Auch das wurde für sie zu einer Tatsache, die sie nicht mehr bezweifelte.

Doktor Schrobacher lächelte.

»Es kann nicht zwei Tatsachen geben – bei ein und derselben Sache.«

»Warum nicht?« fragte sie.

»Kind ...«, brummte er nur und ließ das Thema fallen.

Matilda mochte es nicht, wenn er sie *Kind* nannte, aber er tat es immer wieder. Dann sah sie ihre eigenen großen Hände auf ihren eigenen breiten Schenkeln liegen und

fühlte sich in ihrer Körperlichkeit gemaßregelt. Sie war schließlich eine Frau von zweiunddreißig Jahren.
»Ich wollte hinausspringen – davon – wissen Sie?« fügte sie bockig hinzu.
Doktor Schrobacher hob den Kopf.
»Hinausspringen? Wann? Wo?«
»Nun ja, dort, wo die Ebene aufhört, wo die Erde, wo alles aufhört. Eine scharfe Kante, ich hatte das rechte Bein schon drüber hinaus. Ein helles Blau rundherum.«
Doktor Schrobacher seufzte. »Und warum sind Sie nicht gesprungen?«
»Die Wiese hinter mir war voller Klee – blühender, wissen Sie. Der Geruch hielt mich zurück. Das vor mir roch nach nichts. Dahin kann ich immer noch, dachte ich mir, das ist so endlos, das bleibt. So eine Wiese blüht nicht immer.«
»Aha«, sagte Doktor Schrobacher und machte sich Notizen. Dann sah er sie wieder an.
»Und wann war das? Ich meine, wann sahen Sie das Ende dieser Wiese – besser gesagt, der Welt?«
»Mehrmals«, sagte sie.
»Wo befindet sich die Wiese?«
»Überall.«
Doktor Schrobacher lehnte sich über den Tisch und schüttelte den Kopf. Dabei sah er ihr tief und anklagend in die Augen.
»Matilda«, sagte er dann, »Sie müssen damit aufhören, Ihre Welt zu erfinden. Wir beide müssen endlich zur Sache kommen.«
Matilda sah sein Gesicht so nahe vor sich, daß sie es am liebsten berührt hätte. Oder auch geohrfeigt, beides drängte sich auf. Seine Oberlippe hatte einen klargezeichneten Schwung, und er war schlecht rasiert.

»Ja, Kind, zur Sache! Zur Realität! Zu *Ihrer* Realität.«
Matilda beugte sich vor und küßte Doktor Schrobacher auf den Mund. Sie hatte den Eindruck, daß er eine Sekunde stillhielt, ehe er zurückfuhr und »Matilda, *die* Sache war aber nicht gemeint!« hervorstieß. Die Haut über seinen Schläfen hatte sich gerötet.
»Ich bin kein Kind«, sagte sie, »ich fühle mich ziemlich real und habe mehrmals das Ende der Welt erreicht. Was noch?«
Er fuhr sich mit dem Handrücken über den Mund, der feucht war von ihren Lippen, sie bemerkte, daß er es schnell und möglichst unauffällig tun wollte. Dann schrieb er wieder etwas in sein Notizbuch. Gleichzeitig murmelte er: »Ich komme mit dir nicht weiter –«
Matilda wurde angenehm warm. Sie fragte: »Wie ist eigentlich *dein* Vorname?«
Er musterte sie eine Weile schweigend, als studiere er ein seltenes Insekt.
»Fritz«, sagte er dann.
»Fritz ...«, wiederholte sie und verzog das Gesicht.
»Mein Vorname tut aber nichts zur Sache«, sagte Doktor Schrobacher und schraubte seine Füllfeder zu.
»Schon wieder *zur Sache* – immer willst du zur Sache kommen oder etwas zur Sache tun – und dann kann eine Sache bei dir nicht einmal zwei Tatsachen enthalten, du glaubst wohl, ich merke das nicht, Fritz.«
»Gut, daß Sie es merken, Matilda, darauf will ich hinaus. Lassen Sie uns wieder per Sie sein und noch fünf Minuten über Tatsachen sprechen. Dann ist für heute Schluß.«
Doktor Schrobacher lehnte sich in seinem Sessel zurück und legte die Hände ineinandergefaltet auf die Schreibtischplatte.
»Fritz ist ein häßlicher Name«, sagte Matilda.

»Ja, ich weiß.«
»So spitz, der Fritz, ein Witz, der Fritz,
ein frecher kurzer Blitz, der Fritz –«
»Wunderbar«, sagte Doktor Schrobacher, »ich wußte gar nicht, daß Sie dichten.«
Matilda gab darauf keine Antwort und sie starrten einander in die Augen. Sie sah, daß die seinen dunkelblau waren, eine seltene Augenfarbe, dachte sie.
»Das heißt«, fuhr Doktor Schrobacher fort, »natürlich dichten Sie, Sie dichten unaufhörlich – wenn man das Erfinden von Leben als Dichtung bezeichnen kann. Kommen Sie – erzählen Sie mir jetzt noch was ganz Reales, etwas aus Ihrem Alltag, ein bißchen alltägliche Wahrheit. Was werden Sie tun, wenn Sie jetzt nach Hause kommen ...?«
»Ich werde nicht nach Hause kommen«, sagte Matilda.
»Und warum nicht?«
»Ich verkrieche mich in Ihrer Augenfarbe und bleibe dort.«
Doktor Schrobacher seufzte und fuhr sich über die Augen.
»Noch sitze ich nicht drin«, sagte Matilda, »aber es wird sein wie in einem Kornblumenfeld.«
»Mir wäre lieber, Sie würden nach Hause gehen.«
»Unter den Kornblumen ist sogar die Luft blau, das Licht wird so gefiltert. Dazu das hellere Blau des Himmels. Die Wurzeln eines Feldes riechen immer bitter, als wären sie mit Anstrengung gewürzt, und das sind sie ja wohl auch. Die Erde trägt leichte Feuchtigkeit, wie von Tränen, sie dringt durch meinen Rock und ich fühle –«
»Hören Sie auf.«
Doktor Schrobacher stand auf und ging zum Fenster,

der Parkettboden knarrte unter seinen Schritten. Dann stand er vor den geschlossenen Scheiben und schaute hinaus.
»Sie wollen mich ärgern, Matilda, stimmt's?«
»Ich möchte Sie mitnehmen«, sagte Matilda.
Er drehte sich um.
»Ja *wohin* denn?«
»Weg aus Ihren Tatsachen und dem *zur Sache* und der ganzen nutzlosen Bemühung um mich. Sie merken doch, daß ich nicht verrückt bin. Wenn schon, dann sind meine Tatsachen auch welche, ja, sie *sind* –«
»– alle erfunden und erträumt!« unterbrach er sie, »Sie wollen es so, und vielleicht – ist das auch verständlich. Aber leben können Sie so nicht – ich meine, das normale Leben einer erwachsenen Frau leben. Sie haben eine Familie, die letzteres von Ihnen erwartet. Deshalb hat man Sie zu mir geschickt, wir müssen gemeinsam ihren Zugang zur Realität finden, können Sie mir dabei nicht endlich helfen, Kind?«
Doktor Schrobachers Stimme war laut geworden, er merkte es selbst und räusperte sich.
»Warum sagen Sie immer wieder *Kind* zu mir?« fragte Matilda und sah ihn ruhig an dabei.
»Weil Sie so unvernünftig sind.«
Doktor Schrobacher kam an den Tisch zurück und setzte sich wieder. Draußen hatte es heftig zu regnen begonnen, die Tropfen knallten gegen die Fensterscheiben wie kleine Geschosse.
»Es klingt wie Hagel ...«, sagte Doktor Schrobacher mit einem kurzen Seitenblick.
»Es klingt, als würden sie an Ihr Fenster klopfen«, sagte Matilda.
»Wer, sie?«

»Alle Gedanken und Bilder, die Sie nicht zu sich hereinlassen.«
»Wer bitte therapiert hier wen?«
Doktor Schrobacher versuchte zu lachen, schüttelte den Kopf und stützte ihn danach in seine Handfläche, als wäre er ihm zu schwer geworden. Matilda blieb unbeweglich sitzen. Die Tropfen durchdrangen das Fensterglas und schwebten als winzige Seifenblasen in den Raum. Eine Wolke dieser Bläschen zerplatzte an Matildas Körper, wurde zu Nässe, die unter ihre Kleidung geriet und ihr an Brust und Rücken herabfloß. Auch ihr Gesicht wurde feucht, einzelne Tropfen rannen ihr über die Wangen.
»Warum weinen Sie?« fragte Doktor Schrobacher.
»Es ist der Regen«, gab sie zur Antwort, »er fliegt so dicht herein.«
»So so, der Regen ...«
»Ja, ich bin ganz naß.«
»Das merke ich, Matilda, aber es ist eben nicht der Regen. Sie schwitzen, verstehen Sie? Sie *schwitzen*, schlicht und prosaisch. Und daran ist im Grunde genommen nichts auszusetzen, es war den ganzen Tag heiß, ich habe meine Fenster geschlossen gehalten, jetzt prasselt ein Gewitterregen herunter – warum also nicht schwitzen? Warum den Regen hereinfliegen lassen, Matilda? Was ist so unerträglich an der Tatsache, daß Sie hier vor mir sitzen und schwitzen? Warum wollen Sie partout etwas an deres erleben?«
»Ich gehe jetzt«, sagte Matilda.
»Nein, Sie bleiben noch.«
Doktor Schrobacher rieb sich die Stirn, die ebenfalls feucht geworden war. Kurz sah er in Matildas Augen, die aufmerksam auf ihn gerichtet waren, dann fuhr er fort:

»Sie bleiben noch die wenigen Minuten bis zum Ende unserer Sitzung, das wird wohl auszuhalten sein …«
Er lehnte sich zurück, während er sich den Hemdkragen lockerte, und ließ dann seine Hand locker über der Brust liegen.
»Schwitzen Sie auch?« fragte Matilda.
»Nein«, sagte er mürrisch.
»Sehen Sie. Die Regenwolke hat auch Sie angeflogen. Sie füllt doch das ganze Zimmer und legt sich auch über Ihre Haut – wir beide schwitzen nicht, wir sind mitten im Regen, in einer Wolke schwebender Tropfen.«
Matilda hob ihre Hand und fuhr behutsam hindurch, die schimmernden Bläschen zerplatzten lautlos auf ihrem nackten Unterarm. Einige blieben an den Fingern und am Handrücken haften, rollten auf und nieder wie winzigkleine Glaskugeln.
»Üben Sie einen indischen Tanz?« erkundigte sich Doktor Schrobacher.
»Nein, ich lasse die Kügelchen tanzen …«, sagte Matilda, ohne ihn anzusehen. Sie bewegte ihre Hand zwischen den Tropfen und beobachtete deren Verlauf. Die Finger bewegten sich wie sanfte Pflanzen, auf denen der Tau sich niedergelassen hatte.
»Geben Sie mir die Hand«, sagte Doktor Schrobacher, »die, mit der Sie in der Luft herumfuchteln –«
»Dann zerdrücken Sie mir ja alles …«
»Macht nichts«, sagte Doktor Schrobacher, packte ihre Hand und zog sie zu sich hinunter. Sie starrten einander an, als wären sie bei etwas überrascht worden.
»Habe ich jetzt *alles zerdrückt?*« fragte Doktor Schrobacher.
»Ja. Alle die Wasserkügelchen sind zerplatzt.«
»Tut mir leid.«

»Deshalb sind unsere Hände so naß …«
Doktor Schrobacher warf einen Blick zur Schreibtischplatte hinunter, auf der er ihre Hand mit beiden Händen festhielt. Die verschlungenen Finger glänzten.
»Es ist heiß«, sagte er und ließ sie wieder los.
Matilda schaute kurz ihre Handflächen an und strich dann mit ihnen über den Stoff ihrer Bluse. Sie fühlte, daß sie dabei ihre Brüste berührte. Dann stand sie auf.
»Ich gehe jetzt.«
Doktor Schrobacher sah sie an und nickte.
»Gut, Matilda, hören wir auf für heute.«

Es regnete nicht mehr, aber die Gassen der Innenstadt dampften vor Feuchtigkeit. Eine schwefelgelbe Sonne drang durch das dunstige Gewölk, nach wie vor war es sehr heiß. Matilda ging nahe den Hausmauern dahin, die alten Steine atmeten Kühle aus, und ab und zu streifte sie mit ihrer Hand im Vorbeigehen darüber.
Die Front eines alten, schwarz nachgedunkelten Hauses ließ sie innehalten. Kälte war auf sie herabgeströmt, und sie hob den Kopf. Das Haus rollte sich ein, ähnlich der dunklen Rinde eines großen Baumes, die vertrocknet. Über Matilda entstand ein Tunnel, dunkel und kalt, bereit, sich über die ganze Straße zu wölben, sich auf sie niederzusenken. Sie begann zu laufen und erreichte keuchend die nächste Quergasse, in die sie entwischen konnte. Als sie zurücksah, hatte die schwarze Hausfront bereits die ganze Straße verschluckt.
Glück gehabt, dachte Matilda und schlenderte weiter.

Menschen mit Schweißflecken unter den Armen kamen ihr entgegen, erschöpft wischten sie sich die feuchten Gesichter ab. Matilda standen ihre eigenen Wimpern wie goldene Speere vor den Augen, sie sah kaum noch hindurch, und die vorbeieilenden Menschen wurden für sie zu Schatten, die aufgespießt wurden, ehe sie sich wieder verloren. Gottlob bleiben sie in meinen bewaffneten Wimpern nicht hängen, dachte Matilda, das erleichtert mir den Heimweg.

Als sie den engen Platz vor ihrem Wohnhaus erreichte, war die Sonne hinter den Dächern versunken. Nur der Himmel glühte noch nach. Matilda wußte, daß sie wieder den Schlüssel vergessen hatte und suchte deshalb nicht lange, sondern läutete sofort neben einem der kleinen perlmuttweißen Schilder, auf dem *BAUER* stand. Wie immer gefiel ihr dieses Wort mehr, als daß sie es als ihren eigenen Namen verstand. Als Kind hatte sie davon geträumt, ein bäuerliches Leben zu führen, und was davon übrigblieb, war die Tatsache, daß sie einen Mann geheiratet hatte, der *Bauer* hieß. Den sie vielleicht sogar geheiratet hatte, weil er so hieß. Anton Bauer. Der Name schmeckte nach Erde und roch nach einer Fuhre frischgemähtem Gras, sie hatte sich diesem Namen zugeneigt wie ein Baum im Frühlingswind und sich dabei gründlich getäuscht.

Matilda läutete nochmals, aber erst beim drittenmal fragte die Stimme durch die Gegensprechanlage: »Bist du's?« und sie sagte laut: »Ja.« Dann schnarrte der Türöffner und sie konnte das Haus betreten. Sie atmete tief ein und stieg dann langsam die Stiegen aufwärts. Die Flurlampen brannten noch nicht, und aus der Dämmerung flogen kleine violette Vögel auf sie zu, streiften mit den Flügeln ihr Gesicht und die Haut ihrer nackten

Arme, es waren zarte und erfrischende Berührungen. Matilda breitete im Hinaufsteigen beide Arme aus, damit die Vögel sich darauf niederlassen könnten, aber sie wischten nur vorbei und fächelten ihr mit ihren Schwingen zu.
Sie stand mit ausgebreiteten Armen da, als Anton die Tür öffnete. Er starrte sie an und zwinkerte dann, als müsse er dieses Bild vertreiben.
»Was ist los?« fragte er.
»Nichts. Nur die Vögel im Stiegenhaus«, sagte Matilda und betrat an ihm vorbei die Wohnung. Sie wußte, daß Anton hinter ihr aufstöhnen würde, sie hörte im voraus den Tonfall seiner Stimme, und daß er »Die Vögel! Klar, deine *Vögel*! ...« sagen und ihr dann ins Zimmer folgen würde, als trüge er eine Last auf den Schultern. Der Arme, dachte sie, er glaubt ja auch, eine zu tragen. Statt mir zu glauben.
»Du warst doch bei Doktor Schrobacher?« fragte Anton.
»Ja«, sagte Matilda und ließ sich auf das Sofa fallen.
»Und?«
»Nichts.«
Matilda zog die Bluse aus und lehnte sich zurück. Sie konnte von der Höhe ihres hingelagerten Kopfes aus ihre Brustspitzen unter dem Büstenhalter sehen, und die kleinen spitzen Hügel unter dem weißen Satin gefielen ihr.
»Was hat er gesagt?« fragte Anton weiter, seine Stimme klang angestrengt.
»Immer dasselbe«, sagte Matilda, »er sagt immer dasselbe, und es ist sinnlos, daß ich zu ihm gehe.«
»Dann bin ich ratlos.«
Anton setzte sich neben sie auf das Sofa, doch ohne sich zurückzulehnen. Vorgebeugt stützte er die Arme auf seine Schenkel und starrte auf den alten Parkettboden zu seinen

Füßen, als stünde dort eine Antwort geschrieben, irgendeine Antwort, irgendein Rat. Matilda, zurückgelehnt, betrachtete sein Profil, die dichten schwarzen Wimpern seiner gesenkten Augen, das dünne verschwitzte Hemd über seinen Schultern, und hätte ihn gern gestreichelt. Zwischen den zugezogenen Vorhängen des Fensters, die tagsüber die Sonne dämpfen sollten, drang jetzt leichter Luftzug herein, es war dämmrig im Zimmer.
»Der Abend beginnt zu atmen«, sagte Matilda.
»O Gott, ja«, sagte Anton, hob müde den Kopf und sah sie an. »Der Abend atmet, Vögel fliegen dich an, du warst schon einmal dabei, über den Rand der Welt zu springen, in meinen Händen nisten Schmetterlinge, ich weiß, ich weiß, und ich halte es nicht mehr aus, Matilda.«
»Die Schmetterlinge sind braun. Hellbraun«, sagte Matilda, da gerade ein dichter Schwarm Antons Hände verließ und sich auf ihrem nackten Bauch niederließ. So berührt schloß sie die Augen, ihre Beine öffneten sich von selbst. Dann fühlte sie Antons Finger, die in ihren Schoß griffen.

Als sie beim Abendessen saßen, ging über der Stadt ein Gewitter nieder. Die Vorhänge waren jetzt aufgezogen, und schwache Ausläufer von Regen und Sturm drangen bis in das Zimmer. Die Straßenlampen schaukelten wild und warfen zuckende Lichter. Die Lampe über dem Tisch jedoch hing ruhig und beleuchtete sanft beider Hände, die sich zwischen Teller und Mund hin- und herbewegten.

Matilda aß mit Appetit. Anton hatte sein Spezialrührei zubereitet, das Brot war frisch und auch die Butter hatte sie erst gestern gekauft. Sie trank eine Flasche Bier und rülpste ab und zu leise. Sie fühlte sich wohl. Das Innere ihres Körpers fühlte sich noch weich an, Regenkühle strich vom Fenster her über ihre erhitzte Haut, die Serviette lag auf zwei zufriedenen nackten Schenkeln im Schatten der Tischplatte. Kauend sah sie Anton an.
»Dein Rührei ist gut.«
»Ich weiß«, sagte Anton, »es ist immer gut.«
Er sagte es, ohne vom Teller aufzublicken, seine Stirn, im Schatten des Lampenschirmes, sah auch von innen her beschattet aus. Wie ein dunkles Huflattichblatt.
»Fühlst du dich *nicht* wohl?« fragte Matilda.
»Nein«, sagte Anton.
Das Huflattichblatt wölbte sich hoch, und büschelweise wuchsen weitere dunkle Huflattichblätter aus Antons Stirne, der Schattenrand einer Wiese, ein sonnenloser Abhang. Antons Gesicht wurde davon überhangen und bedeckt, Matilda bewegte ihre Hand schnell über den Tisch auf seine Stirn zu.
»Was!« schrie Anton und fuhr zurück, »was *machst* du da?«
»Ich wollte nur die Blätter – es werden immer mehr, diese Huflattichblätter, sie verdunkeln dich so, ich wollte sie ausreißen –«
»*Ausreißen*?« Anton schrie noch lauter. »Du wolltest sie aus meiner Stirn *herausreißen*? – Bist du verrückt?«
Dann lehnte er sich zurück, atmete schwer und sah Matilda an.
»Du *bist* verrückt, ja«, sagte er, wieder leise geworden.
»Nein«, sagte Matilda, »ich bin nicht verrückt. Ich wollte dir das Dunkle aus dem Gesicht nehmen, nur das.«

»Matilda.« Anton beugte sich wieder vor, weit vor, bis unter den Schein der Lampe, und kam Matilda sehr nahe. Seine Augen haben keine Farbe, dachte Matilda, überhaupt keine Farbe. Es sind farblose Augen.
»Die Hitze erotisiert«, sagte Anton, »und ich habe mit dir geschlafen. Ich schlafe mit dir. Ich lebe mit dir. Aber du bist mir unheimlich, verstehst du? Es ist – eine Art Geisterbahn. Mit dir. Und du saust immer weiter weg. Verstehst du? Wir haben nicht die gleiche Wirklichkeit, wir beide!«
Matilda schwieg und sah weiterhin in seine Augen wie in zwei leere Teiche. Nichts schien sie dort widerzuspiegeln, und das machte ihr angst.
»Schaust du mich an?« fragte sie.
Anton seufzte kurz und heftig auf.
»Natürlich schaue ich dich an, was soll das.«
»Und was siehst du?«
»Das soll ich dir sagen?«
»Ja.«
»Also –«, Anton räusperte sich, »also, ich sehe da eine Frau sitzen, deren Körper ich sehr genau kenne – nicht gerade mager, mit einem schönen Busen – nackt sitzt sie mir gegenüber und ißt Rührei. Und ich könnte mir einbilden, daß ich *sie* kenne – wenn sie mir nicht in der nächsten Sekunde wieder in eine erfundene Geschichte davonläuft und mich damit wahnsinnig macht.«
»Ich erfinde keine Geschichten«, sagte Matilda.
Anton richtete sich auf, nahm die Gabel zur Hand, stieß damit klirrend gegen den Tellerrand und aß weiter. Freudlos schob er sich viel zu große Bissen in den Mund. Iß nicht so schnell, wollte Matilda sagen, aber sie verbot es sich. Sie sah, daß er wütend war, und da er das in letzter Zeit fast ständig war, wußte sie, daß diese Bemerkung

nicht gut getan hätte. Ich esse, wie ich will, hätte er geschrien, gib du mir keine realistischen Hinweise, bitte. Obwohl sie jetzt keinen Hunger mehr hatte, bestrich Matilda eine Scheibe Brot mit Butter und biß hinein. Das Gewitter hatte sich wieder verzogen, es war still und schwül im Zimmer. Ich sollte weggehen, dachte Matilda.
»Ich sollte weggehen«, sagte Anton.
Matilda hob den Kopf, schwieg jedoch.
»Aber wie kann ich dich allein lassen, gerade jetzt«, sprach Anton weiter, während er kaute und auf den Tisch vor sich starrte, »du arbeitest nicht. Doktor Schrobacher kostet einen Haufen Geld, und den mußt du weiter aufsuchen, was kann man sonst gegen deine Verrücktheit tun. Immerhin sind wir sechs Jahre verheiratet, ich fühle mich verantwortlich.«
»Ich kann zu Mela ziehen«, sagte Matilda.
»Laß deine Mutter in Ruhe«, Anton rieb sich den Mund mit der Serviette ab, »die hat's auch nicht dick – und schwer genug gehabt im Leben.«
Durch das Fenster drang eine Nachtwolke ins Zimmer, in Form eines ziemlich regelmäßigen Ovals. Ihre Mitte bestand aus dunklem Blau, die Ränder waren milchig durchscheinend. Die Wolke zog sehr langsam durch das Zimmer und legte sich zwischen Matilda und Anton auf den Eßtisch. Wie ein großer Luftballon, nur nicht so glänzend, dachte Matilda, und sah Anton wie hinter blauem Milchglas Bier nachschenken.
»Ich werde ausziehen«, sagte er, aber Matilda hörte ihn kaum hinter der Wolke.
»Was?« schrie sie.
»Warum brüllst du so?« fragte Anton. Dann schüttelte er den Kopf. Sein Kopfschütteln schien eine Luftströmung

erzeugt zu haben, denn die Wolke hob sich wieder vom Tisch und segelte lautlos davon.
»Ich weiß nicht«, sagte Matilda. Sinnlos, es ihm zu erklären.
»Sollte dich der Gedanke, daß ich ausziehen will, zu diesem Aufschrei motiviert haben –«
»Nein, nicht das«, sagte Matilda und sah der Wolke nach, die sich durch die Fensteröffnung zwängte und dann über den Platz zu den Dächern hinüberflog.
Anton nahm eine Zigarette aus der Packung und zündete sie an, stieß dann den Rauch aus und lehnte sich zurück.
»Wo schaust du hin?« fragte er, nachdem er kurz Matildas Blick gefolgt war.
»Hinaus«, sagte Matilda, löste ihre Augen von der Wolke, die im letzten Licht des Himmels glänzte und sich langsam über der Stadt verlor, und wandte sie Anton zu, »ich habe nur hinausgeschaut.«
»Aha«, sagte Anton.
Wie Doktor Schrobacher, dachte Matilda, sie sagen ›Aha‹ und das heißt: ›natürlich spinnt sie, ich habe es ja gewußt.‹ Dabei habe ich nur gesagt, daß ich hinausgeschaut habe. Würde ich sagen, daß eine Nachtwolke auf unserem Tisch lag und dann durch das Fenster wieder davongeflogen ist, gäbe es wieder sein Geschrei, drum sage ich es lieber nicht. Ohnehin schaut er mich so mißmutig an.
»Wie geht es – ich meine – geht es dem Museum gut?« fragte Matilda, und wußte im gleichen Augenblick, daß auch diese Frage nichts bessern würde.
»Wieso fragst du *das*?«
»Nur so«, sagte Matilda. Es war ihr Versuch gewesen, Anteil zu nehmen, denn Anton arbeitete in der Verwaltung der städtischen Museen, aber sie sah selbst ein, daß

man so nicht fragen konnte. Anton zog heftig und mehrmals an seiner Zigarette, Rauch umgab ihn, als wäre er ein glosendes Stück Kohle.
»Solltest du mit dieser Frage Interesse an meinem Berufsleben heucheln wollen, so war sie blöde gestellt, denn es ist nicht nur *ein* Museum, dem ich vorstehe. Außerdem weiß ich viel zu gut, daß dich kaum etwas so kalt läßt wie Museen und deren Wohlergehen, spare dir also derart lächerliche Fragen. Alles ist ohnehin lächerlich genug.«
»Ich wollte in deine Wirklichkeit ...«
... und mir wäre lieber, wenn wir beide die gleiche Wirklichkeit hätten, wenn du sehen würdest, was ich sehe, wenn ich deine Empfindungen nachempfinden könnte, wenn unsere Gespräche uns zueinanderführen würden wie das Miteinanderschlafen, wenn du mir glauben könntest und ich dir vertrauen könnte – wenn es so sein könnte, wäre es mir lieber, das alles hätte sie noch gerne hinzugefügt, aber sie sagte nur *»Ich wollte in deine Wirklichkeit«*, und stand auf. Es ging ihr selten so, aber sie hatte plötzlich das Bedürfnis zu weinen.
Nackt, wie sie war, trat sie ans Fenster. Ein Sternenhimmel hing jetzt über der Stadt, die Straßenlampen warfen einen rötlichen Lichtschein herauf, einige Fenster der Häuser, die den Platz einkreisten, waren hell erleuchtet. Gegenüber sah sie eine Frau am Computer sitzen, das Zimmer rundum war schwach erleuchtet. Im Schein der Arbeitslampe hob sich das gesenkte Profil scharf ab, die Frau hatte ihr Haar in einem schweren Zopf über den Rücken hängen. Ihre Hände gingen flink und leicht über die Tastatur. Ob sie einen Roman schreibt? fragte sich Matilda, oder geht sie mit Zahlen oder Adressen um, mit Geschäftsbriefen und dergleichen?

Die Frau stützte den Kopf in die Hand, wandte ihn zum Fenster und sah direkt zu Matilda hin. Matilda griff schnell zur Stoffbahn des Vorhangs und hielt sie von den Brüsten abwärts gegen ihren Körper, obwohl man im Gegenlicht vielleicht nicht sah, daß sie nackt war. Der ruhige Blick der Frau schien jedoch durch sie hindurchzulaufen, nach einer Weile neigte sie sich wieder über die Tasten und schrieb weiter.

Vielleicht erfindet *sie* Geschichten, dachte Matilda. Aus dem Pflaster und den Hauswänden des Platzes drang die gespeicherte Hitze des Tages hervor und mischte sich mit der Feuchtigkeit des Gewitterregens. Es roch nach Asphalt und warmen Ziegeln. Matilda atmete tief ein.

Dann fühlte sie, daß Anton hinter ihr stand. Er schob langsam seinen rechten Arm unter den Vorhangstoff und legte ihn über ihren Bauch, die andere Hand glitt ihr sanft von hinten zwischen die Schenkel.

»Komm«, sagte er, »komm in meine Wirklichkeit. Komm dorthin, wo wir uns beide auskennen. Laß uns noch einmal unsere Wirklichkeit teilen. Komm.«

Er liebkoste ihren nackten Bauch und ihre Brüste, sie ließ das Vorhangtuch fallen, spreizte die Beine und drehte sich ihm zu. Seine Hände taten genau das, was ihr wohltat. Sie hatte nicht mehr den Wunsch zu weinen, und ob die schreibende Frau sie beide am Fenster sah oder nicht war ihr egal.

Matilda wachte auf, als der erste Schimmer der Morgendämmerung den Himmel erfaßte, es war nicht mehr als eine bleiche Aufhellung, unter der die schlafende Stadt noch dunkler in sich zusammenzusacken schien. Anton neben ihr schlief fest, schnaubte bei jedem Atemzug leise durch die Nase, kein Schnarchen, eher ein hörbares, rhythmisches Atmen. Er lag von ihr abgewandt, sie sah nur seinen Rücken, die Haut über den Rippen leuchtete blaß.

Matilda war aufgewacht, weil sie einem Traum entrinnen wollte. Wach auf, hatte sie sich selbst befohlen, verlasse diesen Traum. Und es war ihr gelungen. Sie hatte die Schichten bis hin ins Bewußtsein rasch durchstoßen, eine nach der anderen, sie wurden leerer, deutlicher, bis Matilda schließlich die Augen öffnete.

Die Luft des ersten Morgens, die doch ein wenig abgekühlt hatte, ließ sie frösteln, sie zog das Bettlaken enger um ihren nackten Körper, vorsichtig, um Anton nicht zu stören. Sie hörte jetzt auch ihr eigenes Atmen, es klang, als wäre sie weit gelaufen. Der Traum, den sie hatte verlassen und beenden können, erfüllte ihre Gedanken. Sie sah Bilder vor sich und wußte von Empfindungen.

Auch diesmal hatte sie sich in einer Ebene befunden, die nach allen Seiten hin den Horizont berührte. Wie so oft stand sie allein in dieser Weite, als wäre sie die Nabe, um die das Rad der endlos ausgedehnten Landschaft kreisen müsse. Und wie so oft bedeckte nur Gras die Ebene. Weder Baum noch Strauch, nur weiche wellige Wiese, und ein sanfter Wind, der das Gras aufrauhte. Auch Blumen gab es nicht. Bis zu den Horizonten nur das Graugrün eines windbewegten Wiesenbodens.

Ihre Einsamkeit in dieser entleerten Landschaft war so ausdrücklich, daß sie nicht an ihr zweifelte. Sie beschloß,

sich zu bewegen, in irgendeine Richtung auszuschreiten. Langsam drehte sie sich um die eigene Achse und ließ ihren Blick am Horizont entlanggleiten. Ringsum war nichts als die Linie zwischen Ebene und Himmel, nichts ragte auf oder schob sich dazwischen, es bot sich kein Anhaltspunkt. Ich kann wahllos drauflosgehen, dachte sie, egal, in welche Richtung. Also schloß sie die Augen und drehte sich mehrmals um sich selbst. Als sie innehielt, schwindelte ihr und sie verharrte noch kurz mit geschlossenen Augen. Danach blickte sie bis zum vor ihr liegenden Horizont und begann auszuschreiten. Das Gras, das einzig Lebendige, das sie umgab, berührte ihre Fußknöchel. Kein Vogel flog auf, kein wildes Kaninchen war zu sehen. Auch Wolken zogen keine über den Himmel, der ebenso einförmig grünlich war wie die Landschaft. Absolute Stille herrschte, der Windhauch im Gras verlor sich darin. Auch ihre eigenen Schritte hörte Matilda nicht, der weiche Boden schien sie zu verschlucken.
Sie wanderte dahin und der Horizont rückte nicht näher. Sie blieb der Mittelpunkt dieser Einöde. Und plötzlich schrie sie im Dahingehen laut auf, sie wollte etwas hören, etwas fühlen, etwas von sich geben, aber der Schrei verhallte schnell.
Da war es, daß sie plötzlich stehengeblieben war und beschlossen hatte, aufzuwachen.
Ich habe wohl nicht wirklich geschrien, dachte Matilda, sonst wäre auch Anton aufgewacht. Sie betrachtete nochmals den Rücken des schlafenden Mannes neben sich, dann stand sie leise auf, das Bettlaken um ihren nackten Körper gewickelt. Auf Zehenspitzen ging sie zum offenen Fenster. Die Stadt lag in der fahlen Dämmerung, die dem Sonnenaufgang vorausgeht, und schien den Atem anzuhalten. Kein Mensch war unterwegs, auf

dem Platz vor ihrem Haus trippelten einige verschlafene Tauben herum und gurrten leise. Auch das Fenster der Frau am Computer war weit geöffnet, aber das Zimmer dahinter lag in nächtlichem Dunkel. Jetzt schläft sie und träumt von ihren erfundenen Geschichten, dachte Matilda und zog das Laken, das ihr über die Brust geglitten war, wieder hoch. Hinter den Dächern erschien jetzt ein rosiger Streifen, mattrosa noch, wie aus Marzipan.

Plötzlich fuhr ein Radfahrer über den Platz, die Tauben flatterten knatternd auf, schmerzhaft zerriß die Stille, Matilda zuckte zusammen. Der Mann auf dem Rad schien es sehr eilig zu haben, Matilda beugte sich aus dem Fenster und sah ihm nach, bis er in eine Seitenstraße einbog und verschwand. Aber der Weg, den er genommen hatte, lag als Dunstbahn über dem Platz und löste sich nur langsam auf, ähnlich dem Kondensstreifen, den ein Flugzeug in den Himmel zeichnet. Nur war die zurückbleibende Spur des Radfahrers nicht weiß, sondern dunkel, fast schwarz, eine dünne, langgezogene Rauchfahne. Matilda lehnte sich mit beiden Unterarmen auf das Fensterbrett und sah zu, wie der schwarze Rauch sich kringelte, verdünnte und auflöste. Der Mann hat Todesangst geatmet, überlegte sie, oder eine Todesnachricht, mit Tod hat es jedenfalls zu tun, wenn die Atemspur *so* dunkel ist. Es gibt zwar Grautöne, alle Schattierungen von Grau, aber die zeichnet alltäglicher Kummer und der gewohnte Schmerz. Sehr selten entstehen helle oder weiße Atemspuren, kein Wunder, wer beeilt sich schon vor Glück ... Aber einmal, und sie vergißt es nicht, hatte Matilda eine nicht mehr junge Frau gesehen, die durch die Bahnhofshalle lief, die Beine vom Rock umwirbelt, das Gesicht hochgehalten, die geöffneten Haare wehend, sie lief erstaunlich schnell und ihre Atemspur war leuchtend weiß, weiß wie frisch gefallener Schnee im Sonnenlicht. Matilda hatte ihr lange hinterhergesehen, sogar versucht, den sich auflösenden Dunststreifen mit der Hand zu berühren. Sie hatte die Frau beneidet. Tat es sogar jetzt noch, wenn sie daran zurückdachte. Matilda schüttelte den Kopf und richtete sich auf. Das Bettlaken rutschte ihr wieder bis zur Hüfte und die Morgenluft strich so kühl über ihre Brüste, daß sie sich zusammenzogen. Sie verhüllte sich wieder und wollte sich gerade ins Zimmer zurückwenden, als sie sah, daß die schreibende Frau ebenfalls am Fenster stand. Vor dem dunklen Zimmer stand sie aufrecht und hell im Fensterrahmen und blickte zu Matilda herüber.

Anton trug ein frischgebügeltes, kurzärmeliges Hemd mit blauen Streifen, als er sich an der Wohnungstür nochmals umwandte, ›Matilda, bleib bitte am Boden und denk dir keinen Unsinn aus, ja?‹ zu ihr sagte, aufmunternd nickte und dann die Tür hinter sich ins Schloß fallen ließ. Er würde den Weg zum Verwaltungsbüro der Museen im Laufschritt zurücklegen und es pünktlich um neun Uhr erreichen. Die Morgensonne drang bereits wieder sehr warm in die Zimmer, die nach Frühstückskaffee und nach Antons Rasierwasser rochen.
Matilda setzte sich nochmals an den Tisch und trank ihre Tasse leer, obwohl ihr der lauwarme Kaffee nicht mehr schmeckte. Dann legte sie die Unterarme auf die höl-

zerne Tischplatte und betrachtete die Brotkrumen und Milchspuren. Eine Fliege trippelte dazwischen herum, lief auch einmal kurz über Matildas regungslose Hand. Was für ein großer Hügel für so eine kleine Fliege, dachte Matilda. Die Fliege saugte mit ihrem winzigen Rüssel Milch auf, eifrig und konzentriert am Leben. Es dauerte ziemlich lange, bis sie schließlich davonsurrte.
Matilda rührte sich nicht. Der Milchkrug und die Kaffeekanne hatten Kreise auf der Tischplatte hinterlassen, die ineinandergriffen und ein Muster bildeten. Das Buttermesser lag quer und stach hinein. Die Zuckerkristalle ließen die Flächen innerhalb der Kreise verschiedenartig schattiert wirken, je nachdem, ob mehr oder weniger Zucker verstreut worden war. Matilda begann sich eben für diese Zeichnung, die ein schnelles Frühstück entworfen hatte und die ihr äußerst sinnvoll erschien, näher zu interessieren, als das Telephon läutete.
»Mädchen«, sagte Mela, als sie abhob, »wie geht es dir denn heute?«
»Ich habe gerade einer Fliege bei einem Großteil ihres Lebens zugesehen«, sagte Matilda, »und die durchstoßenen Kreise entdeckt, die ein eheliches Frühstück hinterläßt.«
Mela lachte leise auf.
»Ja *dann* –«
Den Hörer am Ohr, lehnte sich Matilda ins Sofa zurück. Obwohl ihre Mutter nur zwei Stockwerke unter ihnen im selben Haus wohnte, sprach sie gern am Telephon mit ihr.
»Du Mela«, fragte sie, »weißt du, wer dir gegenüber – im mittleren Haus – wohnt? Gleiches Stockwerk wie du. Eine Frau. Sitzt viel am Computer.«
Mela schien nachzudenken.

»Ich schaue nicht oft aus dem Fenster«, sagte sie dann, »und ungern in fremde Wohnungen –«
»Wie diskret«, sagte Matilda. »Bin *ich* nicht.«
»Ich weiß«, sagte Mela, »andererseits weiß ich auch, daß in einem der Häuser hier am Platz eine Schriftstellerin wohnen muß. Ich weiß es, weil ich einmal versehentlich ihre Post gekriegt habe. Ein dickeres Paket und von einem Verlag, deshalb.«
»Was für ein Verlag?«, fragte Matilda.
»Weiß ich nicht mehr – hab ihn auch nicht gekannt –«
»Und ihr Name?«
Mela seufzte. »Erschlage mich, aber ...«
»Ja, ich erschlage dich«, sagte Matilda.
»Den Vornamen weiß ich noch. Paula.«
»Paula«, wiederholte Matilda.
»Aber wer weiß, ob deine Computerdame überhaupt diese Paula ist«, sagte Mela, »– und was hat dein Interesse ausgelöst?«
»Ihr hängt ein dicker schwarzer Zopf über den Rücken.«
»Aha«, sagte Mela.
»Sag du bitte nicht auch *Aha*«, rief Matilda laut ins Telephon.
Ohne darauf einzugehen fragte Mela: »Kommst du heute mal runter zu mir?«
»Komm du rauf. Jetzt«, sagte Matilda und legte auf.
Dieses ›Aha‹, als Ausdruck tiefsten Unverständnisses und getarnt als ›Ich verstehe!‹ konnte sie unverhältnismäßig stark irritieren. Dabei hatte sie noch nie Grund gehabt, am Verständnis ihrer Mutter zu zweifeln, es lag nur daran, daß Anton und Doktor Schrobacher ihre beständige unausgesprochene Kritik in dieses Wörtchen legten. Was heißt Wörtchen. Drei Buchstaben, in einen Atemzug gereiht, mehr nicht. »Aha«, sagte Matilda laut vor sich hin,

als sie aufstand und zum Garderobenschrank ging. Sie nahm ein Sommerkleid heraus und zog es über. Im Badezimmer putzte sie sich die Zähne und kämmte ihr Haar zurück. Mela hatte lieber, wenn es ihr nicht so dicht in die Stirn fiel. ›Du hast eine so schöne Stirn, laß sie frei‹, pflegte sie schon zu sagen, als Matilda noch Kind war, und strich ihr dann mit beiden Handflächen die Haare aus dem Gesicht. Diese Gebärde enthielt Sanftmut und Zärtlichkeit, deshalb hatte Matilda sich nie dagegen gewehrt. Aber wenn die Mutter außer Sichtweite war, fielen ihr die Haare immer schnell wieder über die Stirn.

Als Matilda das Badezimmer verließ, gab die Türglocke ein kurzes, kaum hörbares Zeichen, es war die Art, wie Mela ihr Kommen anzukündigen pflegte. Sie betrat die Wohnung mit einem Tablett in den Händen, küßte Matilda im Vorbeigehen auf die Wange, sagte »Ich hab Kuchen für dich. Und Marillenmarmelade«, und trug das Mitgebrachte, ohne innezuhalten, zum Eßtisch.

»Danke«, sagte Matilda und folgte ihr langsam.

»Kann ich mir Kaffee nehmen?« fragte Mela.

»Er ist kalt«, sagte Matilda und setzte sich an den Tisch.

»Macht schön«, sagte ihre Mutter und goß sich eine benutzte Tasse voll, »willst du ein Stück Kuchen?«

»Nein.«

Mela schnitt ein schmales Dreieck aus dem mit Äpfeln und Nüssen bedeckten Rund des Kuchens, biß davon ab und schlürfte den Kaffee hinterher. Dabei schaute sie Matilda an.

»Tut mir leid, mein *Aha* vorhin –«, sagte sie.

»Ach was«, Matilda schnippte mit der Hand durch die Luft, »ich hab übertrieben. Ich wußte doch, wie du es meinst. *Mir* tut es leid.«

Ohne den Kuchen abzulegen, kam Melas Hand über den Tisch auf sie zu, und mit dem Zeigefinger fuhr sie ihr schnell und zart über die Wange. Matilda betrachtete ihre Mutter, wie sie es jeden Tag mindestens einmal tat. Vielleicht deshalb schien sie sich nicht zu verändern, obwohl man ihr Alter sah, und sie noch nie versucht hatte, es zu verschleiern.

»Nun, Mädchen«, sagte Mela und beugte sich vor, in ihren Augen die Helligkeit unermüdlicher Ermunterung. »Was wirst du heute tun? Ist der gute Schrobacher angesagt?«

Das kurzgeschnittene graue Haar hing über ihrem Kopf wie altes Gras, und darüber wuchs mit großer Schnelligkeit ein Haselstrauch und erfüllte das Zimmer. Die heiße Morgensonne leuchtete vom Fenster her durch ihn hindurch und vergoldete teilweise sein frisches Grün. Das ist was anderes als Antons schwarzer Huflattich, dachte Matilda, jedem wächst wohl aus dem Kopf, was er drinnen hat. Sie lehnte sich zurück und ließ den Blick über die Hecke von Haselsträuchern gleiten, die Mela so schnell vor ihr errichtet hatte.

»Was siehst du?« fragte Mela.

»Eine Hecke aus deinem Kopf.«

»Eine Hecke? So was Enges, Abschließendes? ... Gefällt mir eigentlich nicht –«

»Nein, nein«, rief Matilda, »sie ist durchsichtig – hell – aus Haselsträuchern, wunderschön grün – die Sonne scheint hindurch –«

»Gut«, sagte Mela, »dann bin ich zufrieden.«

Sie hob ihre Hand und griff hinein in das Laub über ihrem Kopf, bewegte die Finger vorsichtig zwischen den Blättern, kleine Äste schnellten zur Seite.

»Ist es *da*?« fragte Mela.

»Ja«, sagte Matilda, »hörst du es nicht, wenn die Blätter sich berühren?«
»Nein«, Mela ließ die Hand wieder sinken, »das höre ich nicht.«
»Und warum glaubst du mir?«
»Warum soll ich dir nicht glauben? *Du* siehst es. Du hörst Blätter, die sich berühren, du lebst damit. Warum also nicht?«
Als Mela aufstand, drückte sie die Hecke gegen die Zimmerdecke, es wurde eng da oben. Aber ungehindert ging sie zum Fenster, den Kopf hocherhoben, das Rascheln und Knacken der Zweige schien sie nicht niederzudrükken. Aber Matilda tat es weh und sie schloß die Augen.
»Sie heißt übrigens nicht Paula«, sagte Mela.
Matilda riß die Augen wieder auf. Ihre Mutter lehnte am Fensterbrett und sah hinaus, die Hecke hatte sich aufgelöst und nur ein grünlicher Schatten schien das Zimmer noch zu füllen.
»Ich habe mich, ehe ich zu dir kam, bei unserer Hausmeisterin erkundigt, die weiß immer alles. Diese Schriftstellerin heißt Pauline, Pauline Gross, und wohnt tatsächlich da drüben. Jetzt schreibt sie grade.«
Matilda stand auf, ging zum Fenster und lehnte sich neben Mela. Die Sonne schien ihnen ins Gesicht. In das Zimmer der schreibenden Frau gelangte wohl trotz der geöffneten Fenster zu wenig Tageslicht, sie hatte auch jetzt die Lampe über dem Computer brennen. Ihre Hände bewegten sich auf der Tastatur, ohne innezuhalten. Sie trug ein rotes Kleid oder einen roten Hausmantel, jedenfalls fiel ein rötlicher Widerschein auf ihr geneigtes Gesicht.
»Der Zopf ist wirklich beeindruckend«, sagte Mela und richtete sich auf, »aber es ist fürchterlich heiß in der

Sonne, jetzt schon – willst du nicht die Vorhänge zuziehen?«
»Was sie wohl schreibt«, sagte Matilda, »ob sie das erfindet? Oder nur aufschreibt, was sie sieht, so wie ich?«
»Heißt erfinden nicht sehen?« sagte Mela und zog mit einem Ruck den Vorhang bis zur Mitte des Fensters zu.

In Doktor Schrobachers Vorzimmer standen drei Lehnsessel und ein kleiner Tisch, auf dem medizinische Zeitschriften und eine Tageszeitung lagen. Sonst nichts. Das einzige Fenster führte in einen Innenhof, in dem eine große Platane Schatten warf. Deshalb war es auch in dem kleinen Raum schattig und verhältnismäßig kühl.
Matilda saß, den Kopf gegen die Zimmerwand gelehnt und beide Beine von sich gestreckt, in einem der Sessel. Der Weg durch die heiße Stadt hatte sie erschöpft, sie war ein wenig zu früh gekommen. Schon wieder bin ich hier, dachte sie, es liegt nur an Antons Drängen. Was er sich wohl von meinen Besuchen hier verspricht?
Durch die Platane sprangen Amseln. Matildas Blick verfolgte ihre Wege und kleinen Konferenzen, die braunen Weibchen und glänzend schwarzen Männchen hatten einander eine Menge mitzuteilen, ehe sie wieder nach verschiedenen Richtungen hochschwirrten.
Aus Doktor Schrobachers Zimmer klangen Stimmen, jedoch nur als fernes, von der dicken Türe gefiltertes Murmeln. Was die vor mir wohl für Probleme hat? dachte Matilda. Sinnlos das alles. Nur weil er sehr blaue Augen

hat, kann er Menschen noch nicht durchschauen. Niemand kann Menschen durchschauen, nur in ihnen herumwühlen kann man, mehr nicht. Niemand weiß, was *wirklich* ist, und alle tun so, als wüßten sie's. Matilda atmete heftig aus und blies sich die Haare aus der Stirn. Sie wußte jetzt schon, wie Doktor Schrobachers Gesicht aussehen würde, wenn sie ihm erzählte, daß sie die Gespräche der Amseln in der Platane belauscht hätte.
Als die Tür sich öffnete, kam ein Mädchen heraus, fast noch ein Kind. Es sah verweint aus, grüßte im Vorbeigehen halblaut und verlegen, und verließ rasch den Raum. Doktor Schrobacher, die Türklinke in einer Hand, wies mit einer einladenden Geste der anderen in sein Zimmer und sagte: »Bitte!«
»Vergreifen Sie sich jetzt auch schon an Kindern?« fragte Matilda, als sie an ihm vorbei zu ihrem Platz vor dem Schreibtisch ging.
»Kinder sind Menschen«, sagte Doktor Schrobacher, setzte sich ihr gegenüber nieder und suchte in seinem Notizheft nach einer bestimmten Seite, »und Menschen leiden.«
»Und *Sie* können Leid lindern?«
»Selten, leider. Aber manchmal doch.«
»Ich leide nicht.«
»Das weiß ich, Matilda.«
»Ja dann?«
»Sie flüchten. Und ich möchte Sie aufhalten.«
Er stützte sich jetzt mit beiden Unterarmen auf den Tisch vor sich und wandte ihr seine Augen voll zu. Der Mond geht auf, dachte Matilda. Ein knallblauer Doppelmond.
»Sie gefallen mir«, sagte Matilda, »deshalb komme ich auch weiterhin zu Ihnen. Wegen Ihrer Augen.«

»Schmeichelhaft«, sagte Doktor Schrobacher.
»Aber aufhalten können Sie mich sicher nicht, weil ich nämlich gar nicht weglaufe. Meinem Mann sollte ich vielleicht davonlaufen, das ist alles.«
»Und warum tun Sie es nicht?«
»Weil ich gern mit ihm schlafe.«
Doktor Schrobacher blinzelte kurz und schrieb dann etwas in sein Buch.
»Ist das so bemerkenswert, daß Sie es aufschreiben müssen?« fragte Matilda. Doktor Schrobacher gab keine Antwort.
»Als Geistesgestörte sollte ich auch ein gestörtes Sexualleben haben, nicht wahr?«
Er schwieg weiterhin und schraubte seine Füllfeder zu.
»Also?« fragte er dann, »aus welchem Grund sollten Sie Ihrer Meinung nach Ihren Mann verlassen?«
»Weil wir einander nicht erreichen. Weil er glaubt, ich sei verrückt und ich ihm auf die Nerven gehe. Weil ich nicht verstehe, *was* er nicht versteht.«
»Er versteht ihre Erfindungen nicht. Er wünscht sich Realität.«
»Und was ist Realität?«
Doktor Schrobacher zuckte mit den Achseln.
»Nun gut«, sagte er, »das ist natürlich eine philosophische Frage, die man durchaus stellen kann. Aber ich glaube, Ihr Mann – er möchte eine gemeinsame, eine für ihn nachvollziehbare Wirklichkeit mit Ihnen teilen. Er möchte sehen, was Sie sehen. Er fühlt sich wie ein Blinder neben Ihnen.«
»Vielleicht ist er das«, sagte Matilda. Sie sagte es so leise, daß Doktor Schrobacher sie nicht verstand.
»Wie bitte?« fragte er.
»Vielleicht ist er das!« schrie sie, »vielleicht *ist* er ein Blin-

der! Vielleicht hat er den Defekt und nicht ich. Wäre das nicht auch eine Möglichkeit?«
»Nein«, sagte Doktor Schrobacher, »*Sie* verhalten sich gegen die Norm. Und die gilt, es tut mir leid, als *normal* – wie das Wort schon sagt.«
»Aha«, sagte jetzt Matilda. Sie fühlte, daß ihr übel wurde. »Mir ist schlecht, ich muß aufs Klo«, sagte sie und stand auf. Sie schwankte und mußte sich an der Sessellehne festhalten. Da kam Doktor Schrobacher zu ihr und nahm sie in den Arm. Sie legte sofort ihre Arme um seinen Hals.
»Schön«, sagte sie, »mir wird sofort besser.«
Sein Hemdkragen roch frischgewaschen, seine Wange fühlte sich weich an. Dicht vor ihren Augen sah sie sein Nackenhaar.
»Sie werden grau«, sagte Matilda.
»Ja«, er schob sie von sich und wieder auf ihren Sessel, »und Sie sind daran nicht schuldlos, Matilda. Geht es Ihnen wirklich besser?«
»Ja«, sagte Matilda.
Heute standen die Fenster des Sprechzimmers offen und man hatte die Leinenrouleaus davorgezogen. Ein Windstoß ließ deren Holzleiste gegen die Fensterrahmen knallen und Matilda zuckte zusammen. Auch Doktor Schrobacher hob schnell die Augen.
»Wieder ein Gewitter«, sagte er, »jeden Tag so ein Hitzegewitter.«
»Tun Sie mir einen Gefallen«, sagte Matilda, »und reden Sie nicht übers Wetter. Im Traum befand ich mich in einer Landschaft ohne Leben, also auch ohne Witterung. Nur das Gras lebte. Da hätte ich mir so ein Gewitter gewünscht und kein Wort darüber verloren. Das heißt – ich war allein. Mit wem hätte ich drüber reden sollen. So

oder so – zuletzt habe ich laut gebrüllt und bin aufgewacht.«
»Wieder eine Ihrer flachen Endlosigkeiten bis hin zum Ende der Welt?«
»*Wieder eine Ihrer* – wenn ich das schon höre!« sagte Matilda.
»Ich bin froh, wenn Sie träumen und das auch als *Traum* bezeichnen. Und nicht Erfundenes zu sehen meinen.«
»*Heißt erfinden nicht sehen?*«
»Wer sagt das?«
»Mela, meine Mutter.«
Der Wind fuhr erneut heftig in die Rouleaus und ließ sie klappern. Die Sonne, die sie bislang durchschienen hatte, verschwand, und es wurde dunkel im Zimmer.
»Schreibt sie?« fragte Doktor Schrobacher.
»Wer?«
»Ihre Mutter.«
»Nein«, Matilda schüttelte den Kopf, »nein. Aber sie liest. Sie war früher Buchhändlerin. Das heißt, mein Vater besaß eine Buchhandlung, und dort hat sie für ihn gearbeitet. Er hat alles verspielt und sich dann umgebracht. Aber das habe ich Ihnen, glaub ich, schon erzählt. Daß mein Vater sich umgebracht hat. Sowas ist ja wichtig bei mentalen Störungen.«
»Sicher lesen Sie auch viel«, sagte Doktor Schrobacher, »bei solchen Eltern …«
Matilda schwieg.
»Oder?«
»Ich lese nichts mehr«, sagte Matilda.
»Warum?«
»Als Kind habe ich alles gelesen.«
»Sie meinen, nach dem Tod Ihres Vaters …«
»Ach Scheiße, der Tod meines Vaters hat damit nichts zu

tun, hat mit nichts was zu tun. Es war sein Tod, er wollte nicht mehr leben. Er war ein Arschloch und hat es gewußt. Da er lieber kein Arschloch gewesen wäre, hat er Hand an sich gelegt.«
»Haben sie Ihren Vater geliebt?«
»Tun wir doch alle. Irgendwie irgendeinen Vater lieben. Für viele wird's dann der Himmelvater, Gott als weltumspannender Vaterersatz. Mein eigener Vater hat zuviel gesoffen und meine Mutter zu oft verhauen und war zuviel in den Casinos. Ich hatte nicht viel Möglichkeit, ihn liebzuhaben.«
»Aber warum haben Sie aufgehört, Bücher zu lesen?« fragte Doktor Schrobacher.
»Weil ich das Leben wollte.«
Anhaltendes Donnergrollen schien aus der Ferne näherzurücken und explodierte schließlich als lauter Schlag. Eine Sturmbö schob die Rouleaus wie geblähte Segel in das Zimmer, und unter ihnen floß in Wellen schwarze Luft herein. Matilda sah zu, wie sie ihre Beine umspülte und immer höher stieg, blieb aber unbeweglich sitzen. Der Rock ihres Sommerkleides schwamm auf der Oberfläche, um sie ausgebreitet wie ein Blumenblatt. Das Meer aus Luft berührte bereits ihren Schoß, als sie den Blick hob. Doktor Schrobacher sah zu ihr her und schien das Eindringen der schwarzen Luftwellen nicht zu beachten, er sah nur aufmerksam in ihr Gesicht.
»Sie schließen die Fenster also nicht?« fragte Matilda.
»Sollte ich das?«
»Wie man's nimmt«, sagte Matilda, »mir macht es nicht viel aus, mit Ihnen hier zu ertrinken. Ich dachte nur, daß Sie selbst ganz gerne leben.«
»Wir ertrinken also?« Doktor Schrobacher sah sie immer noch an. »Worin?«

»In Luft. In dicker, schwarzer Luft. Sie fließt gleichmäßig herein und wird bald Ihren Tisch überfluten. Daß Sie mich anstarren, nützt wenig.«
Doktor Schrobacher stand auf, ging zu den Fenstern, ließ die Rouleaus hinaufschnellen und schloß, sich gegen den Wind anstemmend, die Fensterflügel. Sein Haar und seine Krawatte flatterten, auf der Straße bogen sich die Bäume im Sturm. Als er die Fenstergriffe zugedreht hatte, herrschte plötzliche Stille, aufgewirbelte Blätter und Papierfetzen, der Staub und die Düsternis des tiefen Himmels lagen hinter den Glasscheiben, als wäre die Außenwelt in einem Aquarium gefangen worden. Doktor Schrobacher drehte sich ihr zu.
»Gerettet?« fragte er.
»Witzbold«, sagte Matilda und beobachtete, wie die schwarze Flut leise versickerte. Ihre Beine wurden frei, das Kleid legte sich wieder auf die Oberschenkel und hing schicklich zu beiden Seiten hinab. Sie verschränkte ihre Hände im Schoß und atmete auf.
»Matilda«, Doktor Schrobacher hatte sich vor sie hingestellt und zu ihr herabgebeugt, »Sie sagten: ›weil ich das Leben wollte.‹ *Dieses* Leben? Wäre es da nicht sinnvoller, Bücher zu lesen, als sich vor schwarzer Luft zu ängstigen, die ins Zimmer dringt und in der man ertrinken könnte? Sie leiden an genau *der* Phantasie, mit der Sie nichts mehr zu tun haben wollten.«
»Das Leben *ist* Phantasie. Man muß nichts erfinden. Alles ist da.«
Dein Kornblumenfeld kommt über mich, dachte Matilda. »Das einzige, was nicht da ist«, fuhr sie fort, »ist *reales* Leben, dieses vielzitierte reale Leben. Wie kann real – also wirklich, abgesichert, feststellbar, kontrollierbar – sein, was mit dem Tod endet? Jede Lebenssicher-

heit ist Erfindung, glauben Sie mir. Meine Erfindungen – wie Sie es nennen – *sind* Leben.«
»Sie brauchen sie also, diese Erfindungen, um das Leben zu bewältigen?«
»Das haben Sie gesagt.«

Obwohl es in Strömen regnete, hatte Matilda bei Doktor Schrobacher nicht mehr gewartet. ›Bleiben Sie doch, bis der Regen nachläßt‹, hatte er gesagt, aber sie war davongelaufen, als würde sie bedroht. Diese Gespräche nerven, dachte sie, während sie jetzt ruhig ausschritt und den Gewitterregen auf sich herabstürzen ließ. Ihre Haare und das Kleid hingen klatschnaß herab, Wasser strömte ihr über Gesicht und Schultern, aber sie fand es angenehm, so durchnäßt und überschüttet zu werden. Als würde sie gewaschen, etwas von ihr abgewaschen. Außerdem blieb die Luft so warm, daß der Regen sie erfrischte. Sie war die einzige, die schutzlos und unbesorgt dahinging, unter allen Haustoren und Geschäftspassagen drängten sich Passanten, einige hasteten dahin, die Tasche über den Kopf oder einen Schirm gegen den Wind haltend. Die vorbeifahrenden Autos warfen Wasserfontänen gegen den Gehsteig, die Hausfassaden und Straßenzüge verschwammen im Regen.
Seine Augen in Ehren, dachte Matilda, und auch die angegrauten Haarkringel und die Festigkeit seiner Hände, aber das ist nicht Sinn und Zweck meiner Besuche bei ihm. Es sei denn, ich umarme ihn ständig. Aber er will

mich *heilen* und besteht darauf. Ich sollte nicht mehr zu ihm gehen.
Das Prasseln des Regens umgab sie wie eine Wand, hinter der sie in Stille verborgen bleiben konnte. Manchmal liefen ihr Tropfen über den Mund, dann leckte sie ihre Lippen ab und trank den Regen. Als sie das Gesicht hob, sah sie diese Wände aus Regen hochsteigen, eine endlose röhrenartige Öffnung zum Himmel, die sich zum Entkommen anbot. Sie überlegte, ob sie die Arme hochhalten, wie es Schwimmer vor dem Absprung tun, und dann aufwärtsspringen solle. Ohne Saltos, geradewegs, hinauf, hinein in das Becken des Firmaments, und endlich diesen Schritt aus der Welt wagen. Aber dann ließ sie es doch bleiben. Sie senkte den Kopf wieder, wischte sich das Wasser von den Wangen und aus den Augen, und ging weiter.
Als sie den kleinen Platz betrat, an dem sie wohnte und den alte Häuser quadratisch einschlossen wie Zimmerwände, sah sie plötzlich einen anderen Menschen ohne Scheu und, wie es schien, hingebungsvoll im Regen stehen. Es war eine Frau. Sie hielt beide Arme vor sich, die Handflächen den dicht fallenden Tropfen zugewandt und überfließend wie Brunnenschalen. Ein rotes Gewand hing ihr dunkel vor Nässe um den Körper, und auf ihrem Rücken wand sich ein nasser schwerer Zopf, der aussah wie aus Seegras und Algen geflochten.
Pauline Gross, dachte Matilda, die Schriftstellerin. Kein Zweifel, sie ist es. Und reichlich theatralisch, die Gute.
Einige Hausbewohner, die in den Fenstern hingen, um das Gewitter zu beobachten, sahen neugierig auf die regungslose Frau herab. Ihre Pose glich der einer Brunnenfigur. Matilda näherte sich und versuchte ihr Gesicht zu erspähen. Ein weißes Oval, ähnlich einem nassen Kie-

sel, die Augen gesenkt und starr auf die Handflächen gerichtet.
»He«, sagte Matilda laut durch das Regenrauschen, »ich sehe jetzt, daß diesem Platz seit je ein Brunnen gefehlt hat. Sie eignen sich vorzüglich.«
Langsam hoben sich zwei Reihen dichter Wimpern, als höbe sich ein feuchter Vorhang. Die Pupillen dahinter hatten das helle Braun von Malzbonbons.
»Wie bitte?« Die Stimme der Frau war kaum zu vernehmen und die Starre in ihren Augen löste sich nicht auf.
»Nur ein Scherz«, sagte Matilda und blieb Aug in Aug mit der Frau stehen. Beiden floß der Regen über das Gesicht, und ein vorbeifahrendes Auto spritzte sie bis zu den Hüften hinauf an.
»Was *tun* Sie hier eigentlich?« fragte Matilda.
»Mir war so heiß«, murmelte die Frau, »und meine Hände waren trocken, völlig ausgedörrt –«
Plötzlich wurde der Blick der Frau seltsam durchsichtig, als wären ihre Augen dabei, sich aufzulösen, und sie fiel um. Es klatschte nur ganz leise, als ihr Körper den schwimmenden Asphalt berührte. Der Zopf schien sich von ihrem Kopf hinwegzuschlängeln wie eine nasse Schlange. Der Hausmantel gab zwei weiße Beine mit ein wenig zu fülligen Waden frei, die Füße waren nackt und an den Sohlen dreckverschmiert. Matilda beugte sich über sie und tätschelte ihr die feuchte Wange. Als die Frau sich nicht rührte, kniete sie neben ihr nieder und schrie ihr ins Ohr.
»He! Was soll das denn! Aufstehen, Pauline! *Pauline*!!«
Zwei Männer mit Regenschirmen blieben stehen und schauten neugierig auf sie hinunter. Die Menschen an den Fenstern riefen ihnen etwas zu, aber der herabprasselnde Regen, das Rauschen und Klappern des Windes

und die vorbeizischenden Autos machten es unverständlich. Matilda sah durchnäßte Hosenbeine neben sich, und als sie den Kopf hob, rote Gesichter mit mächtigen Kinnpartien, die im schwarzen Rund der Regenschirme zu hängen schienen, wie Fleisch in einem Räucherofen.
»Helfen Sie mir oder glotzen Sie nur?« sagte Matilda.
Die geschlossenen Lider der Frau hatten zu zittern begonnen und sich dann mit einem Schlag geöffnet. Der Regen fiel ihr in die offenen Augen, sie hob eine Hand und hielt sie schützend davor. Matilda schob ihr die Arme unter den Körper und half ihr, aufzustehen. Erst als sie nochmals laut »Also, was ist?« sagte, verzichteten die beiden rotgesichtigen Herren kurz auf den Schutz ihrer Regenschirme, legten diese beiseite und zerrten ein wenig an Schultern und Taille der Frau herum, bis sie aufrecht stand.
»Es reicht, Sie können weitergehen«, sagte Matilda.
Ein indigniertes Schnaufen begleitete die Griffe nach den Schirmen, die Männer schüttelten sich wie Hunde, und einer von ihnen sagte im Davongehen: »Wie kommt man dazu.«
Matilda führte die Frau zum Haustor und dann in den Flur. Am Treppenabsatz setzten sie sich nebeneinander hin, die Frau lehnte ihren Kopf gegen die Wand. Es war dunkel und schwül im Stiegenhaus, durch das geöffneten Tor drang weiterhin das Prasseln des Regens. Matilda wrang den Saum ihres Kleides aus, drückte das Wasser aus ihren Haarspitzen, und löste sich die klatschnassen Sandalen von den Füßen. Die Frau neben ihr tat nichts dergleichen, sie hatte die Hände im Schoß liegen und ließ die Nässe regungslos aus sich herausfließen. Bald umgab sie ein kleiner Teich.

»Das war nichts«, sagte sie nach einer Weile, »das hab ich öfter. Heißt *sternales Syndrom.* Kommt von der Halswirbelsäule.«
»Ach ja?«
»Ja. Das Schreiben hat mir die ramponiert.«
»Ich habe gesehen, wie Sie schreiben.«
»Ja, kommt vom ewigen Nackenbeugen. Aber egal. Ich danke Ihnen jedenfalls.«
»Bitte«, sagte Matilda.
Die Frau lehnte immer noch an der Wand und hatte die Augen geschlossen. Der schwere nasse Zopf hing ihr über die Schulter und tropfte in ihren Schoß.
»Ich heiße Pauline«, sagte sie.
»Ich weiß«, sagte Matilda.
»Und Sie?«
»Matilda.«
»Aha«, sagte Pauline.
Matilda lachte auf.
»Was ist?« Pauline öffnete die Augen und sah sie an.
»Mein Lieblingswort«, sagte Matilda.
»*Aha*?«
»Ja.«
Der Regen schien nachzulassen, es drangen vermehrt Straßengeräusche herein, das Prasseln und Rauschen verklang. Im Ausschnitt der Haustür sah es aus, als steige aus den Fugen des Platzes Dampf, als könnten Pflastersteine und Asphalt nur noch lose zusammenhalten, was unter ihnen brodelte. Unser Platz ein Vulkan, dachte Matilda. Er wird ausbrechen, und dann schaue ich aus meinem Fenster bis zum Erdmittelpunkt hinab.
»Als wäre unter diesem kleinen Platz ein Vulkan«, sagte Pauline, und Matilda wandte ihr den Kopf zu. Die Frau blickte hinaus und im Licht der Türöffnung glänzten ihre

Augen besonders braun. »Ich mag es, wenn die Stadt so dampft.«
»Dachte ich auch gerade«, sagte Matilda. »Soll ich Sie hinaufbringen?«
»Danke, nein«, Pauline sah sie jetzt an, »ich muß wohl ein Bad nehmen und mich vorerst allein um mich kümmern.«
»Sie haben Augen wie Malzbonbons, wissen Sie das?« sagte Matilda.
»*Jetzt* weiß ich es«, sagte Pauline und stand auf. »Besuchen Sie mich ein andermal?«
»Kann ich tun.«
Matilda blieb auf der Stiege sitzen und sah über den nassen roten Stoff aufwärts in Paulines Gesicht.
»Was haben Sie mit Ihren trockenen – mit Ihren *ausgedörrten* Händen eigentlich gemeint? Warum halten Sie die nicht einfach unter die Wasserleitung?«
»Habe ich das gesagt? Meine Hände seien ausgedörrt?«
Matilda nickte. Pauline lehnte sich gegen das Stiegengeländer und drückte ihren nassen Zopf aus.
»Ich weiß es nicht mehr. Aber kann sein – daß ich metaphorisch gesprochen habe. Im Hinblick darauf, daß aus meinen Händen zur Zeit – nichts wächst. Ich schreibe lustlos.«
»Schreiben Sie Geschichten?«
»Kann man so sagen.«
»*Erfinden* Sie die?«
»Ich hole sie hervor.« Pauline sah vor sich hin und schwieg kurz. »Ja. Ich hole sie hervor. Sie sind da. Alles ist da.«
Matilda stand nun ebenfalls auf. »Ich komme Sie bald mal besuchen«, sagte sie und klopfte der Frau kurz auf die nasse Schulter. »Passen Sie auf Ihr Syndrom auf.«

Als sie aus dem Haus trat, quoll ein erster gelber Sonnenstrahl aus den Wolken und traf sie so heiß wie eh und je. Sie überquerte den kleinen dampfenden Platz und dachte: *Alles ist da*! Sagt die doch glatt dasselbe wie ich heute beim Schrobacher.
Kaum hatte sie die eigene Haustür erreicht, brach der Vulkan aus. Sie fühlte das Feuer, hörte das Bersten der Steine. Sie läutete wie verrückt und hielt sich an der großen Türklinke fest, um nicht nach hinten zu stürzen, hinein in den Schlund der Erde. »Ich möchte aus der Welt, nicht in sie hinein!« schrie sie.
»*Was*?!« brüllte Anton durch die Gegensprechanlage.
»Mach auf!« kreischte sie.
Als sie im dunklen, kühlen Hausflur stand, preßte sie die Hände gegen die Augen, um nicht zu weinen, und stieg dann langsam die Treppen aufwärts.

Anton wollte nicht mitkommen«, sagte Matilda, als ihre Mutter die Tür geöffnet hatte und sie deren Wohnung betrat.
»Warum?« fragte Mela und folgte ihr in das schattige Zimmer. Melas Räume lagen tiefer und wurden vom Abendschatten früh erfaßt.
»Er sagt, er hätte keinen Hunger. Die Wahrheit ist, daß er mich heute nicht mehr erträgt.«
Mela ging zur Anrichte, nahm eine geöffnete Flasche zur Hand und begann, den Rotwein langsam in eine Glaskaraffe zu gießen. Matilda setzte sich in den Lehnsessel, dessen abgewetzter Überzug ihr ebenso vertraut war wie

das Gesicht ihrer Mutter. Das verwaschene Muster ineinandergeschlungener Mohnblumen hatte sie durch das Leben begleitet. Als Kind hatte sie sich dort verkrochen, wenn die Eltern Streit hatten, die Linien der Stengel und roten Blüten mit ihren Augen und Fingerspitzen verfolgt, und sich auf diese Weise von den Schreien und Schlägen um sie her abgewandt. Die Mutter war damals oft weinend zwischen den Mohnblumen gesessen. Später verband sich für Matilda mit diesem Lehnsessel nur noch das Bild von Mela mit angezogenen Beinen, gesenkten Augen hinter einer dunkelgefaßten Brille, ein Buch im Schoß. Sie selbst begann jeden Besuch bei der Mutter mit einem kurzen Aufenthalt zwischen dieser verblichenen, mohnblumengemusterten Polsterung, als suche sie Anschluß an ihr bisheriges Leben. Wenn sie dort saß, wurde die Vergangenheit anschaubar.
»Und warum heute?« fragte Mela, nachdem sie die vollgefüllte Karaffe auf den Tisch gestellt hatte.
»Wie bitte?«
»Warum er dich *heute* nicht mehr erträgt?«
»Ich habe –«, Matilda lehnte ihren Kopf zurück, »– er ist erschrocken. Ich habe in die Gegensprechanlage gebrüllt. Hinter mir ist der Vulkan ausgebrochen.«
»Der Vulkan?«
»Ja, Mela. Unser Platz wurde hochgeschleudert, der Krater reichte unsäglich tief, ich hing an seinem Rand. An unserer Haustür. Hinter mir brach alles davon.«
»Mädchen«, sagte Mela und setzte sich.
»Erfindungen. Mach dir nichts draus.«
Matilda verließ den Lehnsessel und ging zum Tisch. Er war für drei gedeckt. Sie und Anton aßen häufig bei ihrer Mutter, da diese ausgezeichnet kochte und Anton ›ziemlich ungenießbar‹ fand, was sie selbst zubereitete.

Heute würde er wohl in ein Gasthaus gehen und an seiner Verzweiflung würgen. Er tat ihr leid.
»Anton tut mir leid«, sagte Matilda.
Mela schwieg und füllte ihnen beiden die Teller.
»Prima«, sagte Matilda, »nichts hab ich lieber als dein Gemüserisotto.«
Mela schenkte die Gläser voll und beide begannen zu essen. Vor den offenen Fenstern wurde es dämmrig, Straßengeräusche drangen herauf. Als Matilda kauend ihren Blick schweifen ließ, sah sie gegenüber, auf gleicher Höhe, Pauline an ihrem Computer sitzen. Wie auf einer fernen, beleuchteten Insel hing ihr Profil im Meer des Abends, das zwischen den Häusern anstieg.
»Warum schreibst *du* eigentlich keine Geschichten?« fragte Matilda.
Mela sah sie erstaunt an. »Ich? Wie kommst du drauf?«
»Du warst dein Leben lang zwischen Büchern. Du liest so regelmäßig wie du atmest. Warum schreibst du nicht auch?«
»Weil das was anderes ist. Bücher brauchen Leser. Ich bin der zweite Teil des Vorganges *BUCH.* Ich erlebe, was andere für mich erfinden.«
Matilda ließ einen Löffel voll Risotto in den Teller zurücksinken und betrachtete Mela.
»Und wo bleibt da dein eigenes Leben?« fragte sie.
»Das *ist* mein eigenes Leben«, sagte Mela.
Unten auf dem Platz kreischten die Bremsen eines Autos, dann wurde gellend gehupt. Beide hatten erschrocken den Blick zum Fenster gewandt, dann neigten sie sich wieder über ihre Teller und aßen weiter.
»Deine Pauline mit dem Zopf hingegen schreibt unermüdlich«, sagte Mela, »und lebt *so* ihr Leben. Nicht die Ereignisse zählen, die, die du tatsächlich bewältigen

mußt. Über dem Bewältigen vergißt man oft zu erleben. Und nur die Erlebniskraft zählt.«
»Ich *erlebe*«, sagte Matilda.
»Ich weiß«, sagte Mela, »und wenn es dabei um einen Vulkan geht, der neben dir ausbricht, macht mir das Sorge.«
»Vulkane brechen aus. Und sehr oft neben einem, das weißt du gut genug. Das hast auch du *erlebt*, und es war deine Geschichte, und ganz und gar keine Erfindung. Wenn ich in ein Entsetzen gerate, über dem Anton die Fassung verliert und flüchten muß – weil er das Entsetzen einer Irrsinnigen wahrzunehmen meint – – Wirklich entsetzlich und irrsinnig war das, was du, Mela, vor meinen Augen erlitten hast. Das war Vulkan und Höllenfahrt, und du hattest nur deinen Mohnblumensessel, um dich festzuhalten, wie ich eben heute meine Türklinke.«
»Schlimm, daß du das alles mitansehen mußtest«, sagte Mela, »es ist schuld an allem.«
»Hör sofort auf. Sei kein Schrobacher, ich bitte dich! *Schuld* woran? Man muß einiges mitansehen, und immer wieder, ob nun früher oder später, das tut nicht viel zur Sache.«
Mela kicherte plötzlich.
»*Sei kein Schrobacher*! Das klingt ja köstlich. Muß ich mir merken. Sei kein Schrobacher!«
Matilda begann ebenfalls zu lachen. »Sei kein Schrobacher!« Beide wurden mehr und mehr vom Gelächter erfaßt, sie krümmten sich, und Tränen flossen ihnen über die Wangen. Als sie schließlich wieder ruhig wurden, saßen sie einander erschöpft gegenüber. Mela rieb sich die Augen. »Ich hab lange nicht mehr so gelacht«, sagte sie.
»Und lange nicht mehr so geweint«, fügte Matilda hinzu.

»Ja.«
Mela stand auf und räumte die Teller vom Tisch. Dann verschwand sie kurz in der Küche und kam mit einer Schüssel Himbeeren zurück, die mit Sauerrahm und Zucker bedeckt waren.
»Hm«, sagte Matilda.
Sie löffelten den Nachtisch im Schein der Stehlampe, die Mela angedreht hatte, und die über den verblichenen Mohnblumen hing und sie ein wenig rötete. Es war Melas Leselampe, die einzige Lichtquelle, mit der sie ihre Abende und Nächte erleuchtete.
»Du hast immer noch rote Augen«, sagte Matilda, »und wenn ich dich so sehe, sitzt Vater sofort mit uns am Tisch.«
»Vater«, Mela wiederholte dieses Wort, als wäre es ihr entfallen gewesen. »Hast du ihn so genannt?«
»Ich nenne ihn jetzt so. Damals hab ich *Papi* gesagt, und später *Kurt.*«
»Kurt«, sagte Mela, ließ den Löffel sinken und schaute vor sich hin. Ihr Blick spaltete die Vergangenheit, eine Wand nach der anderen wurde durchbrochen, lautlos sanken sie zur Seite, und am Ende stand Matildas Vater und hob seine Hand. Matilda wußte nicht, ob er grüßen oder schlagen wollte. Sein Gesicht sah sonnengebräunt aus, aber es war der Alkohol, der es so dunkel gefärbt hatte. Als er zu lächeln begann, sah sie deutlich seine großen Zähne. Er stand im Schutt der aufgebrochenen Vergangenheit und zuckte langsam und schwer mit den Schultern. Er hatte immer mit den Schultern gezuckt, nachdem der Teufel ihn geritten hatte. Wenn Melas Gesicht blau angeschwollen war, sie im Lehnsessel ihr Weinen verbergen wollte, er mit Übelkeit und irgendeiner Entschuldigung rang, hatte er schließlich langsam und

schwer mit den Schultern gezuckt, ehe er zur Toilette ging und erbrach. Jedesmal. Und jetzt schien sein Schulterzucken als Welle zu Matilda zu fließen, sie fühlte es wie eine Berührung. *Tildi!* rief ihr Vater aus der Vergangenheit herüber, in der Stimme denselben Klang, den sie entwickeln konnte, wenn er nüchtern war. Ein Windstoß fuhr ihm durch das Haar.
»Ach hör auf«, schrie Matilda zurück, »laß bloß das *Tildi*, ich hab nie gemocht, wenn du mich so genannt hast.«
»Was ist los?« fragte Mela und hob den Kopf.
Matildas Vater tat einen Schritt vorwärts und der Schutt knirschte unter seinen Schuhen. Nach wie vor die schweren maßgeschneiderten Schuhe von *Nagy*, eine seiner vielen kostspieligen Vorlieben, die neben dem Spiel seinen Ruin beschleunigt hatten. Matilda sah jetzt, daß er einen Stoß Bücher unter dem anderen Arm trug. Er senkte die gehobene Hand, zog eines der Bücher aus dem Stapel und winkte Matilda damit zu. Sein Gesicht wurde noch dunkler, als stünde er im Gegenlicht. Woher die Helligkeit hinter seinem Körper kam, konnte Matilda nicht erkennen, aber die Umrisse wurden immer schärfer, während die Einzelheiten seines Gesichtes und seiner Gestalt verschwammen. Aber immer noch winkte er mit dem Buch zu ihr herüber.
»Was willst du mit dem Buch?« rief Matilda schließlich, »Buchhändlerin werde *ich* mit Sicherheit keine – falls du das meinst.«
»Matilda!«
Jetzt ließ ihr Vater das Buch los, und es flog wie ein freigelassener Vogel von seiner Hand. Wirbelte hinauf und davon in dieses undefinierbare Licht, das sich enger um den Vater schloß und ihn aufzusaugen schien.
»Matilda!« sagte Mela nochmals.

Die Wände stiegen wieder hoch, da war das Zimmer ihrer Mutter und deren auf sie gerichteter Blick. Matilda lehnte sich zurück, als müsse sie ausruhen.
»Wer will, daß du Buchhändlerin wirst?« fragte Mela.
»Niemand. Ich dachte nur – Er hat *Tildi* gesagt und mit einem Buch gewinkt.«
»Ach so.« Nach einer Pause sagte Mela: »Als er noch denken konnte, hat er Bücher geliebt. Aber er hätte nie gewollt, daß du Buchhändlerin wirst, glaube mir. Daß du *Händlerin* wirst. Er hat den Handel und das Handeln verabscheut. Weil ihm alles als Schacher erschien, wurde er schließlich handlungsunfähig. Nur das Spiel gab es noch für ihn.«
»Beim Prügeln blieb er aber recht handlungsfähig.«
»Nein. Da ist er explodiert. Das ist ihm geschehen.«
»Verteidigst du ihn?«
»Nein. Ich erkläre ihn.«

Matilda überquerte den Platz und schaute kurz hinauf zu ihrer Wohnung. Da kein Licht brannte, nahm sie an, daß Anton noch nicht zu Hause war. Und wenn er daheim gewesen wäre, hätte sie das noch dringlicher bewogen, fortzubleiben. Sie wollte sich seinen prüfenden Augen, die nur Unheil zu erwarten schienen, jetzt nicht stellen. Er besteht darauf, daß ich meschugge bin, dachte Matilda. Und ich kann es ihm nicht ausreden. Das ermüdet uns beide.
Sie stand vor Paulines Haustür, die trotz der Abendstunde noch geöffnet war. Die Scheinwerfer der Autos,

die vorbeifuhren, glitten in das Stiegenhaus, holten die Reliefs von Lorbeerranken hervor, die den oberen Rand der Wände abschlossen, wanderten weiter, und warfen den Flur wieder in Dämmerlicht zurück.
Matilda betrat das Haus und stieg die gewundenen Treppen aufwärts. In jedem Stockwerk hing eine alte eiserne Lampe, die Schirme aus Milchglas warfen ein trübes Licht. Aus irgendeiner Wohnung roch es durchdringend nach gebratenen Zwiebeln. Auf einer Visitenkarte, die an die dunkelbraune Holztür geheftet war, las sie den Namen *Pauline Gross*. Sie zögerte kurz, drückte dann aber kräftig auf den Klingelknopf. Das Schrillen im Inneren der Wohnung war so laut, daß sie zusammenzuckte.
Es dauerte eine Weile, bis Schritte zu hören waren. Pauline öffnete und sah Matilda ohne Erstaunen an.
»Ich hab mir gedacht, daß wir uns heute noch sehen«, sagte sie.
»Ich eigentlich nicht«, sagte Matilda, »ich hoffe, ich störe Sie nicht.«
Pauline ging in das Zimmer voran, das Matilda vom Hineinspähen bereits zu kennen meinte. Trotzdem wirkte es jetzt weiträumiger auf sie, vielleicht, weil der Tisch mit dem Computer und der Arbeitslampe in der Mitte des Raumes stand, der ansonsten nur spärlich möbliert war. Sie konnte jetzt auf die erleuchteten Fenster ihres eigenen Hauses hinübersehen. Bei Mela brannte die Lampe über dem Lehnsessel.
»Da sitzt sie wieder zwischen ihren alten Mohnblumen und liest«, murmelte Matilda und trat näher an Paulines Fenster heran.
»Wer?« fragte Pauline und kam an ihre Seite.
»Meine Mutter. Sie wohnt da drüben.«
»Also doch. Ich hab mich gefragt, ob das Ihre Mutter ist.«

Pauline ging ins Zimmer zurück und setzte sich vor den Arbeitstisch, es schien der einzige ihr gemäße Platz in diesem Raum zu sein. Sie deutete auf einen Sessel, der an der Breitseite des Tisches stand.

»Setzen Sie sich zu mir?«

Als Matilda saß, schwiegen sie beide und schauten einander an. Es macht mich nicht verlegen, dachte Matilda. Wenn man einander nicht kennt und schweigt, macht einen das doch meist verlegen. Bei ihr nicht. Paulines dicker Zopf schien immer noch feucht zu sein, und er kringelte sich auf einer Bluse, deren Muster aus gelben Halbmonden bestand. Ihre Beine mit den dicklichen Waden steckten in einer schwarzen Hose, sie legte sie jetzt übereinander und lehnte sich in ihrem Sessel zurück. Nur die Hälfte ihres Gesichtes war von der Lampe erhellt.

»Ihre Mutter liest also viel?« fragte sie.

»Ja«, sagte Matilda, »aber von *Ihnen* kennt sie nichts. Trotzdem, sie war es, die mir gesagt hat, daß Sie Schriftstellerin sind – Post vom Verlag kam versehentlich zu ihr. Aber obwohl sie früher Buchhändlerin war, kennt sie auch den Verlag nicht.«

»Kein Wunder«, sagte Pauline und betrachtete die Hände in ihrem Schoß. »Ich schreibe nicht für Verlage. Ich schreibe.«

»Können Sie davon leben?«

»Ich lebe nicht davon, nicht im pekuniären Sinn. Anders gesehen natürlich schon. Wollen Sie ein Glas Wein?«

Als Matilda nickte, stand Pauline auf und ging aus dem Zimmer. Matilda hörte das leise Rauschen des laufenden Computers. Sie erhob sich von ihrem Sessel und beugte sich hinüber. Der bläuliche Bildschirm zeigte nichts an, aber sie wußte von Antons begeisterten Erklärungen zu seinem eigenen Gerät, wie man die Schrift sichtbar machen konnte. Das sollte ich nicht tun, dachte Matilda und drückte die Taste.

nur ein Auslauf. Er hatte erwartet, ungehindert ins Freie zu können, und stand jetzt mit hängenden Armen vor der Hecke. Sie war zu dicht und zu hoch, er wäre in den Dornen hängengeblieben. Er wandte sich zurück und sah Jessica in der Tür lehnen. Sie lächelte und drohte ihm scherzhaft mit dem Finger, ihre Augen jedoch blieben hell und kalt. Er

las sie. Ehe sie wieder Platz nehmen konnte, kam Pauline zurück und stellte zwei Gläser und eine Flasche Rotwein neben den Computer. Matilda deutete auf den Bildschirm.
»Was ist mit ihm und Jessica?« fragte sie und setzte sich.
»Sie halten einander gefangen.« Pauline goß den Wein in die Gläser und schob eines zu Matilda hinüber. »Aber was ich gerade beschreibe, ist ein Traum. Er träumt.«
»Hat er auch einen Namen?«
»Jakob.«
»Sehr biblisch, beide –«
»Sie hassen einander auf alttestamentarische Weise.«
»Sie schreiben eine Geschichte über das Hassen?«
»Ja.«
Matilda nahm einen Schluck aus ihrem Glas und stellte es dann wieder zurück. Aus Paulines Bluse lösten sich die Monde und flogen auf sie zu, ein Strom kleiner gelber Monde, sie blieben ihr im Gesicht hängen und raubten ihr den Atem. Sie hob die Hände, fuhr sich über Wangen, Nase und Augen und schüttelte die Monde aus ihren Fingern. Gleichzeitig sah sie das Auge in Paulines beleuch-

teter Gesichtshälfte groß werden, ein Malzbonbon von unerhörtem Glanz.
»Starren Sie nicht«, sagte Matilda, »tun Sie was mit Ihrer Bluse.«
»Wieso? Was haben Sie?« fragte Pauline und näherte ihr Gesicht, das ebenfalls wie ein Halbmond aussah. Ein großer Halbmond mit einem Auge. Das schien den Sturm der kleinen Monde zu beruhigen, sie sausten Matilda nicht mehr ins Gesicht, sondern flatterten zu Boden und verglommen. Schließlich saßen die gelben Halbmonde wieder fest im Muster von Paulines Bluse und rührten sich nicht. Matilda atmete auf und lehnte sich zurück.
»Was war mit meiner Bluse?« fragte Pauline.
»Die Monde sind verrückt geworden und haben mich angeflogen«, sagte Matilda, »aber es ist vorbei.«
Pauline sah sie an. »Ich glaube, Ihr Syndrom ist auch nicht ohne.«
»Es sind Erfindungen.«
»Wer sagt das?«
»Alle, denen ich auf die Nerven gehe oder die glauben, daß sie mir helfen müssen.«
»Und was ist es wirklich?«
Matilda führte ihr Weinglas zum Mund. Pauline ließ sie nicht aus den Augen, hob aber auch das ihre hoch und nahm einen Schluck.
»Was ist es?« fragte sie.
»Schaun Sie mich nicht so vorsichtig an«, sagte Matilda. »Ich bin nicht verrückt. Behaupte ich jedenfalls. Es ist, wie Sie gesagt haben. *Alles ist da.*«
Pauline wandte ihren Kopf und schaute auf den Bildschirm, der wieder leer und blau geworden war. Dann drückte sie leicht auf die Taste und die Schrift sprang hervor.

»Ich habe übertrieben«, sagte sie, »manchmal ist gar nichts da. *Er*, ja. Und weiter? Ehe Sie geläutet hatten, saß ich über diesem *Er* und wußte überhaupt nicht mehr, was ich mit dem Kerl und seinem Traum anfangen soll.«

»Er bückte sich, nahm einen Stein hoch und schleuderte ihn in Jessicas Gesicht. Es wurde zermanscht wie ein weicher Apfel und fiel auseinander«, sagte Matilda.

»Um Gottes willen.«

»Sie sagten, es sei ein Traum. Träume sind nicht zimperlich.«

»Da haben Sie recht.«

Pauline hatte die Hände im Schoß liegen und starrte auf den Bildschirm, als müsse sie durch ihn hindurchsehen. Plötzlich begann sie zu schreiben.

bückte sich, nahm einen Stein hoch und schleuderte ihn in Jessicas Gesicht. Es wurde zermanscht wie ein weicher Apfel und fiel auseinander, aber sie selbst blieb aufrecht im Türrahmen stehen. »Fall doch um«, schrie Jakob, »fall doch endlich um, fall endlich einmal um!« Jessicas Körper begann sich jedoch zu bewegen, sanft und geschmeidig wie immer kam sie auf ihn zu. Die blutige Masse ihres zerstörten Gesichtes trug sie aufrecht über ihrem stolzen Hals, sie trug es ihm entgegen, als wäre es eine Trophäe. Obwohl ihre Augen zerplatzt waren, fühlte er ihren Blick.

»Na bitte«, sagte Matilda. »Wacht er jetzt auf?«

»Soll er?«

»Der Traum ist grauslich genug, um darüber zu erwachen.«

»Gut«, sagte Pauline und schrieb weiter.

Sie kam immer näher und er wich zurück, bis er die Hecke erreichte und in sie hineinfiel. Die Dornen bohrten sich in seinen Rücken, ohnmächtig wie ein aufgespießter Käfer erwartete er, daß Jessica ihr blutiges Gesicht über ihn neigen würde und ihn darunter begraben. »Warum verlierst du deinen Kopf nicht woanders?« stöhnte er, »warum muß diese kaputte Scheiße auf mir landen?« Er wehrte Jessica mit beiden Händen ab, fühlte Haut und Blut zwischen seinen Fingern, Haare, Nässe – –
»He!« schrie sie, »laß mich los, du Idiot!«
Er öffnete die Augen und sah Jessicas heiles Gesicht dicht über dem seinen, seine Hände in ihrem Haar verkrallt, das frischgewaschen und tropfend über ihm hing.
»Ich hab nur nachgesehen, warum du so stöhnst, da hast du mich plötzlich gepackt«, sagte Jessica, löste sich unwillig aus seinen Händen und stand auf.

Pauline lehnte sich zurück.
»Sind sie verheiratet, die zwei?« fragte Matilda.
»Sie leben zusammen.«
»Ich *bin* verheiratet«, sagte Matilda, »aber solche Träume hab ich nicht.«
»Ja?« Pauline sah sie an. »Ich hatte den Eindruck, Sie wären in solchen Träumen zu Hause.«
»In *Träumen* bin ich zu Hause, das schon.«
Matilda sah ihre Mutter drüben aus dem Lehnsessel auftauchen, sie stand im beleuchteten Zimmerausschnitt und dehnte beide Arme. Weil sie immer so verkrümmt sitzt beim Lesen, dachte Matilda. Dann bückte Mela sich und drehte die Stehlampe ab. Im schwachen Licht aus anderen Räumen glitt ihre Silhouette davon. Matilda trat ans Fenster und schaute zu ihrer eigenen Wohnung hinauf. Dort brannte Licht.

»Anton ist nach Hause gekommen«, sagte sie, »ich sollte gehen.«
»Lieben Sie ihren Mann?« fragte Pauline.
Matilda gab keine Antwort, eine Frage wie bei Doktor Schrobacher, dachte sie. Sie trat neben Pauline und schaute zum Bildschirm hinunter, der leer vor sich hin glomm.
»Aber die beiden biblischen Hasser interessieren mich jetzt«, sagte sie, »darf ich wissen, wie es weitergeht?«
»Gern«, sagte Pauline, »Sie waren heute sehr anregend für mich. Ihre *Erfindungen* machen das wohl aus. Wollen Sie die nicht auch lieber aufschreiben als erleben?«
»Ich habe nicht die Wahl«, sagte Matilda.

Anton saß am Tisch und las. Er hatte das Gesicht in beide Fäuste gestützt und schaute auf das Buch hinunter, als hätte es Schuld auf sich geladen. Auch als Matilda das Zimmer betrat, veränderte er seine Haltung nicht.
»Du schaust gar nicht mehr fern?« fragte Matilda und zog ihr Kleid aus. Es war stickig in der Wohnung.
»Wo warst du?« fragte Anton.
»Bei Mela.«
»So lange?« Er nahm eine Faust von seiner Wange und blätterte um, den Blick weiterhin nur auf das Buch gerichtet.
»Danach hab ich eine Schriftstellerin besucht, die im Haus gegenüber wohnt.«
»Eine Schriftstellerin?« Jetzt hob Anton den Kopf und sah Matilda an.

»Ja. Ich hab sie nachmittags kennengelernt.«
»Bravo.« Anton beugte sich wieder über sein Buch. »So holst du dir Verstärkung, du selbst genügst dir wohl nicht.«
»Was?« Matilda setzte sich ihm gegenüber.
»Sie *schreibt* Geschichten, und du *machst* Geschichten.«
»Eine kluge Formulierung«, sagte Matilda. »Wie immer triffst du den Nagel auf den Kopf.«
Anton rührte sich nicht und Matilda sah ihn an. Sein Oberkörper war nackt und glänzte feucht, die Haare über seiner Stirn klebten schweißnaß aneinander. Obwohl die Fenster geöffnet waren, schien die warme Luft in den Räumen stillzustehen und als kompakte Masse sie beide zu umschließen. Antons Gesicht, ein wenig zerdrückt zwischen seinen großen Fäusten, blieb mit gesenkten Wimpern auf das Buch gerichtet. Dabei liest er gar nicht, dachte Matilda, er sieht aus wie ein Kind, das tut, als könne es lesen.
»Hier ist es viel heißer als in der Wohnung drüben«, sagte sie.
»Dann zieh dort ein«, sagte Anton, ohne sich zu bewegen.
Matilda streckte die Hand nach seinem Buch aus und schlug es zu. *Wirklichkeit und Wirkung* las sie auf dem Umschlag, ehe sie es zur Seite legte. Anton senkte seine Fäuste und breitete die geöffneten Handflächen über die Holzplatte, als brauche er Halt. Sie sahen einander über den Tisch hinweg in die Augen.
»Was soll das«, sagte Matilda.
»Ganz einfach. Geh dorthin, wo man deine Erfindungen versteht und auf die Wirklichkeit pfeift. Vielleicht wirst du dort deine Vulkanausbrüche und Huflattichepidemien los, ja, vielleicht hilft dir das. Geh zu deiner Schriftstellerin, vielleicht ist sie sogar lesbisch und du kannst dort

auch deinen Körper befriedigen. Erfindet euch eure Geschichten und euer Leben, ernährt euch von Träumen, dichtet euch alles das zusammen, was die Realität eben nicht zu geben hat, und bleibt da drinnen, unzugänglich für vernünftige und *reale* Worte, und verärgert über die, die euch nicht *erreichen*! Mir reicht's. Ich kann deine eingebildeten Katastrophen und Wunder nicht mehr aushalten. Geh, ich bitte dich, zieh hinüber in die kühle Wohnung, zu deiner Schriftstellerfreundin, und zwischendurch laß dich von deiner geduldigen Mutter streicheln, aber mich laß in Ruh!«

Anton hatte ruhig zu sprechen begonnen und die Handflächen nicht von der Tischplatte gelöst. Auch zuletzt, als er bereits schrie, veränderte er diese Haltung nicht, nur preßte er die Finger so gewaltsam nieder, daß sie weiß wurden. Matilda fühlte, wie ihr der Schweiß ausbrach, Antons Atem schien glühend zu sein. Auch als er schwieg, atmete er noch heftig.

Matilda stand auf, zog ihren Büstenhalter aus und ging ins Badezimmer. Sie rieb sich mit einem Frottiertuch ab und wickelte es dann um ihren Körper. Als sie an den Tisch zurückkam, saß Anton immer noch unbeweglich vorgebeugt und starrte vor sich hin.

»Ich war ein einziges Mal bei dieser Frau«, sagte Matilda, »ich weiß nicht, ob sie lesbisch ist und ich möchte nicht zu ihr ziehen, ich habe mich nur mit ihr unterhalten. Wenn du mich aber wirklich los sein willst, gehe ich natürlich. Anderswohin eben.«

Anton schwieg.

»*Haßt* du mich?« fragte Matilda. Vielleicht liegt alles näher, als angenommen, dachte sie. Vielleicht zerschmettert mir Anton in seinen Träumen das Gesicht und fühlt sich von mir aufgespießt.

»Du bist mir zu schwer«, antwortete er.
Leicht werden, dachte Matilda, das wär's. Den Flug erlernen und sich davonmachen. Auch sich selbst zurücklassen. Sie ging zum Fenster und sprang hinaus in die warme Nacht. Das Frottiertuch ließ sie bei Anton zurück, es blieb auf dem Holzboden liegen, als hätte sie sich gehäutet. Sie flog nackt. Als sie im Bogen abwärts stieß, sah sie Paulines Zimmer immer noch vom hellen Kern des Computertisches erleuchtet, flüchtig konnte sie deren Umriß erkennen, die Hände und den geneigten Kopf. Matilda drehte sich um die eigene Achse, flog an Melas dunklen Fenstern vorbei, sah im Aufsteigen eine Gebärde Antons, die vielleicht ihr galt, ein Innehalten im Zurückschieben seines Stuhles, Augen und Mund in ein Schauen und Aufschreien geratend, das sie vergrößerte, aber da war sie schon vorbei und in die Höhe geschnellt. Die Geschwindigkeit, mit der sie sich über den Platz und über die Stadt erhob, war enorm. Es wurde kühl dort oben, ihr Körper durchschnitt die Luft mit einem feinen Geräusch, das man am ehesten ›Pfeifen‹ nennen konnte. Ja, die Luft pfiff an ihr vorbei. Trotzdem war sie in der Lage, ihre Arme auszubreiten. Sie versuchte, die Flugbahn ein wenig zu steuern, Schleifen zu ziehen. Die Nacht war wolkenlos, die erleuchteten Straßen und Plätze der Stadt genau auszunehmen. Aber sie verkleinerten sich in rasantem Tempo unter ihr, während sie den Sternen rasch näherzukommen schien. Es wurde immer kälter um sie her, und außer dem Pfeifen der Luft erstarben alle Geräusche, die Stille verdichtete sich zu einem unendlichen Schweigen, in dem kein Wort mehr zählte. Matilda versuchte mit einem Salto umzukehren, in die Welt zurückzufliegen, aber die Anziehungskraft der Erde schien bereits erloschen zu sein, sie wirbelte

mit ihren Saltos weiterhin den anderen Gestirnen zu. Das habe ich jetzt davon, schrie sie, aber Schreie waren in der Stille des Universums nicht mehr wirksam, kein Ton drang aus ihrem geöffneten Mund. Trotzdem schrie es in ihr weiter, während sie hinausgerissen wurde, das geschieht, wenn man seine Schwere hingibt, schrie sie. Die Schwere ist Teil des Lebens, nur die Toten fliegen auf, und noch will ich nicht tot sein. »Aber davon ist doch nicht die Rede«, rief einer, der vorbeiflog. Nur an seinen schweren Schuhsohlen erkannte sie, daß es ihr Vater gewesen war, aber es erleichterte sie, auf dem Flug hinauf zu den Galaxien eine menschliche Stimme gehört zu haben. Vater, schrie sie ihm hinterher, wovon *ist* die Rede? Ich möchte, daß von etwas die Rede ist, ich möchte mit dir reden! »Aber ja doch«, sagte seine Stimme neben ihr, obwohl sein Körper längst davongezischt war und sie einsam ihre Saltos und Loopings drehte, nackt und kalt in einer ewigen Nacht. Dann rede, sage Worte, schrie sie, bring mich zurück, bitte bring mich zurück –

»Ja, ich rede mit dir, du hörst es doch. Du bist ja bei mir«, sagte Anton, der mit seinem ganzen Körper auf ihr lag. Ihre Arme schmerzten vom Fliegen, sie ließ sie zur Seite fallen und sie sah seine Augen dicht vor ihren eigenen. Die Farblosigkeit von deren Iris schien sich zu Honiggelb gewandelt zu haben, sehr hell immer noch, wie verdünnt, aber doch eine Farbe.

»Du hast ja gelbe Augen«, sagte Matilda, »das ist mir noch nie aufgefallen.«

Anton richtete sich auf und starrte sie an.

»Wo warst du?« fragte er. Zum zweiten Mal an diesem Abend, dachte sie. Sein Gesicht war blaß und völlig verschwitzt, und auch ihr eigener, am Boden hingestreckter Körper schien wie aus dem Wasser gezogen.

»Ich wollte mich leicht machen und hochfliegen, aber das war wohl der falsche Weg«, sagte Matilda.
»Das war keine Erfindung mehr, Matilda, das war ein Anfall. Ich mußte dich bändigen, du warst wie ein Kreisel, und immer Richtung Fenster …«
Anton, der am Boden hockte, schob sich die feuchten Haare aus der Stirn und rieb seine Augen mit den Fingerknöcheln. Wieder sieht er aus wie ein Kind, dachte Matilda, ein Kind, das geweint hat oder übermüdet ist.
»Es tut mir leid«, sagte sie, »*du* tust mir leid, Anton.«
»Immerhin etwas.« Er stand auf und schaute auf sie hinunter. »Leid hat dir bisher noch nichts getan.«
Matilda lag nackt und naßgeschwitzt unter seinen Augen, und hatte plötzlich den Wunsch, ihre Schenkel zu öffnen.
»Nein«, sagte Anton, »jetzt nicht. Komm, steh auf.«
Matilda richtete ihren Oberkörper auf, fiel aber wieder zurück. Ihr war, als wären sämtliche Muskeln ihres Körpers überdehnt worden und erschlafft.
»Kein Wunder, nach *dem* Flug« sagte sie.
»War das ein Scherz?«
Sie antwortete nicht und versuchte nochmals aufzustehen. Schließlich kniete Anton neben ihr nieder und schob seine Arme unter sie.
»Du willst mich doch nicht tragen?« rief Matilda. Er begann sie hochzuheben, sein Gesicht rötete sich.
»Nein!« Matilda setzte sich plötzlich mit einem Schwung auf. »So gesehen bin ich dir auf jeden Fall zu schwer. Ich bin keine Frau, die man über die Schwelle tragen kann, wie du weißt. Über welche auch immer. Ich bin zu kräftig – um es elegant auszudrücken.«
Anton kniete neben ihr und schüttelte den Kopf.
»Ich verstehe es nicht. Da bist du wieder. Witzig, selbst-

kritisch, normal. Was zwingt dich nur zu diesen – Ausflügen? Kannst du mir das nicht wenigstens ansatzweise erklären?«

Matilda gelang es jetzt aufzustehen, indem sie sich an der Tischplatte festhielt. Am Boden lag das Badetuch, sie schaffte sogar, es aufzuheben und um sich zu wickeln.

»Du bist gut zu mir«, sagte sie, »und ich verspreche dir, den Doktor Schrobacher ernster zu nehmen. Aber geh jetzt schlafen.«

»Du kommst mit mir.«

Anton nahm sie um die Schultern und sie wehrte sich nicht. Im Vorbeigehen löschte er das Licht, und als sie sich auf das Bett legten, fielen nur noch die sanften Streifen der Straßenbeleuchtung durch das Zimmer.

Jakob blieb liegen und verfolgte Jessica mit seinen Blikken. Sie trat auf die Terrasse hinaus und kämmte in der Sonne ihr nasses Haar. Wie immer trug sie einen seiner Pyjamas. Ab und zu schüttelte sie den Kopf und die Tropfen aus den Haarspitzen umflogen sie wie kleine plötzliche Fontänen. Dann sah er sie den Hals recken und an die Balustrade treten. Sie beugte sich vor und hob dann die Hand zu einem unauffälligen Gruß. Jakob erkannte dennoch, wen sie grüßte. Es lag an den Bewegungen ihrer Finger, sie schienen kurz aufzublühen, weißen fleischfressenden Blumen ähnlich, und Jakob wußte, daß sie ihn nie mit solchen Händen berührt hatte.

»Ich weiß, wen du gegrüßt hast!« schrie Jakob und schämte sich gleichzeitig dafür, daß er es tat. Jessica wandte sich

um, die Sonne warf Schatten auf ihr gebräuntes Gesicht, die nassen Haare glänzten wie ein Helm.
»Umso besser!« schrie sie zurück.

»Wen hat sie gegrüßt?« fragte Matilda.
»Ihren Liebhaber natürlich«, sagte Pauline.
»Aha.«
»Ihr Lieblingswort, ich weiß.«
Matilda saß neben Pauline vor dem Computer. Vor den geöffneten Fenstern fiel ein lauer Regen, der in den frühen Morgenstunden begonnen hatte. Schon im Trenchcoat war Anton noch einmal ans Bett getreten und hatte gesagt: ›Nimm den Schirm mit, wenn du zum Schrobacher gehst. Ich habe übrigens mit ihm telephoniert.‹ Dann hatte er sich zu ihr heruntergebeugt und sie auf den Mund geküßt. Er hatte unausgeschlafen ausgesehen.
»Anton hat es auch schwer mit mir«, sagte Matilda, »und vielleicht wäre ihm ein Liebhaber lieber als *das*.«
»Was *das*?«
»Gestern hatte ich einen – er sagt: Anfall. Ich flog aus dem Fenster und der Welt davon, es war zuletzt recht scheußlich. Aber er hielt mich die ganze Zeit fest, weil ich angeblich runterspringen wollte.«
»Das sind keine Erfindungen mehr«, sagte Pauline, »das ist gefährlich.«
»Sagt Anton auch.«
»Gehört nicht viel dazu, das zu sagen.«
Aber viel, es mitzumachen, dachte Matilda.
»Kann ich weiterlesen?« fragte sie.
Pauline ließ das Computerbild weiterrollen. Matilda hob die Kaffeeschale in Mundhöhe und nahm immer wieder einen Schluck, während sie las.

Jakob stand auf, zog seinen Bademantel über und trat ebenfalls hinaus auf die Terrasse. Die Sonne blendete über dem weißen Stein und er blinzelte. Jessica deutete mit der Hand, in der sie den Kamm hielt, zur Straße hinunter, eine einladende, süffisante Geste, die sie in höchster Ruhe ausführte. Obwohl es ihn dazu drängte, verbot sich Jakob, hinunterzusehen. Er trat an die Brüstung und ließ seinen Blick in die Weite schweifen. Die Esplanade, die am Hotel vorbeiführte, war zur anderen Seite hin von einer hüfthohen, weißgestrichenen Mauer begrenzt, auf der in regelmäßigen Abständen steinerne Sockel mit ananasförmigen Aufsätzen aufragten, die ebenfalls blendend weiß lackiert waren. Hinter dieser Mauer befand sich nur noch Sandstrand und der auf ihn zurollende Ozean. Das regelmäßige Rauschen der Wogen war Jakob in diesen Tagen so vertraut geworden, daß er es in sich fühlte wie seinen eigenen Atem.

»Das Meer blitzt heute wie ein Messer«, sagte Jessica hinter ihm, »es macht mich nervös.«

»Nervös bist du immer«, antwortete Jakob, ohne sich umzudrehen, »und daß dich diese silberne Pracht vor uns an ein Messer gemahnt, spricht für sich.«

»Ich bin nicht immer nervös, mein Lieber, meist bin ich tödlich ruhig.«

»Kommt aufs selbe heraus«, sagte Jakob und haßte jedes einzelne seiner Worte. Wo sind wir hingeraten, dachte er, und spähte jetzt unauffällig zur Esplanade hinunter. Nur eine Frau im lila Jogginganzug führte ihren Hund, einen Boxer, an der Leine spazieren, und ein weißer offener Mercedes fuhr langsam vorbei, das Paar, das darin saß, trug Sonnenbrillen und lachte laut. Pedro war nicht mehr zu sehen.

»Willst du ihm

»Und?« fragte Matilda.
»Da haben Sie mich unterbrochen«, sagte Pauline, setzte ihre Kaffeeschale ab und schrieb mit flinken Fingern.

denn auch hinterherwinken, Liebling?« Jessica hatte seinen verstohlenen Blick natürlich wahrgenommen und lachte laut auf. Kein Lachen auf der Welt kann so glockenhell und böse klingen wie ihres, dachte Jakob.

Pauline nahm ihre Kaffeeschale wieder in beide Hände und lehnte sich zurück. Ihre Blicke hingen am Bildschirm, als wären sie dort verankert.
»Der Liebhaber heißt also Pedro?«, fragte Matilda.
»Ja. Ihm gehört das Tourismus-Büro.«
»Ich war noch nie am Meer.«
»Tatsächlich?« Pauline gab ihrem Drehsessel einen Ruck und starrte sie an. »Das ist ungewöhnlich, in unseren Tagen.«
»Ich glaube, ich sollte mit Anton ans Meer fahren«, sagte Matilda.
Pauline nickte.
»Reizklima, ja. Da kommt viel ans Licht. Mein ehemaliger Mann hat mich am Indischen Ozean fast erschlagen, und hinterher haben wir uns scheiden lassen.«
»Ob ich *deshalb* ans Meer möchte ...«, sagte Matilda. »Hat Ihre Geschichte damit zu tun?«
»Mit unserem Haß hat sie zu tun, ja.«
Pauline erhob sich, ging zum Fenster und hielt ihre Hand in den Regen.
»Spielen Sie wieder Brunnenfigur?« fragte Matilda.
»Nein.« Pauline fuhr sich mit der regennassen Hand über die Stirne und den Haaransatz, ehe sie sich ins Zimmer zurückwandte und weitersprach. »Er war Lektor bei ei-

nem recht großen Verlag, wissen Sie. An sich ein ruhiger, höflicher Mann. Er hat mich zum Schreiben angeregt, weil er soviel mit Geschriebenem zu tun hatte, mit mir darüber sprach, mich sogar Manuskripte lesen ließ, wenn er unsicher war und irgendeine Meinung hören wollte. Wir hatten die besten Voraussetzungen, sage ich Ihnen. Anfangs waren wir sogar heftig ineinander verliebt, so heftig jedenfalls, wie seine Soigniertheit es zuließ. Zwei Menschen, von Büchern umgeben, mit intellektuellen Ansprüchen, vernünftig essend, maßvoll erstklassige Weine trinkend, ihre Gefühle und Gedanken analysierend, ein – wie schon gesagt – soignierter, etwas älterer Mann mit einem phantastischen Profil und stets in englischen Sakkos, dazu eine junge Frau, gut erzogen, Mittelstandsfamilie, Philosophiestudium, sinnenfroh, erwartungsvoll, gut gelaunt. Und beide werden langsam aber sicher zu Bestien, gehen nach fünf Jahren wie Tiere aufeinander los. Das heißt, Tiere könnten so nicht sein, weil ihnen die intellektuelle Perfidie fehlt. Ich lebe heute noch von seinem Geld, und wir sehen uns manchmal zum Mittagessen. Dann bestellen wir sorgfältig und kultiviert, auf französisch oder italienisch, weil wir die Sprachen natürlich beherrschen, dann wissen wir genau, welcher Wein dazu paßt, und reden über Neuerscheinungen, die uns fast alle nicht gefallen. Dann fragt er höflich: ›Was macht dein Schreiben?‹, und ich lächle unbestimmt ›Es macht sich‹, und beide wissen wir in jeder Sekunde auf ganz andere Weise von uns und wagen einander kaum in die Augen zu sehen. Als könnten sich die Bestien dorthin zurückgezogen haben und einander wieder anspringen. Als sähe man sich im Auge des anderen so, wie es damals gespeichert wurde, schreiend, prügelnd, verzerrt, schwitzend, blutend, unflätig, ohnmächtig, gierig, mordlüstern, mit Worten mordend, mit Füßen tretend, mit Krallen kratzend, ich weiß es gar nicht drastisch genug zu schildern. Und heute sitzt man in leisem Gespräch vor seinem wasauchimmer *au gratin*, stößt mit einem Glas Chablis an, ist sich politisch sehr einig, und verabschiedet sich mit gehauchten Küssen auf jede Wange. Bis heute fasse ich das nicht, Matilda.«

Hinter Pauline durchkreuzte der Regen in feinen Linien den Fensterausschnitt. Nach einer Pause sagte Matilda: »Immerhin seid ihr am Ende vernünftig geworden, sehen Sie es doch so. Und er sorgt für Sie.«

Pauline lachte leise und kam wieder an den Tisch zurück. »*Sie* sind so unglaublich vernünftig, Matilda. Wie paßt das nur zu Ihren Erfindungen?«

»Apropos«, Matilda stand auf, »ich muß zum Schrobacher.«

»Ihr Arzt?«

»Mein – Schrobacher eben. Ich habe ihn noch nie *meinen Arzt* genannt.«

Als Matilda die Kaffeeschale auf das Tablett zurückstellte, fiel ihr auf, daß diese ein ähnliches Blau hatte wie Doktor Schrobachers Augen. Das Kornblumenblau der zwei Schalen schien alles an sich zu ziehen, im Regengrau und in der Düsternis des Zimmers die einzige bestimmende Farbe zu sein. Als befände sie sich in einer Schwarzweißzeichnung, Paulines dunkle Silhouette, der schwarze Zopf über ihrem Rücken, der unbeleuchtete Tisch mit dem glimmenden Computerbildschirm, auch das gemusterte Sofa an der Wand, alles wirkte wie erloschen, nur die zwei Schalen hatte jemand leuchtend blau bemalt.

Anton zu Gefallen ging Matilda mit aufgespanntem Regenschirm zu Doktor Schrobacher. Sie stieß ständig gegen die Regenschirme anderer Passanten und er war ihr im Weg, wie ein Regenschirm ihr stets im Weg war, da sie nichts gegen Regen einzuwenden hatte, der auf sie fiel. Aber Anton will es so, dachte sie, und er hat schrecklich müde ausgesehen. Ich ermüde ihn schrecklich.

Wie immer ging sie mit großen Schritten dahin, und ohne einen Blick in Auslagen zu werfen. Sie war gegen die Fülle dargebotener Waren nicht immun, das wußte sie. Nicht, weil sie sie besitzen wollte, sondern weil sie körperlich darauf reagierte. Ihr wurde schlecht. Und seit sie einmal mitten auf der Straße hatte erbrechen müssen, nachdem sie die Auslage eines Schuhgeschäftes studiert hatte, schaute sie einfach nicht mehr hin. Sie ging an Läden vorbei, als existierten sie nicht. Ein Kaufhaus zu betreten, kam für sie überhaupt nicht in Frage, dort würde ihr nicht nur schlecht, sie fiele in Ohnmacht, das wußte sie.

Als Matilda sich dem Haus von Doktor Schrobacher näherte, sah sie ihn eilig aus der entgegengesetzten Richtung kommen. Er hatte den Kragen seiner Jacke hochgestellt und ging mit leicht eingezogenem Kopf. Sein Blick war gesenkt. Am Hauseingang trafen sie aufeinander und er erschrak, als er die Augen hob und sie plötzlich vor ihm stand.

»Gottseidank«, sagte er, »ich dachte schon, Sie hätten mich nicht angetroffen. Ich bin zu spät, verzeihen Sie.«

»Ich hab Sie noch nie ohne Schreibtisch und Notizblock gesehen«, sagte Matilda, und fand, daß seine Augen blaue Farbflecken in einer grauen Malerei waren wie zuvor Paulines Kaffeeschalen. »Interessant, wie Sie sich als

Mensch bewegen. Die Straße entlang, Hände in den Hosentaschen und Regen im Haar. Gefällt mir auch.«

»Ich sollte Ihnen ein bißchen weniger gefallen, und Sie sollten mich dafür ernster nehmen, Matilda.«

»Letzteres habe ich vor. Obwohl Sie mir gefallen.«

Ich mache ihm ständig Avancen, warum nur, dachte Matilda. Aber ich würde gerne meine Hände in seinen Haaren bewegen, am Nacken, wo die grauen Locken sind.

Sie ging hinter ihm her zum Lift, er öffnete die altmodische Aufzugskabine, ließ sie eintreten, zog die Türe hinter sich zu und drückte auf den Messingknopf neben dem Täfelchen *4. Stock*. Langsam ratterten sie aufwärts. Auf die Milchglasscheiben, die sie einschlossen, waren Fruchtmotive geritzt, Kaskaden von Äpfeln, Kirschen und Pflaumen, durchscheinend und silbern. Matilda fühlte Doktor Schrobachers Atem auf ihrem Scheitel und sah sein Hemd vor sich, das bis zur Brust geöffnet war und dort eine leichte, ebenfalls graugelockte Behaarung sichtbar werden ließ. Er riecht nach frischer Wäsche und warmer Haut, dachte Matilda, ich würde mich gerne in ihn hineinfallen lassen. Der kleine Käfig aus lackiertem Holz und Glas hob sie beide aufwärts, sie standen einander schweigend gegenüber, ihre Körper von der ruckartigen Beförderung ins Schwingen gebracht. Oder nicht nur davon.

»Gleich sind wir oben«, sagte Doktor Schrobacher, mit einer Stimme, die nicht die Festigkeit seiner Ausführungen und Fragen hinter dem Schreibtisch besaß. Matilda hob den Kopf und erkannte, daß er sie von oben her betrachtet haben mußte, sie erkannte es an den Gedanken, die sein Blick widerspiegelte, und die ihren eigenen zu ähneln schienen.

Da hielt der Lift mit einem Ruck an. Doktor Schrobacher

schob zwar sofort die Türe auf, aber seine Augen blieben noch kurz in die ihren gesenkt, als müsse er eine Überlegung zu Ende führen. Blauer Schatten über mir, dachte Matilda, und hielt seinem Blick stand, ohne sich zu bewegen.
»Also los, Matilda.«
Plötzlich kam Bewegung in ihn, er schob sie aus der Aufzugskabine und umfaßte dabei ihre Schultern. Ihr schien, daß er sie länger festhielt als notwendig, vielleicht auch, weil der Griff seiner Hände sie bis zu den Fußsohlen durchströmte und schwer werden ließ. »Keine Müdigkeit vorschützen«, sagte er. Dann schloß er den Lift, öffnete seine Tür und ging voran, durch das Vorzimmer und bis zu seinem Schreibtisch. Aufatmend setzte er sich ihr gegenüber, als hätte er mit Mühe ein Ziel erreicht.
»Schade«, sagte Matilda, als sie ebenfalls Platz nahm.
»Was ist schade?«
»Daß wir wieder da sind, wo wir hingehören.«
Doktor Schrobacher kramte nach seinen Notizen und breitete sie dann vor sich aus. »Ihr Mann ist sehr besorgt«, sagte er.
Matilda schwieg.
»Sie wollten aus dem Fenster springen?« fragte Doktor Schrobacher.
»Ich wollte nur weg. Anton von mir befreien. Das Ganze hat zu weit geführt.«
»Kann man wohl sagen.«
Er sah sie an. Plötzlich fühlte Matilda in diesen kornblumenblauen Augen etwas Gestalt annehmen, das finster zu ihr herfuhr wie ein erster Windstoß vor dem Unwetter.
»Sie denken an etwas, das mir nicht gefällt«, sagte sie.
»Ja. Ich denke an etwas Ähnliches wie eine Klinik.«

»Nein!«
Matilda war aufgesprungen und hatte dabei den Sessel umgeworfen, ihr Körper wurde zu einer Welle, die Flucht signalisierte. Dennoch blieb sie stehen und starrte Doktor Schrobacher an.
»Eher springe ich wirklich«, sagte sie, »ich kann in meinen Erfindungen versinken und unsichtbar werden, glauben Sie mir. Ich wiederhole, daß ich nicht verrückt bin und an nichts leide. Ich werde meinen Mann Anton in Ruhe lassen und meiner Wege gehen. Dann kann ich mir Sie auch nicht mehr leisten, wir brechen unsere *Sitzungen* ab, Sie können mich vergessen und ich werde mich an den Kornblumenschatten in Ihren Augen erinnern. Punktum. Wenn Sie mich in eine Klinik stecken wollen, bin ich hier bei Ihnen nicht dort, wo ich hingehöre.«
»Hören Sie endlich auf, von diesen Kornblumen zu faseln, und setzen Sie sich bitte wieder. Ich stecke Sie nirgendwohin, ich denke darüber nach, wie Ihnen zu helfen sein könnte. Ich selbst fühle mich – überfordert. Ja. Überfordert.«
»Warum? Ich unterhalte mich doch ganz normal mit Ihnen. Oder?«
Doktor Schrobacher lehnte sich zurück und schüttelte den Kopf.
»Ich wollte das Wort *Kind* nicht mehr benützen, aber Sie sind eines, Matilda«, sagte er, »Sie sollten sich sehen, wie Sie dastehen. Bauch heraus, bereit zum Davonlaufen. Als würden wir beide in einer Sandkiste spielen und ich Sie mit Sand bewerfen.«
»Sie tun es«, sagte Matilda, stellte den umgeworfenen Sessel auf und setzte sich wieder hin.
Doktor Schrobacher sah auf seinen Kugelschreiber her-

ab, den er zwischen den Fingern rollte, er betrachtete ihn so eingehend, als erwarte er von der rhythmischen Hin-und-Her-Bewegung dieses Gegenstandes Lösungen. Das Zimmer begann sich mit Schweigen zu füllen, einzig der Regen auf den Fensterscheiben flüsterte.

»Also«, sagte Doktor Schrobacher schließlich, und Matilda hatte den Eindruck, daß er sich zu sprechen zwang, »was war da nachts los? Was hat Sie denn wirklich zu diesem – Absprung getrieben?«

»Interessiert Sie das tatsächlich?« fragte Matilda.

»*Jaaaa.*« Doktor Schrobacher hatte müde die Augen gehoben.

»Schon gut, schon gut, regen Sie sich nicht auf, war nur eine Frage. Also, es begann damit, daß Anton eifersüchtig war, weil ich spät abends eine Schriftstellerin besucht hatte. Ich solle zu ihr ziehen und mit ihr schlafen, sagte er. An sich nur die törichten Worte, wie sie bei jeder Woge von Eifersucht ausgestoßen werden. Aber es ging ihm wohl mehr – um das Erfinden – um Geschichten – mir war, als fühle er sich verlassen in all seiner Realität. Er las das Buch *Wirklichkeit und Wirkung*, als ich heimkam ... Schließlich sagte er, ich sei ihm zu schwer. Da wollte ich uns beide erlösen und habe mir den Sprung aus dem Fenster und den Flug ins Weltall – ja, erfunden. Es war nur eine meiner Erfindungen, glauben Sie mir.«

»Sie haben all die Zeit standhaft behauptet, diese seien auch Tatsachen für Sie. Eine andere Form von Realität.«

»Ja, genau! Daß ich etwas *erlebt* habe, hat meinen Mann geängstigt. Nur das.«

»Schwächen Sie jetzt nicht plötzlich alles ab, Matilda. Er konnte Ihr – Erlebnis nicht teilen, er mußte befürchten, Sie würden sich aus dem Fenster werfen, und er hat mit

Ihnen gerungen. Was heißt *nur*! Seine Angst scheint mir völlig berechtigt zu sein.«

»Übrigens – ich habe da oben kurz meinen Vater getroffen, er sprach zu mir, und schließlich wurde daraus Antons Stimme. Können Sie mit diesem Hinweis etwas anfangen?«

Matilda lächelte Doktor Schrobacher an.

Das Meer war stark bewegt und warf die Wogen als Fontänen aus Wasser und Gischt gegen den Strand. Der Himmel darüber besaß die Bläue von Kornblumen. Eine weißlackierte Holztreppe führte von der Esplanade zum breiten Sandstreifen hinunter, der durch den Wind von wehenden Staubfahnen bedeckt war. Deshalb lagen heute auch keine Badenden auf ihren bunten Tüchern, ein einziger Schwimmer war am Ufer zu sehen. Matilda zog ihre Schuhe aus und ging barfuß durch den heißen, wehenden Sand, der mit feinen Stichen über ihr Gesicht, ihre Arme und Beine herfiel. Das Meer rauschte betäubend laut, und immer lauter, je näher sie kam. Der Schwimmer stand mit dem Rücken zu ihr, die Arme auf die Hüften gestützt, auf seiner Haut glänzten Wassertropfen. Er stand dort, wo der Sand feucht war und ab und zu letzte Ausläufer der Brandung wie flache Zungen das Ufer beleckten, und er blickte über den stürmischen Ozean hinweg ins endlos Weite. Als Matilda hinter ihm stand, mußte sie gegen das Rauschen ankämpfen, wenn sie ihn beim Namen nannte. »*Fritz*!!!« schrie sie. Doktor Schrobacher wandte sich um und der meerblaue Himmel sah sie an. Die Haare auf seiner Brust kringelten sich und waren von Tropfen durchsetzt. Wie eine Wiese im Tau, dachte Matilda. Er lächelte und schrie zurück: »Ich dachte, *so spitz, der Fritz, ein Witz, der Fritz, ein frecher kurzer Blitz –*« Matilda schnitt ihm das Wort ab, indem sie ihn umarmte. »Ach was«, sagte sie, »es ist dein Name, und jetzt liebe ich ihn wie dich.« Sie sagte es ihm ins Ohr, seine nassen Haare an den Schläfen dufteten nach Meer, die unrasierte Wange war kühl. Sie fühlte seinen feuchten kühlen Körper durch das dünne Kleid, als fühle sie ihn auf ihrer Haut. Er legte die Arme um sie. Seine Hände umschlossen ihr Hinterteil, als wäre dieses der gegebene Inhalt für die beiden Schalen seiner großen Handflächen. Langsam drückte er sie an sich, ein vibrierendes Zentrum aus Wärme entstand zwischen ihnen und widersetzte sich aller Kühle aus Wasser und Wind. Er legte sie unter sich auf den meerüberspülten Sand und schob ihr das nasse Kleid hoch.

»Haben Sie mir zugehört?«
»Nein«, sagte Matilda mit geschlossenen Augen.
»*Matilda*!!!« schrie Doktor Schrobacher und Matilda lächelte. Wie ich am Meer geschrieen habe, dachte sie, nur fehlt hier das wunderbare Rauschen.
»Ich sollte ans Meer fahren«, sagte sie, ohne ihre Augen zu öffnen.
»Sicher keine schlechte Idee«, sagte Doktor Schrobacher, »aber machen Sie jetzt bitte Ihre Augen auf.«
Matilda gehorchte ihm mit einem langsamen Blick.
»Wo *waren* Sie?« fragte er.
»Am Meer«, sagte Matilda.
»Ich dachte, da wollen Sie hin.«
»Deshalb, ja.«
»Wie würden Sie selbst das nennen, was eben mit Ihnen los war?«

»Eine Er – träumung«, sagte Matilda und sah ihn an. »Ich war noch nie am Meer. Ich bin noch nie mit einem Flugzeug geflogen. Ich war mein Leben lang fast nur in dieser Stadt. Meine Eltern haben gestritten und ich bin zur Schule gegangen. Meine Eltern haben gestritten und ich habe unaufhörlich Bücher gelesen. Nachdem mein Vater meine Mutter mehrmals grün und blau geschlagen hat, hat er sich umgebracht. Ich sollte Philosophie studieren, habe aber bald geheiratet und bin mit meinem Mann in eine Wohnung gezogen, die im selben Haus lag. Nicht aufs Land, wie ich wollte. Ich blieb zwischen den alten Innenstadthäusern, als wären sie mein Gehäuse und ich der Kern. Ich war nie berufstätig und immer eine schlechte Hausfrau. Ich kann anscheinend keine Kinder kriegen, denn es kam nie dazu, ist mir aber recht so, mit mir als Mutter wäre jedes Kind zu bedauern. Ich lebe in den Tag hinein, wie man so schön sagt, und bin auf ganz gewöhnliche Weise zu nichts nütze. Sie sehen, lieber Fritz, wie öde und einfallslos ein Leben sein kann. Realistisch gesehen.«

Sie schwieg.

»Weiter, Matilda«, sagte Doktor Schrobacher leise, »reden Sie weiter. Bitte.«

»Sie meinen, weil die Schleuse offen ist?« Matilda lachte auf. »Ich weiß doch, was Sie hören wollen, aber gut. Hab ja versprochen, Sie ernst zu nehmen. Absolut *ernst* wäre zwar, Sie mir zu *nehmen* … Nicht diese erschrockenen Augen – das war nur ein Wortspiel! Ich lasse Sie schon wieder in Ruhe.«

»Matilda …«

»Finden Sie mich ekelhaft?«

»Sie sind völlig unzivilisiert.«

»Und?«

Doktor Schrobacher schwieg und sah sie an. In der Stille war immer noch der gleichmäßige Regen zu hören, der gegen das Fenster fiel, und ab und zu vorbeifahrende Autos auf der Straße. Matildas *Und?* schien zwischen ihnen zu schweben, in die Luft gemalt, mit einem großen runden Fragezeichen. Erst nach seiner Antwort würde es verschwinden, und auch diese schien in der Luft zu liegen.
»Und ich mag das«, sagte er.
Sie starrten einander in die Augen.
»Ehrlich?« fragte Matilda.
»Ich mag, daß Sie wild sind, ich mag Ihre Erfindungen, ich mag das alles viel zu sehr, und ich würde uns beiden deshalb empfehlen, die Sitzungen abzubrechen.«
»Deshalb?«
»Ja. Mir ist das grade jetzt klargeworden.«
Sie sahen einander immer noch unverwandt an. Matilda hätte ihn gerne wieder geküßt, aber seine Augen hinderten sie daran. Sie waren noch tiefer blau als sonst.
»Schade«, sagte sie, »daß Sie immer dort bleiben, wo Sie hingehören.«

Als Matilda auf der Straße stand, regnete es noch immer, und ihr fiel auf, daß sie ihren Schirm bei Doktor Schrobacher vergessen hatte. Sollte sie ihn holen? Diese Frage wurde für sie derart unlösbar, daß sie sich vorerst auf die steinerne Treppe vor der Haustür setzen mußte. Wir haben uns doch formell voneinander verabschiedet, dachte sie, sogar die Bezahlung der letzten Sitzungen besprochen, daß Anton das erledigen würde, und

alles Gute hat er mir gewünscht. Wenn ich jetzt zurückkomme? Wegen eines Regenschirms?
Etwas schmerzte. Etwas in ihr. Entweder ein inneres Organ, ein rein körperliches Instrument. Oder etwas dazwischen, ein Gefühl, das sich in ihrem Körper durch all das Organische hindurchzuzwängen schien, sich einen Weg bahnte, aber noch unfühlbar, unfaßbar blieb. Matilda legte sich beide Handflächen auf den Bauch und streckte die Beine aus. Ihre nackten Waden und dünnen Schuhe wurden schnell feucht vom Regen. Es gab Passanten, die ihren Füßen ausweichen mußten und deshalb ärgerliche Blicke zu ihr hinwarfen, wenn sie mit eingezogenen Köpfen vorbeieilten. Regenschirme flossen über die Straße, hingen über dem Menschenstrom wie Wasserrosen. Matilda saß am Rande des Flusses, und er kühlte ihre Zehen. Die Regenschirmrosen schwankten auf den Wellen an ihr vorüber, ihre dunklen Stengel bewegten sich heftig im Schatten der Tiefe. Der viele Regen, dachte Matilda, wird das Wasser steigen lassen. Es wird in Doktor Schrobachers Haus strömen und mich mitreißen. Ich brauche mich jetzt nicht zu entscheiden, es wird mich aufwärtstragen, ohnehin. Mein Regenschirm wird blühen wie alle anderen. Matilda lehnte sich zurück, fühlte das Ufer und schloß die Augen. Ein Rauschen umgab sie und drang langsam in das Innere ihres Kopfes. Die dahinfließenden Wasserrosen schienen manchmal gegeneinanderzustoßen, es klang wie zerreißende Seide. Wie ein Messer, das in Seide fährt und sie aufreißt. Auch dieses Geräusch geriet in Matildas Kopf, aber es tat weh. Das Rauschen hingegen tat wohl. Matilda räkelte sich an der feuchten Wand des Ufers, löste ihre Hände vom Bauch und ließ sie seitwärts gleiten. Damit ich leichter hochschwimme, wenn die Flut kommt, dachte sie. Doktor

Schrobacher wird staunen, wenn ich in sein Zimmer gespült komme, mit der ersten Woge. Und ruhig sage: *Ich hole meinen Regenschirm!* Matilda lachte auf, und ihr Lachen übertönte das Rauschen. »Ich hole meinen Regenschirm!« wiederholte sie und konnte plötzlich nicht mehr aufhören zu lachen. Schwimmend trieb sie Doktor Schrobacher entgegen, der aufgestanden war und ihr mit großen Augen entgegensah. Das Wasser wurde blau von diesem Blick und umströmte ihn in Sekundenschnelle bis zur Brust. An der sie landen würde.
»Ich *habe* Ihren Regenschirm«, sagte er.
Das Rauschen war verstummt und Matilda öffnete ihre Augen in eine großen Stille. Doktor Schrobachers Gesicht befand sich sehr nah über ihr. Und sie erkannte den feuchten Bezug ihres Regenschirmes, dunkelgrün mit schwarzen Punkten.
»Matilda«, sagte Doktor Schrobacher, »warum liegen Sie hier im Regen vor der Haustür?«
»Weil ich meinen Regenschirm vergessen hatte«, sagte Matilda.
»Ja, das habe ich bemerkt, hier ist er. Aber warum sind Sie nicht einfach zurückgekommen und haben ihn geholt?«
»Das war die Frage«, sagte Matilda und rappelte sich hoch. Sie saß aufrecht auf der Eingangsstufe und Doktor Schrobacher hockte vor ihr, den Regenschirm in der Hand. Einige Leute, die stehengeblieben waren, gingen kopfschüttelnd weiter.
»Ich dachte, ich erreiche Sie noch mit dem Schirm«, sagte Doktor Schrobacher.
»Haben Sie denn heute keine – Sitzungen mehr?« fragte Matilda.
»Nein.« Doktor Schrobacher setzte sich neben sie, stellte

den Regenschirm zwischen seine Beine und stützte Hände und Kinn darauf. So, dicht unter dem Eingang, fiel kein Regen, aber sie blickten beide auf die verregnete Straße hinaus.
»Der Fluß ist versickert«, sagte Matilda, »jetzt sind da nur noch nasse Regenschirme. Die Wasserrosen waren schöner.«
Doktor Schrobacher gab keine Antwort, aber er legte seinen Arm um Matildas Schultern. Er tat es langsam und ruhig und ihr wurde warm.
»Als Kind hatte ich eine Katze, die legte sich genau so um meinen Nacken«, sagte Matilda, »sie hieß Pelerine, deswegen.«
»Sie haben mir nie gesagt, daß Sie Haustiere besaßen.«
»Nur Pelerine. Nachdem sie starb, durfte ich keine Katze mehr haben.«
»Warum?«
»Sie war aus dem Fenster gestürzt. Mela hatte mir erzählt, Pelerine sei davongeflogen, sie sei die einzige Katze, die fliegen könne. Denken Sie jetzt darüber nach, was es hinsichtlich meiner Verrücktheit bedeutet, daß ich eine Katze hatte, die Pelerine hieß und aus dem Fenster fiel?«
»Gehen wir einen Kaffee trinken?« fragte Doktor Schrobacher.
»Ja, das ist besser«, antwortete Matilda und stand auf. »Übrigens war Pelerine die klügste aller Katzen, schneeweiß, nur zwischen den Augen stand eine kleine goldgelbe Flamme – wie die Flammen in den Religionsbüchern, die den Heiligen im Herzen brennen. Pelerine aber brannte sie auf der Stirn, *ein flammendes drittes Auge* hatte Mela immer gesagt. Ich habe nicht mehr an sie gedacht, weil – ich nicht an das denken will, was mich verlassen hat.«

Es regnete noch immer leicht, aber sie gingen nebeneinander her, ohne den Schirm aufzuspannen.
»Plötzlich reden Sie«, sagte er.
»Weil Sie nichts mehr in Ihr Notizbuch schreiben«, sagte Matilda.
Das *Café Birner* lag nur einige Häuser weiter, und sie betraten es mit feuchten Haaren und feuchter Kleidung. Nur eine alte Dame, die den Hut nicht abgelegt hatte, saß an einem der Tische und löffelte Schlagobers von ihrer heißen Schokolade. Auf ihrem Hut türmten sich Stiefmütterchen aus gelber Seide. Matilda und Doktor Schrobacher setzten sich auf zwei samtbezogene Bänke in der Fensternische, zwischen ihnen die kühle Marmorplatte.
»Angenehm«, sagte Matilda.
Ein Kellner kam aus einem Zimmer hinter der Theke, und seine Augen sahen aus, als hätte er gerade ein Nikkerchen gemacht. Er trat an ihren Tisch und seufzte.
»Das ist ein Wetter. Seit Tagen ist es schwül, und dauernd dieser Regen. Was darf ich bringen?«
»Zwei kleine Braune«, sagte Doktor Schrobacher. Dann sah er Matilda an. »Oder?«
»Ja«, sagte Matilda.
Der Kellner nickte und ging zur Kaffeemaschine, die sogleich klirrende und keuchende Geräusche ausstieß. Die alte Dame hatte sich am Schlagobers verschluckt und hustete ein wenig, dabei kamen die Stiefmütterchen auf ihrem Hut in Bewegung. Einige wirbelten davon und schwebten wie Falter durch den hohen Raum des Kaffeehauses. Matilda hielt die Hand auf, und einer landete auf ihrer Handfläche. Sie hielt sie Doktor Schrobacher entgegen.
»Da«, sagte sie, »ich schenke Ihnen einen gelben Falter.«

»Danke«, sagte Doktor Schrobacher und ließ ihn von ihrer Handfläche in die seine gleiten.
»Er ist erfunden«, sagte Matilda.
Doktor Schrobacher gab keine Antwort und setzte den Falter vorsichtig neben sich auf der Marmorplatte ab.
»Er sieht aus wie ein fliegendes Stiefmütterchen, nur damit Sie Bescheid wissen«, sagte Matilda. »Einmal fuhr Mela im Sommer mit mir aufs Land, ich glaube, sie ist damals vor meinem Vater geflüchtet, ihr halbes Gesicht war lila verfärbt, er hatte nur noch gesoffen und sie geschlagen. Aber wie auch immer – wir wohnten bei entfernten Verwandten, in einem Neubau zwischen jungen Obstbäumen. Die Gegend war flach und hauptsächlich von Feldern bedeckt, den ganzen Tag konnte man die Wolken ziehen sehen. Und es gab da eine Plantage von Stiefmütterchen, die vergesse ich nie. Gelbe, blaue, dunkelrote, weiße, ein Feld bis zum Horizont. Sofort wollte ich *Blumenplantagenbesitzerin* werden. Mela saß unter einem Baum und las. Und als ich ihr das sagte, als ich sagte: *Mela, ich werde einmal Blumenplantagenbesitzerin!*, hob sie die Augen und lächelte. Da wußte ich gleich, daß daraus nichts wird.«
»Und warum?« fragte Doktor Schrobacher.
»Mela hat ein Lächeln, das ›Vergiß es!‹ bedeutet. Auf diese Weise hat sie ihr ganzes Leben niedergelächelt.«
»Und das Ihre dazu, Matilda.«
Der Kellner brachte die zwei kleinen Kaffeetassen und stellte sie klirrend auf den Tisch. Matilda sah zu, wie Doktor Schrobacher eine Weile im Kaffee rührte und wie die feinen Linien des Dampfes daraus hochstiegen. Dann trank er die Tasse in einem Zug aus und fuhr sich mit der Papierserviette über die Lippen. Auch heute war er schlecht rasiert, was den Mund sehr deutlich hervortreten ließ.

»Trinken Sie Ihren Kaffee nicht?« fragte Doktor Schrobacher.
»Später«, sagte Matilda, »im Moment schaue ich Sie an.«
Er lehnte sich zurück und schaute ebenfalls zu ihr her. Ein blauer Strom, dachte Matilda. Nein, ein Band, es wickelt mich ein, ganz eng, es umfängt mich. Ich kriege keine Luft, aber das macht nichts. Es ist die schönste Atemlosigkeit, die ich kenne.
»Ich kann nicht sehr lange bleiben«, sagte Doktor Schrobacher.
»Klar«, sagte Matilda.
»Ein Besuch, der sein muß.«
»Klar.«
Zwei Mädchen betraten mit einem Schwall Gelächter das stille Kaffeehaus, »das war super« sagte die eine, »ja, cool« die andere, und beide Gesichter glänzten wie frische Äpfel. Sie warfen ihre Schultaschen unter den Tisch und bestellten Eiscreme und Coca-Cola.
»*So* jung war ich nie«, sagte Matilda.
»So unbeschwert, meinen Sie?« fragte Doktor Schrobacher.
»Ich weiß nicht, ob die beiden unbeschwert sind. Nein, ich meine – so gegenwärtig. So zu Hause. Ich hatte nie eine Freundin.«
»Warum denn nicht?«
»Sie fragen immer noch, als säßen wir an Ihrem Schreibtisch. Aber macht nichts – heute hab ich es gern. Ich hatte keine Lust, jemanden zu mir nach Hause zu bringen, das war's. Mein Vater konnte jederzeit besoffen auftauchen, und ich hätte mich geschämt. Mela war die meiste Zeit im Buchladen, ich ging nach der Schule zu ihr und machte meine Hausaufgaben im Hinterzimmer, zwischen Ber-

gen von Büchern und ohne Tageslicht, unter einer Lampe mit einem rostroten Pergamentschirm. Auf diesen rostroten Untergrund waren feine Halme und kleine Figuren gezeichnet. Die Gestalt eines Mädchens mit langem Rock und Haar, von Grashalmen umgeben, wiederholte sich immer wieder. Vielleicht hatte Mela eine Lampe mit kindlichen Bildmotiven besorgt, um mir das Hinterzimmer heimeliger zu machen, ich weiß es nicht. Jedenfalls wurde das Mädchen auf dem Lampenschirm mir zur einzigen Gefährtin. Eine Zwergenprinzessin im Gras. Ich nannte sie Melodia.«

»Melodia?«

»Ja, sie sang sehr schön. Und in ihrer kleinen Figur lag eine Linie, die der Mittellinie des Violinschlüssels glich. Wir sprachen viel über Musik, da sonst niemand mit mir darüber sprach.«

Doktor Schrobacher lehnte sich über den Tisch und nahm Matildas Hand in die seine.

»So *hatten* Sie ja Ihre Freundin, und sie entsprach ganz dem, womit Sie leben. Eine erfundene Freundin eben.«

»Ja«, sagte Matilda, »ich glaube, sie war meine erste Erfindung.«

Sie fühlte, wie ihre Finger zwischen den seinen lebendig wurden, aber da ließ er sie los.

»Ich muß gehen, Matilda«, sagte er.

»Klar«, antwortete sie. Warum sage ich nur dauernd *Klar*? fragte sie sich.

»Wo wohnen Sie?« fragte Doktor Schrobacher, »ich kenne ja nur Ihre Telephonnummer.«

Matilda nannte den Namen des Platzes, und er sah sie an.

»Das ist meine Richtung«, sagte er dann.

Die Dame unter dem Hut voller Stiefmütterchen aß jetzt

ein Stück Kuchen und Brösel fielen ihr aus dem Mund. Die beiden Mädchen lachten immer noch. Doktor Schrobacher bezahlte, Matilda ließ ihren Kaffee unberührt, stand auf und ging voraus. Auf der Straße regnete es nicht mehr, aber der Asphalt glänzte naß.
»Sie hätten schon wieder Ihren Regenschirm vergessen«, sagte Doktor Schrobacher, als er neben sie trat.
»Vors *Café Birner* hätte ich mich nicht hingelegt, keine Angst.«
Matilda nahm den grünen, gepunkteten Schirm und benützte ihn wie einen Spazierstock, als sie weitergingen.

Die Häuser lehnten sich zurück und ließen dem Himmel Platz. Blau wie Doktor Schrobachers Augen überfiel er die Stadt, und glitzernd löste sich die Nässe auf. Die Menschen flogen vorbei, vom leichten Wind getragen. Keine der Hauswände rollte sich dunkel ein, um die Straße unter sich zu begraben, im Gegenteil, wie Wegweiser zeigten sie in das Licht des frühen Nachmittags. Startbahnen in die Sonne, dachte Matilda, aber ich benütze sie nicht. Ich bleibe hier unten.
Sie wandte ihren Kopf Doktor Schrobacher zu, der neben ihr herging. Er sah vor sich hin auf die Straße, und sein Profil lag im Schatten. Die grauen Locken über dem Hemdkragen hingegen glänzten.
»Sie sind heute viel unterwegs«, sagte Matilda, »auch vorher, vor unserer – letzten Sitzung habe ich Sie auf der Straße getroffen. Ich fange an, mich daran zu gewöhnen.«

»Woran?« Doktor Schrobacher hob den Kopf und sah zu ihr her.
»Mit Ihnen draußen zu sein.«
»Trotzdem Matilda. Gewöhnen Sie sich besser nicht daran.«
»Klar.« Schon wieder *Klar*, dachte Matilda. »Aber warum seufzen Sie?«
»Ich hab heute einen schwierigen Tag.«
»Aha«, sagte Matilda.
Sie kamen Matildas Wohnhaus immer näher, aber Doktor Schrobacher blieb an ihrer Seite. Sie fühlte seine Schulter neben sich und den Rhythmus ihrer beider Schritte.
»Wann biegen Sie ab?« fragte sie, »ich bin bald zu Haus.«
»Ich muß dorthin«, sagte er.
»Wohin?«
»Zu Ihrem Platz.«
»Ah, *dort* machen Sie den Besuch, der sein muß?«
»Ja.«
Matilda stieg in eine Regenpfütze, und ihr Schuh wurde klitschnaß und schwer. Sie humpelte ein wenig, als sie weitergingen, zog schließlich beide Schuhe aus und blieb barfuß.
»Geht das so?« fragte Doktor Schrobacher, und Matilda nickte.
Sie kamen auf die Straße, die so schmal war, daß die hochstehende Sonne nicht bis auf ihren Grund fiel. Die Pflastersteine unter Matildas nackten Fußsohlen fühlten sich kühl und feucht an. Passantinnen mit klappernden Schuhen musterten ihre Füße, als wäre sie völlig nackt.
»Gänseliesl«, sagte Doktor Schrobacher und lächelte sie kurz an. Gleichzeitig begann er eiliger zu gehen. Als sie

auf den Platz hinaustraten, lag er zur Hälfte in der Sonne, und Matilda sah ihre eigenen Fenster das Gold des Nachmittags widerspiegeln. Vor Paulines Haus, das im Schatten lag, blieb Doktor Schrobacher stehen.
»Da bin ich«, sagte er.
»*Da?*« rief Matilda, »da wohnt die Schriftstellerin, die ich besucht habe, und auf die Anton eifersüchtig war.«
Als Doktor Schrobacher sich ihr zuwandte und auf sie herabschaute, fiel aus dem hellen Rechteck des Himmels ein dunkler Pfeil, er traf Matilda sofort und an der richtigen Stelle. Da stand sie, die Schuhe in der einen, den Regenschirm in der anderen Hand, und konnte ihn nicht abwehren. Daß Pfeile doch immer ins Herz gehen, dachte Matilda. Er saß fest, sein Schaft vibrierte wie der Flügel einer Libelle.
»Ich glaube –« Doktor Schrobacher rieb sich mit einer seltsamen, eckigen Gebärde die Stirn, »ich glaube – *sie* ist es auch, die ich jetzt besuche. So viele Schriftstellerinnen werden in diesem Haus nicht wohnen. Sie heißt doch – Pauline, oder?«
»Ja«, sagte Matilda.
Das Pflaster des Platzes war von Pfützen durchsetzt, in denen sich das Himmelsblau spiegelte. Eine von ihnen befand sich neben Matilda und sie trat hinein. Ihre Zehen versanken, dann langsam auch die Waden und Oberschenkel. Als sie bis zur Taille versunken war und der Kleiderrock um sie hing wie ein nasser Fallschirm, vibrierte immer noch der Pfeil vor ihrer Brust. Matilda warf Schuhe und Regenschirm von sich und riß ihn mit aller Kraft aus. »Scheiße«, schrie sie, »wer braucht sowas Altmodisches wie einen *Pfeil* im Herzen?« Nachdem dieser Widerstand entfernt war, konnte sie ohne Mühe untertauchen. Die dünne bläuliche Wasserschicht schloß

sich über ihr und sie lag friedvoll in kühlem Geröll und Erdreich. Sie befand sich jetzt am Grunde des kleinen Teiches, und ihr nasses Kleid berührte sie, wie schwimmende Algen es tun. Als sähe sie ihn durch eine gerillte Glasplatte, konnte sie über sich Doktor Schrobacher sehen. Er hatte ihre Schuhe und den Schirm in den Händen, stand vornübergebeugt und schien sie in der Tiefe zu suchen. Er wird mich nicht finden, dachte Matilda, niemals wieder, und schloß die Augen, um die Bläue der seinen nicht zu sehen. Der Regenteich wiegte sie sanft.

»Was für ein Pfeil, Matilda?« fragte Doktor Schrobacher. Erstaunlich war, daß sie ihn hier unten hören konnte, aber sie gab keine Antwort. Die Pfeile fliegen immer einer Abkehr voraus, dachte Matilda, aber das braucht er nicht zu wissen, wenn er's nicht ohnehin weiß.

»Was für eine *Abkehr* meinen Sie?«

Doktor Schrobacher berührte sie mit dem Regenschirm, ein leichter Schlag gegen ihren Oberarm, der sie die Augen öffnen ließ. Er stand vor ihr und schüttelte den Kopf.

»Was ist, Matilda«, sagte er, »warum werfen Sie alles von sich und stehen da wie angewurzelt? Und was soll das mit den Pfeilen und der Abkehr? Ich hab Sie nicht genau verstanden, Sie haben zu leise gesprochen... Eine Ihrer Erfindungen, Matilda?«

»Nicht nur«, sagte sie, und nahm Doktor Schrobacher Schuhe und Regenschirm wieder ab. Er blieb mit hängenden Armen stehen und schien sie zu betrachten.

»Schaun Sie mich bitte nicht an, als wäre ich eine seltene Spinne«, sagte Matilda, »obwohl ich das vielleicht ja bin. Und lassen Sie Pauline grüßen.«

»Sie *wissen*, daß Pauline meine – Freundin ist?«

»Ja«, sagte Matilda.

»Sie hat mir noch nichts von Ihren Besuchen erzählt.

Aber – wir haben einander in letzter Zeit überhaupt wenig erzählt, das erklärt es wohl.«
»Ich war erst zweimal bei ihr. Sie schreibt eine Geschichte, die mich interessiert. Sie handelt vom Hassen.«
»*Das* interessiert Sie, Matilda?«
»Ja, doch.«
»Ich glaube Ihnen nicht. Sie flüchten, ehe Sie zu hassen beginnen.«
»Mag sein, aber ich will etwas drüber wissen.«
»Ist nicht sehr erbaulich, ich würde Ihnen raten, diesbezüglich unwissend zu bleiben.«
»*Sie* kennen sich aus?«
»Einigermaßen. Leider.«
Die Sonne schien zuviel Feuchtigkeit aufgesaugt zu haben, denn eine Wolke verdunkelte plötzlich den Platz.
»Ein Schatten fiel über uns«, sagte sie.
»*Hallo*!« schrie jemand von oben herab, und Matilda und Doktor Schrobacher hoben die Köpfe. Im Fenster hing Pauline, ihr dicker Zopf baumelte herab und sie winkte mit den Armen.
»Wollt ihr nicht *beide* heraufkommen?« rief sie mit einer einladenden Geste. Matilda und Doktor Schrobacher senkten die Köpfe wieder und sahen einander in die Augen. Ein guter Ausdruck, dachte Matilda, einen Blick wechseln, ja, da wechselt etwas, geht eines zum anderen, und umgekehrt, dachte sie. Ein Blickwechsel. Erinnert mich an Wildwechsel, das Überwinden einer gegebenen Richtung, einer starren tödlichen Vorwärtsbewegung, im freien Sprung. Während sie das alles dachte, verschwand sie kurz im Kornblumenblau.
Dann schüttelte sie den Kopf.
»Ich komme jetzt nicht mit«, sagte sie, »aber ich besuche Pauline bald wieder, sagen Sie ihr das bitte.«

»Gut.«
Matilda winkte zu Pauline hinauf und wandte sich zum Gehen.
»Steigen Sie nicht in *alle* Pfützen«, sagte Doktor Schrobacher und Matilda sah ihn nochmals an.
»Nein, nur in die notwendigen.«
Er hob grüßend die Hand und betrat dann Paulines Haus. Sie sah ihn in die Dunkelheit des Treppenaufganges eintauchen, sein Hochsteigen geschah so gleichmäßig, als würde er hochgezogen. Mit einem Ruck drehte sich Matilda ab und blickte zu ihren Fenstern hinauf. Genau in diesem Augenblick kam die Sonne wieder hervor und ließ die Scheiben aufblitzen.

Die Vögel im Stiegenhaus flogen diesmal dicht, sie umschwirrten Matildas Kopf wie ein Schwarm Fledermäuse, und müde wehrte sie sie ab. Violette Schwingen tanzten vor ihren Augen, als wären sie ineinander verflochten, ein riesiger beweglicher Leib aus kleinen Vogelleibern schien sie zu umschließen. Ein Dickicht aus Flügeln, Schnäbeln, glänzenden Augen und gefiederten Bäuchen. »Kommt, Freunde, laßt mich durch«, sagte Matilda und stieg langsam aufwärts. Die Berührung der weichen Federn auf ihren Wangen tat wohl, als würde dort etwas auf zarte Weise hinweggefegt. Auf der Strohmatte vor ihrer Wohnungstür rieb Matilda ihre nackten Fußsohlen warm. Mein Schlüssel, dachte sie, und suchte ihn in ihrer Rocktasche, diesmal habe ich meinen Schlüssel doch mitgenommen.

Es war sehr still in der Wohnung und nicht so heiß wie in den letzten Tagen. Wie immer, wenn die Fenster geschlossen und sie beide für Stunden nicht zu Hause waren, nahm sie den Geruch der Räume wahr. Als hätte er sich von Antons und ihrem Vorhandensein gelöst, als sei es ein fremder Geruch. Sie legte die Schuhe und den Regenschirm zur Seite, ging quer durch die Wohnung, und öffnete alle Fenster, die zum Platz hinausführten. Sonne fiel ihr in die Augen, und auch sie brannte weniger heiß, der letzte Regen schien wirklich Abkühlung gebracht zu haben. Denke ich jetzt auch schon über das Wetter nach? fragte sich Matilda, und warf einen Blick zu Paulines Fenstern hinunter. Sie waren ebenfalls geöffnet. Der Computer, von der Tischlampe beleuchtet, stand leer im Raum und niemand war zu sehen.
Das Telephon läutete, Matilda setzte sich auf das Sofa und hob ab. Es war Mela, die fragte, ob sie zum Abendessen kämen.
»Heute lieber nicht«, sagte Matilda.
»Ist etwas?« Melas Stimme klang trotz dieser Frage hell und sorglos. Wie gut sie das kann, dachte Matilda.
»Nein«, sagte sie.
Mela schwieg und es entstand eine kurze Pause.
»Warst du beim Schrobacher?« fragte Mela dann.
Matilda nickte, doch dann fiel ihr ein, daß Mela das ja nicht sehen konnte. »Ja, ja. Ich bin müde, Mela, weißt du.«
»Gut, Mädchen. Mach dir einen gemütlichen Abend«, sagte Mela und legte auf. Sie wird kaum etwas essen, sich zwischen die alten Mohnblumen setzen, und ein Buch zu Ende lesen, dachte Matilda. Ihr Herz mit einer Geschichte verbinden, die sie nicht einmal selbst erfunden hat, und trotzdem wird es heute Abend *ihre* Ge-

schichte sein. Genauso, wie Mela mindestens zweimal in der Woche ins Kino geht, um dort unaufhaltsam zu versinken, oder zumindest ihren Körper zu verlassen. Mit leeren Augen, die keinen Funken ihrer eigenen Seele mehr enthalten, sitzt sie dann neben einem. Und deshalb habe ich aufgehört, sie ins Kino zu begleiten.
Matilda stand auf und ging in den Schlafraum. Sein einziges Fenster führte in einen Hinterhof, und es war dort immer schattig wie unter einem dichtbelaubten Baum. Matilda legte sich auf das ungemachte Bett, und die Äste hingen tief zu ihr herab. Sie brauchte den Arm nur ein wenig zu heben, dann konnte sie die Blätter fühlen. Weiche große Blätter. Ein Ahorn? ... fragte Matilda sich im Einschlafen. Ich liebe Haselsträucher, Ahornbäume und Schlehdornhecken. Auch Holunderbüsche. Sie ging langsam über den Abhang des Hügels, das Gras stand so hoch, daß es ihr bis zur Hüfte reichte. Die Schafgarbe blühte. Sie mag ich auch, dachte Matilda, wie weißes Gewölk liegt sie über den Wiesen. Und dann die Mohnblumen, die echten, nicht die verblichenen von Melas Sessel, wenn sie einen Grasfleck füllen, wird er ein roter Schrei. In der sanften Ebene unterhalb des Hügels leuchteten einige solcher roten Grasflecken auf und schrien zum Himmel. Das Dach des Hauses hingegen hatte ein sanftes bräunliches Rot, und Matilda ging ohne Hast darauf zu. Viele Vögel flogen darüber hin, vielleicht hatten sie Nester im Efeu, der über die Hinterwand wuchs. Matilda kannte dieses Haus sehr gut und seit langer Zeit, es war umgeben von allem, was sie liebte. Von hohen Ahornbäumen, blühenden Hollerbüschen und Schlehdornhecken, von dichten Haselsträuchern, von Wiesen voll Schafgarbe und Mohn, es lag in einer sanften selbstverständlichen Wildnis, und nur Hügel und weite Ebene

rundum, kein hoher Berg, keine Gebirgswand, nichts versperrte den Himmel. Die Menschen in tiefen Tälern haben immer etwas Enges im Blick, und ich weiß das, weil ich die tiefen Täler der Straßen kenne, zwischen den Hauswänden einer alten versteinerten Stadt, und die Blicke dort, die nicht weiter reichen als bis zur nächsten Geschäftsauslage. Aber hier will ich daran nicht denken. Hier bin ich auf dem Weg zu einem Haus, das frei steht und mich empfängt, jedesmal. Als Matilda zur Tür kam, sah sie, daß die wilden Rosen sich dem Spalier gefügt hatten und mittlerweile wunderschön weiß und üppig blühend den Eingang überwölbten. Sie stellte sich auf die Zehenspitzen und roch an einer der Rosen. Sie wußte, daß niemand in dem Haus war, nur sie selbst wurde erwartet. Aber auf der Türschwelle stand ein Korb voller Kornblumen, ein riesiger tiefblauer Strauß. Wer hatte ihn hierhergestellt? Der Wind raschelte im Spalier und Wolkenschatten fuhr über die Fenster. Plötzlich schienen die Hügel sich zu verdunkeln, und auch die Bäume und das Haus. Nur die Kornblumen verharrten in ihrem Leuchten, das Blau schien alles an sich zu reißen. Matilda stampfte mit dem Fuß auf. »Nein!« rief sie, »hierher nicht! Hier kein Kornblumenblau und kein Kornblumenschatten, hier bin *ich*! Nur ich! Ich, ohne Geschenk, ohne Liebe, ohne Lust, ohne Schmerz, ohne Maß und ohne Ziel. Ja, hier walte ich!« Während ihr lautes Rufen in der Landschaft verhallte, hatte sie den Korb hochgenommen und die Blumen mit einer Geste ausgestreut, wie man Wasser ausschüttet. Blaues Wasser. Es sammelte sich in kleinen Lachen zwischen den Gräsern, sie sahen aus wie Glassplitter. Nein, sie sahen nicht nur so aus, das Wasser schien zu Glas zu gefrieren. »Scheiße!« schrie Matilda, als sie auf einen dieser Splitter trat, und Blut aus ihrer

Fußsohle floß. Sie hob das Bein an und sah, daß die Wunde sehr tief war. Sie schmerzte nicht allzusehr, nur so, als würde jemand ihren Knöchel festhalten. Als sie die Augen öffnete, war es Anton, der am Bettrand saß und ihren Knöchel festhielt.

»Was du im Schlaf alles aufführst«, sagte er.

»Was denn?« fragte Matilda und gähnte. Gleichzeitig spähte sie zu ihrer Fußsohle hinunter, sie war unverletzt.

»Du hast ›Scheiße‹ gebrüllt und mit dem Bein gestrampelt.«

»Reizend«, sagte Matilda.

Anton stand auf und zog sein Hemd aus. Er tat es langsam, als wäre jeder zu öffnende Knopf eine Mühsal. Sein Gesicht sah ebenso farblos aus wie seine Augen, und er gähnte auch, indem er den Mund weit aufriß und einen langen betrübten Ton ausstieß.

»Ist schon Abend?« fragte Matilda.

»Ich bin heute früher gegangen«, sagte Anton, »mir war nicht gut.«

»Und jetzt?« Matilda richtete sich auf. »Jetzt ist dir auch nicht gut?«

»Jetzt bin ich nur noch müde, das Gehen hat mir wohlgetan.«

Er schlüpfte auch aus seiner Hose, legte sich neben Matilda auf das Bett, und verschränkte die Arme hinter dem Kopf. »Scheißmuseen«, murmelte er und schloß die Augen.

»Ha«, sagte Matilda, »hab ich recht gehört?«

»Du hast.« Anton hielt die Augen geschlossen, als wäre er dabei, einzuschlafen. »Aber verwende es nie gegen mich – *niemals* – hörst du?«

»Ich verwende überhaupt nichts gegen dich«, sagte Matilda. Ich möchte ihm die Haare aus der Stirn streichen,

dachte sie, sie hängen so schwer, als wären sie voller Staub, das machen die Scheißmuseen mit ihrer Leblosigkeit, der Staub all der toten Dinge hängt in seinem Haar, vielleicht sollte ich es bürsten?
»Ich hab Kopfweh«, murmelte Anton.
Matilda beugte sich über ihn und strich ihm mit beiden Händen die Haare aus dem Gesicht. Dann legte sie die Finger an seine Schläfen und bewegte sie dort leicht und kreisend, sie fühlte das Pochen unter der Haut. Während sie ihn so massierte, betrachtete sie sein Gesicht. Die Wimpern und Brauen stachen seltsam konturiert daraus hervor, sie hatte immer das Gefühl, als würden alle anderen Konturen ihr unter den Augen zerfließen, als könne sie seine wirklichen Gesichtszüge nicht wahrnehmen. Immer, wenn sie nur an ihn dachte, wußte sie nicht so recht, wie er aussah.
»Warst du beim Schrobacher?« fragte Anton mit geschlossenen Augen. Diese Frage werden sie sich abgewöhnen müssen, dachte Matilda.
»Ja«, sagte sie, »aber zum letzten Mal.«
Antons Augen öffneten sich mit einem Ruck.
»Was?«
»Er meinte, daß es mit ihm und mir – nicht mehr viel Sinn hätte.«
»Er meint – du bist *geheilt*?«
Anton nahm ihre Hände von seinen Schläfen und setzte sich abrupt auf, dabei starrte er sie an, als säße plötzlich ein anderer Mensch vor ihm.
»Er ist kein Wunderheiler, Anton«, sagte Matilda, »ich spinne sicher unverändert, und bleibe deine liebe Last.«
»Wie kann der einfach aufhören?« schrie Anton. »Mitten in einer Therapie?«
»Er *kann*«, sagte Matilda, »komm, leg dich wieder hin.«

Anton ließ sich stöhnend zurückfallen und Matilda massierte ihn weiter. Er kann, Anton, er kann sich in blaue Luft auflösen, natürlich kann er das, auch wenn er sagt, er täte es, weil er mich mag. Er sagt sowas, beendet unsere Sitzungen, und besucht die Frau gegenüber, weil sie seine Freundin ist. Ach, Anton, es ist die Frau, auf die du meinetwegen eifersüchtig warst. Und jetzt habe ich mit Pfeilen und Glassplittern im Traum zu kämpfen, und kann zu mir sagen: sei kein Schrobacher, und es nützt mir wenig, weil ich traurig bin.
»Bist du traurig?« fragte Anton, und Matilda fiel auf, daß er zwischen ihren kreisenden Händen zu ihr heraufsah und sie beobachtete. Seine Augen hatten einen gelben Farbton, wie Honig, der sie überraschte wie gestern, als er mit ihr gerungen hatte. Sie hörte auf zu massieren und legte sich neben ihn.
»Ja«, sagte sie, »tröste mich.«

Anton schlief fest, nachdem er sich von ihr gelöst hatte. Seine Hand auf ihrem Schenkel wurde weich und zuckte in irgendeinem Traum, ehe sie abglitt und neben seinem Körper auf dem Bettlaken zur Ruhe kam. Matilda lag auf dem Rücken, ihre Beine warm und geöffnet von sich gestreckt, und fühlte, wie die Feuchtigkeit der Erregung auf ihrer Haut langsam trocknete. Baumschatten legte sich dunkler herab, warmes Laub streichelte ihre Brüste und den Bauch, sie atmete tief, wie es Windstöße tun. Ich bleibe hier für immer, dachte Matilda, ein durchwärmter Stein, von Gras und Blättern liebkost. Ich habe meine

endgültige Form gefunden, so bin ich vollkommen unerschütterbar.
Schrilles Hupen drang aus der Enge des Platzes, bis zu ihnen in den Schlafraum, und Matilda versuchte es zu überhören. Ich bleibe, sagte sie sich, Antons Atem Windhauch, mein Kopf leeres Gestein, meine Gliedmaßen willenlose Flüsse, nichts mehr bringt mich in Eigenbewegung, wozu auch. Auch dieses blöde Hupen nicht. Um Himmelswillen, wer hupt da so, es muß etwas passiert sein. Es sind einige Autos, die da wie wild hupen, was für ein grausames Geräusch, aber ich will es jetzt nicht hören, ich will so warm und steinern liegenbleiben für alle Zeit.
»Was ist denn da unten los?« sagte Anton mit schläfriger Stimme und ohne sich zu bewegen, »die hupen ja wie die Beknackten –«
»Ein Unfall vielleicht«, es fiel Matilda schwer, Worte zu formen, »oder ein Verkehrsstau –« Auch sie blieb unbeweglich liegen.
»Ich sag schon immer, der Platz sollte Fußgängerzone werden. Wie kommen die Anrainer dazu, sich den Wirbel anzuhören«, brummte Anton vor sich hin.
Fußgängerzone. Anrainer. Die Wärme verliert sich, dachte Matilda.
»Schaust du mal nach?« fragte Anton mit geschlossenen Augen.
Wozu? Matilda seufzte. Es tat ihr physisch weh, die gleichzeitige Starre und Schlaffheit ihres Körpers aufzulösen, und sie stöhnte leise vor sich hin, als sie zum Fenster tappte.
»Du klingst wie eine alte Frau«, hörte sie Anton hinter sich sagen, und dann kicherte er.
»Wenn ich eine alte Frau *sein* werde, kicherst du nicht mehr, das steht fest«, rief Matilda ihm zu und beugte sich

aus dem Fenster. Der Platz unten war von Autos bedeckt, es erinnerte Matilda an den Anblick schleimig glänzender Käfer, wenn man einen feuchten Stein hochhob. Ein Fahrer stand fuchtelnd neben seinem Wagen, der den Geist aufgegeben zu haben schien und alle anderen blokkierte. Köpfe ragten schreiend aus Autofenstern, Auspuffgase umflorten die Szenerie mit bläulichen Nebelschwaden, und der schrille Gesang der Hupen übertönte jegliches, schwang sich hinauf in den klaren Frühabendhimmel. Die Hymne an das ganz alltägliche Inferno, dachte Matilda, und wollte ihren Kopf wieder zurückziehen. Da sah sie in Paulines geöffnetem Fenster Doktor Schrobacher stehen. Sein Oberkörper war nackt und er blickte zu ihr empor. Auch sie, fiel ihr jetzt erst auf, hatte sich nackt auf die Fensterbrüstung gestützt. Nach dem ersten Impuls, sich zu verbergen, blieb sie bewegungslos stehen und schaute ihn an. Ein Seil aus verdichteter Luft – oder war es die verdichtete Substanz von Blicken? – schwebte rotglühend über dem Platz, in ihrer beider Augen festgeknüpft, zog es die Hauswände, ja die Häuser selbst, zueinander. Matilda sah Doktor Schrobacher sehr deutlich, jedes lockige Haar auf seiner Brust, und die blauen Ampeln seiner Augen. Es war totenstill geworden über dem Platz, nur das rote Seil schwang leise und zog sie immer dichter zueinander. Matilda fühlte, wie Doktor Schrobachers Blick über ihre Schultern und Brüste glitt, und ihr Körper richtete sich auf, als würde er berührt.

»Was ist da unten los?« rief Anton aus dem Schlafraum.

Matilda gab keine Antwort, aber das Seil lockerte sich und die Hauswände schwangen wieder zurück. Im Fenster auf der anderen Seite des Platzes stand ein nackter Mann und sah sie an. Das einzige, was sie in diesem Auseinandergleiten weiterhin an ihn knüpfte, waren seine unverwandten Augen. Plötzlich drehte er den Kopf um und rief einer nicht sichtbaren Person im Inneren des Raumes etwas zu. Dann schaute er noch einmal zu Matilda hinauf. Er hob kurz die Hand und bewegte das rote Seil, es floß in Wellen zu Matilda herüber, löste sich dann auf und versank im Getöse und Staub der Autos unten. Das Fenster gegenüber blickte wieder leer vor sich hin, Paulines Computer schimmerte untätig, und Matilda wandte sich in ihre Wohnung zurück.

»Ein kaputtes Auto blockiert alles«, sagte Matilda und setzte sich auf das Sofa. Sie nahm eines der großen Kissen und legte es über ihren Bauch.

»Warum weichen sie nicht aus?« fragte Anton.

»Es ist, wie du gesagt hast. Sie sind beknackt.«

Matilda drückte das Kissen fester gegen ihren Körper, ihre eigene laute Stimme tat ihr weh. Das Muster des Sofakissens bestand aus rautenartigen Linien, rot, orange, ein Geflecht von Adern. Als wäre mein Bauch nach außen gewendet, dachte Matilda und betrachtete mit Interesse diese geäderte Schwellung, von ihren eigenen Händen festgehalten. Anton kam gähnend in das Zimmer, er hatte seine Hose wieder angezogen und suchte in deren Tasche nach Zigaretten. Als er sie fand, zündete er eine an und setzte sich rauchend zu Matilda.

»Unser Sofakissen ist ein gewendeter Bauch«, sagte Matilda, »schau!«

Anton wandte ihr den Kopf zu, und sie sah in seinem Blick aufsteigende Angst.

»Wie bitte?« fragte er.

»Das Muster, schau es an. Wie Adern. Wie das Innere eines Menschenkörpers. Siehst du?«

Anton betrachtete das Kissen, dann zog er es unter ih-

ren Händen hervor und schob es sich selbst hinter den Rücken.
»Es ist ein Kissen mit einem sehr hübschen Muster, ich habe es damals selbst gekauft, das sind keine Adern, sondern Rauten, und ich bitte dich inständig, nicht wieder mit sowas anzufangen.«
»Mir ist kalt«, sagte Matilda und legte die Hände auf ihren nackten Bauch.
»Dann nimm ein anderes Kissen.«
Er legte eines mit Blumenmuster über sie und fuhr dann mit seiner Hand darunter.
»Dein Bauch ist ganz warm«, sagte er.
Matilda schloß die Augen und ließ sich wiegen. Die Schaukel schwang sanft hin und her, der Anstoß kam von Antons Hand. Aber sie geriet immer höher, der Schwung vergrößerte sich und trieb dem Himmel zu. Danach das Herabstürzen, und wieder Hochgerissenwerden, Matilda verharrte still und atemlos in der Schaukel ihres Körpers, bis sie sich überschlug und in einer Kreisbahn mündete, in der sie weich auslief.
»Und jetzt ist er heiß«, sagte Anton und zog seine Hände zurück, »und nicht nur dein Bauch, würde ich sagen.«
Er hob das Kissen von ihrem Körper und Matilda fühlte seinen Blick über sich gleiten. Sie öffnete ihre Augen wieder und sah ihn an.
»Was ist?« fragte sie.
»Was soll sein?«
»Ich sehe dich etwas denken, was ist es?«
Anton wandte seinen Kopf ab und schaute vor sich hin, dabei nahm er einen letzten Zug aus seiner Zigarette und drückte sie dann aus. Matilda zog das blumengemusterte Kissen wieder über sich. »Sag schon.«
»Nun ja –«, Anton hustete kurz, ehe er weitersprach, »ich

hab mich gefragt – was dich wohl *sonst* an mir interessiert – ich meine, außer dem einen – außer dem, nennen wir's Vergnügen, das ich dir bereiten kann.«
Matilda richtete sich auf und begann zu lachen.
»Lach nicht«, sagte Anton.
»Du meinst, du fühlst dich als Sexualobjekt?« fragte Matilda.
»In etwa, ja.«
»So fühlen sich aber meist nur Frauen, höre ich immer.«
»Aber nicht du. Du bist unersättlich.«
»Quält dich das?«
»Nein. Im Gegenteil«, Anton fuhr mit seiner Hand wieder unter das Kissen und legte sie auf ihren Schoß, »aber mich quält vielleicht alles andere. Deine Erfindungen. Und daß ich dir gleichgültig bin.«
»Du bist mir nicht gleichgültig«, sagte Matilda.
»Gut, das vielleicht nicht. Aber ich bedeute dir nichts.«
»Du bedeutest mir etwas. Aber sicher nicht *alles*.«
»Ich bedeute dir ziemlich wenig, lassen wir's dabei. Du hast dich damals in meinen Namen verliebt, hast tatsächlich einen *Bauer* vor dir gesehen und ihn mit einer deiner Erfindungen umrankt, mit der vom ländlichen Leben, und ich hab es nie geschafft, uns aus der Stadt rauszubringen, ich bin und bleibe ein kleiner Beamter und ein phantasieloser Mensch, ich weiß das alles, Matilda. Lassen wir's dabei.«
Matilda fiel zum ersten Mal auf, daß die Blumen auf dem Kissen Pfingstrosen ähnelten, in allen Schattierungen von Rot drängten sie sich aneinander. Es war nicht schwer, sie zu teilen und hindurchzuschlüpfen, die Stengel und Zweige waren ohne Dornen, die Blüten weich. Dahinter breitete sich endloses Schweigen aus, Antons Stimme glich der eines fernen Vogels.

»Ich bin dir nicht mal eine Antwort wert, stimmt's?«
Matilda legte sich hinter der Pfingstrosenwand auf warmes Erdreich, und sah am Himmel über sich stille Wolken treiben.
»Matilda! Bitte glotze nicht auf das Kissen, als wärst du hypnotisiert. Schau mich an und reagiere.«
Der Himmel war kornblumenblau, und eine der Wolken sah aus wie ein Delphin, ein weißer Delphin. Matilda hob ihre Hand, es war, als würde sie den Delphin streicheln. Aber der Wind trieb die Wolke weiter, der Delphin löste sich auf, zerfloß zu kleinem Gewölk, und Matilda ließ ihre Hand wieder sinken. Sinnlos, etwas streicheln zu wollen, dachte sie.
»Es war noch nie sinnlos, wenn ich *dich* gestreichelt habe – Was soll diese ruhelose Hand, Matilda. Komm, gib sie mir. Und schau mich endlich an.«
Die Vogelstimme hinter den Pfingstrosen wollte nicht verstummen, Matilda rollte sich auf den Bauch und drückte ihr Gesicht gegen den Boden. Die Erde war weich und roch sauber, roch warm und satt nach Erde.
»Matilda!« rief der Vogel.
»Ist schon gut, Anton«, sagte Matilda, rappelte sich auf und kroch wieder zwischen den Rosen hervor. Sie lag bäuchlings auf dem Sofa.
»Nichts ist gut. Da war wieder ordentlich was los bei dir. Und der feine Herr Schrobacher macht sich einfach davon, weil es *nicht mehr viel Sinn* hätte ... Von ärztlicher Verantwortung weiß der wohl nichts.«
Matilda richtete sich auf, legte das Kissen ordentlich an den Sofarand, holte ihren Bademantel, zog ihn an, und setzte sich wieder neben Anton.
»Ich glaube, ich wollte das Gespräch nicht weiterführen«, sagte sie, »das war alles.«

»*Alles?*« Anton zündete sich eine neue Zigarette an, »du bist starr geworden, hast gefuchtelt, dich auf den Bauch gewälzt, und das alles nur, um ein Gespräch zu beenden? Ach, Matilda.«
»Ich bin nur ein bißchen im Sofakissen verschwunden.«
»Aha.«
»Ja. Hinter den Pfingstrosen war es still.«
»Pfingstrosen –?«
»Schau das Kissen an, es sind doch Pfingstrosen, oder?«
»*Pfingstrosen* …«, murmelte Anton und lehnte sich müde zurück. Er rauchte schweigend die Zigarette zu Ende und Matilda saß aufrecht neben ihm. Ich kann mich nicht bewegen und nichts sagen, dachte sie, alles wäre falsch. Ich sitze hier so ruhig wie eine Eidechse und warte auf bessere Zeiten.
»Und was war dir an meiner Äußerung so unangenehm, daß du hinter irgendwelchen Pfingstrosen verschwinden mußtest?« fragte Anton schließlich.
Matilda formte aus dem Band des Bademantels eine Schnecke, sie lag wie ein weißes Fossil auf ihrem Schenkel. Nicht wieder davongehen, dachte Matilda. *Werd jetzt nicht zur Schnecke.* Matilda, du mußt Anton jetzt antworten.
»Ich kann nicht gut – ja, einteilen«, sagte sie, »was oder wieviel etwas – oder ein Mensch mir bedeutet. Da das für mich nicht zählt. Ohne ein Gefühl fürs Zählen kann man auch nicht einteilen, das verstehst du doch? Du bist du. Und neben mir. Jetzt. Wie lange, wie wichtig, wie dauerhaft oder vergänglich, weiß der Himmel.« Sie fügte hinzu: »Das heißt – nicht einmal er weiß es. Er schon gar nicht.«
»Aber du mußt doch wissen, *was* ich für dich bin?«
»Der Anton«, sagte Matilda.

»Der Anton!!« rief er, wippte mit dem Oberkörper und schlug sich auf die Schenkel, als würde er lachen. Aber sein Gesicht war düster. »Und was ist er, dieser Anton? Ein Idiot?«

»Mein Mann.«

»Scheint dasselbe zu sein.«

»Das ist Ansichtssache. Jedenfalls ein Mensch, mit dem ich seit vielen Jahren unaufhörlich in dieser Wohnung lebe, Seite an Seite, jede Nacht im selben Bett, zu allen Mahlzeiten am selben Tisch, immer diesen engen Innenstadtplatz vor Augen, immer die Wohnung meiner Mutter unter mir, und niemals ein Entweichen. Deshalb, und zum Glück, das Eigenleben unserer Körper. Und das meiner sogenannten Erfindungen. – So, ich hoffe, ich habe ausreichend analysiert.«

Matilda stand auf und trat ans Fenster. Ihre Augen waren feucht geworden und sie wußte nicht so recht, warum. Sollte ich jetzt zu heulen anfangen, dachte sie, dann ist das ein neuerlicher Beweis. Gewisse Gespräche bringen nichts, sie wühlen nur auf, was man besser in Ruhe lassen sollte. Als würde man den schlammigen Grund eines Gewässers aufwühlen, und auch das klare Wasser an der Oberfläche dadurch trüben. Das Gewässer selbst ändert sich nicht. Wenn's einem nicht gefällt, kann man nur weggehen und sich einen anderen See suchen. Einen, dessen Grund klar und steinig ist, zum Beispiel. Oder von Seegras bewachsen.

»Sind solche Analysen das Resultat deiner Schrobacher-Besuche?« fragte Anton hinter ihr.

»Beim Schrobacher gab es keine Resultate«, sagte Matilda und schaute zu Paulines Fenster hinüber. Das Verkehrschaos auf dem Platz hatte sich gelegt, der Himmel wurde allmählich abendlich, von einer späten Sonne ver-

goldet. Die Dächer glänzten, aber die gegenüberliegende Hausfront lag bereits tief im Schatten. Nur die Lampe über Paulines Computer brannte wie ein Ewiges Licht.
»Na bravo«, sagte Anton, »das war also hinausgeschmissenes Geld.«
»Für dich sicher.«
»Und was hast du davon gehabt?«
»Andere Gedanken«, sagte Matilda.
Pauline durchquerte drüben den Fensterausschnitt, sie ging langsam durch das Zimmer und flocht ihren langen schweren Zopf. Aufgelöst müssen die Haare ihr bis zu den Hüften reichen, dachte Matilda. Oder das halbe Bett bedecken.
»Sehe ich ein«, sagte Anton, »ich kann dich wohl kaum noch auf andere Gedanken bringen. *Kein Entweichen*, wie du gesagt hast.«
Matilda wandte sich zu ihm um.
»Laß uns ans Meer fahren«, sagte sie.
Anton blickte auf, als hätte sie nach ihm geworfen.
»Keine große Reise«, Matilda ging auf ihn zu, »nur ganz einfach ans Meer.«
»Wie du dir das vorstellst«, sagte Anton, *»nur ganz einfach ans Meer.* Alle fahren ans Meer.«
»Eben«, sagte Matilda, »ich war noch nie dort. Und du nur als Kind. Vielleicht bringt es uns beide auf andere Gedanken.«
… Doktor Schrobacher wandte sich um und der meerblaue Himmel sah sie an. Die Haare auf seiner Brust kringelten sich und waren von Tropfen durchsetzt wie eine Wiese im Tau …
»Aber wir können natürlich auch hier bleiben. Ich richte uns jetzt was zu essen«, sagte Matilda, schnürte den Gürtel ihres Bademantels enger und ging in die Küche.

Am nächsten Morgen blieb Matilda noch länger im Bett liegen als sonst. Nachdem Anton zu seinen Museen aufgebrochen war, hatte sie sich auf die andere Seite gerollt. Sie ließ sich fallen, ließ bereitwillig alles los, was ihre Gedanken festhalten wollte, und versank zwischen Delphinen, Meerschnecken, Wasservögeln, Seerosen, langem Frauenhaar. Unter einem riesigen Felsbrocken lagen zerquetschte Autos, die Wracks aneinandergepreßt wie tote Käfer. Am Meeresgrund leuchteten die Bildschirme von Computern auf, bläulich in der Dunkelheit des Wassers. Gelbe Fische, die aussahen wie Stiefmütterchen, fächelten in Scharen vorbei. Andere waren halbmondförmig und sehr gefräßig. Matilda floß durch ein versunkenes Haus, sie schien Wasser geworden zu sein. Sie floß über ein aufgeweichtes Sofa, auf dem die Reste zerrissener menschlicher Bäuche, ein Gewirr von Gedärmen und Adern, sich mit rosengemusterten Stoffresten zu einem qualligen Gebilde verbunden hatten. Durch ein zerbrochenes Fenster gelang es ihr aufwärtszusteigen wie eine Luftblase. Als sie die Meeresoberfläche erreichte, konnte sie in die Luft schnellen wie ein Delphin. Das Ufer war nicht weit und sie schwamm darauf zu. Oder rollte ihm entgegen als Welle, das war nicht zu unterscheiden. Jedenfalls saß dort Doktor Schrobacher, unter einem Regenschirm, und zog an einem roten Seil. Erst nach einer Weile erkannte Matilda, daß an diesem Seil sie selbst hing und daß er sie an Land zog. Sie riß sich an den Ufersteinen den Körper wund und lag dann japsend wie ein Fisch im Sand. Doktor Schrobacher beugte sich mit seinem Regenschirm über sie. »Schon wieder ein Syndrom«, sagte er, »ich komme mit dir nicht weiter, Kind.« Er richtete sich auf, nahm eine kleine Trillerpfeife aus der Tasche, steckte sie in

den Mund und pfiff nach jemandem. Eigentlich schien ja die Sonne, und der Schirm war ein Sonnenschirm, mit verblichenen Mohnblumen gemustert, die Doktor Schrobachers Gesicht rötlich werden ließen. Er starrte über den Strand und pfiff und pfiff – gilt das Hunden oder einer Rettungsbahre? dachte Matilda, und der anhaltende Pfeifton tat ihr im Kopf weh. Oder ist es das Faxgerät, das pfeift. Ach ja, das Faxgerät, es pfeift fast nie, weil uns niemand etwas faxt. Anton besitzt einen Computer, auf dem er nie wirklich schreibt, und er hat ein Faxgerät installiert, das niemand benützt, aber jetzt gerade scheint es in Betrieb zu sein.
Matilda legte sich auf den Rücken und streckte ihre Arme und Beine aus. Es mußte warm geworden sein, ihr war heiß. Im zerknautschten Bett neben sich konnte sie Antons Umrisse erkennen, er schlief meist ruhig und prägte deshalb seine Körperhaltung den Laken und Kissen ein. Obwohl er schon vor langem aus dem Haus gegangen war, konnte sie seinen Körper neben sich erkennen.
Es muß gegen Mittag sein, dachte Matilda, seltsam, daß Mela noch nicht angerufen hat. Auf dem Weg zum Badezimmer sah sie tatsächlich einen langen Papierstreifen aus dem Faxgerät hängen, es sah aus, als würde das Gerät ihr die Zunge zeigen, eine lange weiße Zunge, ätsch, ich *kann* das!
Als Matilda ihr Gesicht gerade unter kaltes Wasser hielt, läutete das Telephon. Mela, dachte sie, warf das Handtuch über die Schulter und hob ab.
»Ich habe Ihnen was gefaxt«, sagte Pauline.
»Ah, *Sie* waren das.«
»Ja, Fritz wußte Ihre Faxnummer.«
»Ach so. – Ich hab's noch nicht gelesen.«

»Das hat Zeit. Aber was anderes, ich wollte Sie abends zum Essen einladen, mit Fritz. Da Sie ja nicht mehr seine Patientin sind. Und bringen Sie Ihren Mann mit, wenn Sie Lust haben.«
»Ich weiß nicht«, sagte Matilda.
»Na, dann lassen Sie ihn zu Hause.«
»Nein, nein. Ich weiß nicht – ob *ich* kommen will.«
»Klar wollen Sie. Fritz hat mir vorausgesagt, daß Sie nein sagen würden, aber ich lasse eure Psycho-Schrulligkeit nicht gelten. Sie kommen, mit oder ohne Mann. Um acht Uhr. Wenn Sie's nicht tun, bin ich beleidigt.«
Klick. Matilda hielt den Hörer in der Hand wie eine sinnlos gewordene Waffe, ehe sie ebenfalls auflegte. Ich *will* aber nicht, dachte sie. Dann wickelte sie das Handtuch um sich, riß den Papierstreifen vom Faxgerät, setzte sich damit aufs Sofa und begann zu lesen.

Nach der ärgsten Mittagshitze gingen Jessica und Jakob an den Strand. Sie taten das jeden Tag und immer gemeinsam, keiner von beiden rüttelte an dieser Gepflogenheit. Jessica trug über ihrem Badeanzug ein um die Hüfte geknotetes Tuch in flammenden Farben. Nie vergaß sie den großen wippenden Strohhut und ihre Sonnenbrille. So stöckelte sie in ihren Silberpantoffeln neben Jakob über die Holzplanken, die jenseits der Esplanade vom Hotel aus bis nahe ans Ufer ausgelegt waren. Jakob ging barfuß und trug die beiden großen Badetücher unter dem Arm. Jessica roch süßlich nach Sonnencreme und der Rand ihres Hutes stieß gegen seinen Oberarm. Das Klopfen ihrer hochhackigen Schuhe ähnelte dem Geräusch einer Kriegstrommel, und wie jeden Tag mußte Jakob sich zwingen, sie deshalb nicht zu erwürgen. Tack, tack, tack, schritt sie dem Meer entgegen, aufrecht wie eine kleine Schlange im

Angriff. Die Brandung schimmerte – nun gut, was sonst soll sie tun. Der Himmel war dunkelblau – ein Zeichen, daß es zu heiß ist. Der Sand glänzte, als bestünde er aus Goldstaub – was soll das, er bleibt auf der nassen Haut und zwischen den Zehen kleben, bitte breite schnell das Badetuch aus. Jakob hatte aufgehört, Eindrücke mit ihr teilen zu wollen, er kannte jede ihrer Erwiderungen und breitete wortlos das Badetuch aus. Sie schlüpfte aus den Silberpantoffeln, als lege sie kurz ihren Harnisch ab, stieg auf das Tuch als besteige sie eine Festung, und schraubte die dicke Tube Sonnencreme auf, als entsichere sie einen Revolver. Sie saß im Angesicht des Ozeans, als müsse sie ihn bekämpfen.

Das Telephon läutete, Matilda legte das Blatt Papier zur Seite und griff nach dem Hörer. Jetzt war es Mela.
»Ich hab im Fernsehen einen Vormittagsfilm gesehen«, sagte sie, »deshalb ist es später geworden. Er war wunderbar, *Good Morning, Vietnam*, kennst du den? Bei dir alles in Ordnung?«
»Ich bin auch grade in einer Geschichte«, sagte Matilda, »spielt am Meer, mit einer gräßlichen Frau. Ich war noch nie am Meer, Mela.«
»Ich weiß, Mädchen, es ist eine Schande. Warum macht ihr beide nie eine Reise, Anton und du?«
»Ich glaube, wir fürchten uns.«
»Wovor?«
»Vor uns selbst.«
»Vor euch selbst?«
»Ja. Wenn um uns herum alles fremd ist, könnten wir – drauf kommen, daß wir einander fremd sind. Ich glaube, wir brauchen unsere Höhle wie zwei Wölfe. Rundum eine feindliche Welt, das schafft Vertrautheit.«

»So siehst du das«, sagte Mela, »aber du solltest trotzdem mal ans Meer.«
»Ja.«
»In was für einer Geschichte bist du? Liest du grade ein Buch?« fragte Mela beiläufig. Dabei würde sie vor Freude platzen, wenn ich das wieder einmal täte, dachte Matilda.
»Nein«, sagte sie, »Pauline mit dem Zopf hat mir eine Manuskriptseite gefaxt. Kann natürlich mal ein Buch werden.«
»Wäre ihr zu wünschen«, sagte Mela, »kommst du später mal bei mir vorbei?«
»Natürlich.« Matilda legte auf. Eigentlich habe ich Hunger, dachte sie, griff aber wieder nach dem Papier und las weiter.

Jakob breitete sein eigenes Badetuch in einiger Entfernung ebenfalls auf dem Sand aus und ging zum Wasser. Die heranrauschenden Wellen übertönten das ständige Toben seines Herzens. Am Horizont schloß das kobaltblaue Meer mit einer endlosen Linie ab, und an dieser ließ er seine Augen entlangwandern. Am liebsten hätte er sich nie mehr zurückgewandt, nie mehr landeinwärts und über den belebten Strand hinweggeschaut. Und mittendrin Jessica in ihrer flammenden Festung, die das eingecremte Gesicht wie ein Schild hochhielt. Jakob durchschritt die ersten Uferwellen und warf sich ins Wasser. Es war kalt, aber nicht so kalt wie die Kälte, in der er sein Leben zubrachte. Seine Haut begann am ganzen Körper zu prickeln. Das Meer schmeckte salzig, brannte in den Augen, spülte über sein Gesicht, ihm war, als würde er weinen. Er wußte nicht, warum alles so war, wie es war. Warum er nicht fortgehen konnte. Warum er sich verlassen fühlte. Warum er an

dieser unbeugsamen Frau hing und sie zugleich täglich in Gedanken ermordete.
Er schwamm sehr weit hinaus, die Wogen trugen ihn.

Himmelschimmel, dachte Matilda, was für ein armer Kerl.

Schon auf der Treppe roch es nach geröstetem Brot und Kaffee. Als Mela ihre Wohnungstür öffnete, trug sie einen silberblauen Kimono und einen kleinen perlenbesetzten Kamm, der ihr die Haare aus der Stirn hielt.
»Wau«, sagte Matilda, »was ist passiert?«
»Ich hab herumgeräumt und das gefunden, dein Vater hat es mir aus Japan mitgebracht.«
»Er war in Japan?«
»Als du drei Jahre alt warst. Er hatte damals eine Freundin, und die hat ihn nach Japan eingeladen. Als er mir von dieser Reise das Zeugs da mitgebracht hat, habe ich es schnell verräumt. Jetzt finde ich es ganz hübsch.«
»Du siehst aus wie eine übriggebliebene Geisha.«
»Danke«, sagte Mela und ging voraus zum Eßtisch.
Matilda nahm Platz, schenkte sich sofort Kaffee ein und biß in eins der vorbereiteten Brote.
»Ich bin am Verhungern«, sagte sie kauend, »und war zu faul, mir selbst was zu richten. Wenn ich dich nicht hätte, kleine Japanerin.«
»Einmal wirst du mich nicht mehr haben«, sagte Mela, »du solltest ein wenig lernen, dich selbst zu ernähren.

Nicht, daß ich dir nicht gern jederzeit was zubereite – und mich immer freue, dich hier bei mir zu haben –«
»Macht der Kimono dich so ernst?« fragte Matilda.
Mela zog den Kamm aus ihrem Haar, und es fiel wieder grau und kräftig in seine alte Form zurück. Sie strich über die Perlen und geschwungenen Zähne des Kammes, und legte ihn dann behutsam und ohne ihn aus den Augen zu lassen auf den Tisch vor sich.
»Die Zeit vergeht«, sagte sie.
»Was du nicht sagst.«
»Ich hab herumgekramt, weil ich dir etwas schenken möchte. Etwas von Wert, das du verkaufen kannst. Du sollst ans Meer fahren.«
»Laß das, Mela«, Matilda legte ihr Brot beiseite und beugte sich über den Tisch. »Laß deine kleinen Perlen und Kimonos und paar silbernen Kettchen wo sie sind und vergiß mich und das Meer. Ich erfinde es mir sowieso.«
»Ich möchte, daß du es wirklich erlebst.«
»*Du* erzählst mir was vom *Wirklich Erleben*? Du, kleine besorgte Geisha in deinem Silberkimono, hast doch am wenigsten Ahnung davon, das wissen wir beide. Ich sehe neben deinem Lehnsessel einen Stapel neuer Bücher, und im Fernsehen läuft heute abend *Schlaflos in Seattle*, kann ich dir nur empfehlen. Was mich betrifft, ich werde erleben, was ich muß, und mir erfinden, was ich will. Vergiß nicht: Alles ist da.«
Mela betrachtete weiterhin den Haarkamm vor sich und schwieg. Matilda griff zu ihrem Brot, aß es auf und füllte ihre Tasse nochmals mit Kaffee.
»Apropos Herumräumen«, sagte sie dann, »hast du irgendwo die Lampe aus der Buchhandlung aufgehoben? Die aus dem Hinterzimmer, mit dem rostroten Schirm?«

»Ich konnte doch deine Melodia nicht wegwerfen«, sagte Mela.
»Du kennst sie? Du kennst Melodia?« Matilda setzte die Kaffeetasse ab. »Ich weiß garnicht mehr, daß ich dir damals von ihr erzählt habe.«
»O doch. Willst du die Lampe haben?«
»Nein, ich hab mich nur kürzlich an sie erinnert. Und an Pelerine. Ich hab dem Schrobacher von beiden erzählt.«
»Was ist mit dem Schrobacher?« fragte Mela.
»Aus ist es mit dem Schrobacher«, sagte Matilda, »er wollte mich in eine Klinik verfrachten.«
»*Was?*« Mela setzte sich kerzengerade auf.
»Keine Angst, es war nur so eine Idee. Dann hat er gesagt, daß er mich zu gut leiden kann und wir die Sitzungen abbrechen müssen.«
»*Nur so eine Idee* – für jemanden, den man angeblich gut leiden kann – ein komischer Kerl, dein Schrobacher.«
»Er ist nicht mein Schrobacher, Mela. Er ist der Geliebte von Pauline mit dem Zopf.«
Melas Körper wurde noch um einiges aufrechter. »Ist das nicht eine deiner – eine Erfindung, Mädchen?«
»Nein, das ist erstaunlicherweise eine wirkliche Geschichte, Mela.«
Matilda stand auf und trat ans Fenster. Der Platz war mit warmer sommerlicher Stadtluft gefüllt. Gegenüber saß Pauline vor ihrem Computer und schrieb, von der Wohnung der Mutter aus waren nur Kopf, Schultern, und der halbe Oberkörper zu sehen. Sie neigte sich zu sehr über die Tastatur. Das wird ihrem Syndrom nicht guttun, dachte Matilda, und dann fällt sie wieder in Ohnmacht. Aber vielleicht ersäuft der arme Jakob grade im Meer, weil er seiner fürchterlichen Jessica davonschwimmt, das

nimmt natürlich her. Außerdem kann Pauline ja jederzeit dem Schrobacher in die Arme fallen, was sicher auch bei einer Ohnmacht seinen Reiz hat.
Matilda drehte sich ins Zimmer zurück.
»Hast du noch ein Photo von Pelerine?« fragte sie.
»Du wolltest kein Sterbenswort mehr über Pelerine verlieren und nichts mehr von ihr hören«, sagte Mela, »aber ich habe Photos von ihr aufgehoben. Willst du sie sehen?«
»Ja.«
Mela verschwand silberblau in einem der Kabinette zum Hof hin und man hörte sie dort kramen. Matilda setzte sich zwischen die alten Mohnblumen und sah die Bücher durch, die ihre Mutter in nächster Zeit zu lesen vorhatte. *Wirklichkeit und Wirkung* fand sie auch hier, das hat Anton ihr ans Herz gelegt, dachte Matilda. Sicher hat die Wirklichkeit eine gewisse Wirkung. Und auch Auswirkungen. Sicher sind wir ins Wirkliche hineingewirkt. Aber ein ganzes Buch darüber ... Nun gut, ich lese es ohnehin nicht. Und auch bei Mela liegt es ganz zuunterst. Matilda lehnte sich zurück, sah das Muster des Lehnsessels dicht neben ihren Augen, all die verschlissenen Blumen, und zog ihre Beine an, wie sie es als Kind getan hatte und wie Mela es heute noch tat. Glaub mir, sagte ihr Vater neben ihr, ich habe es nicht gewollt. Deine Mutter zu prügeln, unser Geld zu verspielen, mit einer Geliebten nach Japan zu fahren, dich vor deinen Freundinnen zu beschämen, mich umzubringen. All das hab ich nicht gewollt. Mein ganzes Leben hab ich nicht gewollt, das war's wohl. »Faule Ausreden«, sagte Matilda. Sie wußte, daß er sich neben ihr auf die Armlehne stützte, wie immer, wenn er versucht hatte, ihr auszureden, was geschehen war und was sie mitangesehen hatte.

Wenn Mela im Badezimmer ihr Gesicht mit kaltem Wasser wusch und er nicht mehr brüllte, sondern leise sprach wie einer, der kein Recht mehr hat, den Mund aufzumachen, und es trotzdem tut. Nach seinem Schulterzucken und Kotzen hatte er immer so mit ihr gesprochen wie jetzt. Duckmäuserisch. Zerknirscht. Bettelnd. Du mußt mich verstehen, Tildi. »Warum muß ich? Ich muß gar nichts, denn du hast mich verlassen. Du bist häßlich wie ein Stück Dreck.« Ich bin ein Stück Dreck, sagte er, aber ich bin so geboren, es ist der Stoffwechsel, du kannst mich nicht fallenlassen. »Ich habe dich fallenlassen. Schon lang. Wenn du säufst, weiß ich nicht einmal, wer du bist, also laß uns in Ruh.« Er legte ihr die Hand auf den Kopf, strich ihr über das Haar und sie ließ es sich gefallen, ohne ihn mit dieser ruckartigen Bewegung abzuschütteln, wie sie es als Kind getan hatte, sobald er sie zu liebkosen versuchte. Dann ging er leise davon, so leise er es mit seinen schweren handgefertigten Schuhen nur vermochte, er ging durch eine lange, schattige Allee und verlor sich am Horizont.

»Hier schläft Pelerine auf Vaters Knien«, sagte Mela, die einige Photos in der Hand hielt, »und hier sitzt sie am Fensterbrett, von dem sie dann – davongeflogen ist. Das bist du, als du Diphterie hattest, und Pelerine um deine Schultern. Sie blieb die ganze Zeit bei dir im Bett, wenn du krank warst. Und hier Pelerine im Lehnsessel – wie du jetzt –«

Matilda sah die Katze mit ihrer Stirnflamme, dem tiefen Blick aus ihren großen, schrägen Augen, den säuberlich zueinandergestellten, weißen Pfoten, und begann zu weinen. Sie sah sie arglos auf den Knien des Vaters schlafen, der blinzelnd in die Kamera schaute, und weinte noch heftiger. Sie sah ihr eigenes blasses und glückliches

Kindergesicht, Pelerine um ihren Hals geschmiegt, fühlte wieder diese Nähe und Wärme, und konnte dann vor Tränen nichts mehr sehen.
»Mädchen«, sagte Mela, »was ist denn los?«
Matilda ging ins Badezimmer und wusch ihr Gesicht mit kaltem Wasser, genau wie es früher ihre Mutter getan hatte. Als sie zurückkam, stand Mela in ihrem Kimono, die Photos in den herabhängenden Händen, immer noch dort, wo sie sie verlassen hatte und schaute ihr entgegen.
»Schon vorbei«, sagte Matilda, »aber das hat man von der Wirklichkeit. Sie besteht nur aus dem, was davongeht. Alles, was wirklich wird, geht davon. Ich kann Photos nicht leiden.«
»Ist etwas wirklich geworden und tut dir weh?« fragte Mela.
»Räume die Photos wieder weg und laß *dich* was fragen. Soll ich heute zu Pauline und Schrobacher abendessen gehen? Und Anton mitnehmen? Wir sind eingeladen.«
»Dir tut das Herz weh«, sagte Mela, »ich sehe es.«
»Und dir tut der Kimono nicht gut, zieh ihn wieder aus. Also was meinst du, sollen wir hinübergehen?«
»Nur, wenn du es aushalten kannst.«
»Was soll ich nicht aushalten können?«
»Alles, was da drüben *wirklich* sein wird.«
Matilda sah hinüber, sah, daß Pauline aufstand, sich streckte und dann zum Bildschirm herabbeugte. Sie trug wieder ihren roten Hausmantel, ihren Zopf hatte sie zu einer lockeren Schlinge hochgesteckt.
»Ich tu einfach so, als würde ich träumen«, sagte Matilda, »ich kann das.«

Am Nachmittag zogen ab und zu schwere Wolken über den Platz und verdunkelten ihn, kaum aber kam die Sonne wieder hervor, drang sie heiß ins Zimmer. Matilda zog die Vorhänge zu. Sie bemühte sich, die Wohnung ein wenig in Ordnung zu bringen, sammelte die Tassen, Teller und Aschenbecher ein, die verstreut auf allen Möbeln herumstanden, und wusch sie ab. Während sie am Spülbecken stand, füllten sich die Räume mit Schleiern dünner Spinnennetze, sie wußte es. Wenn sie sich umdrehte, würde die Wohnung zu einer weißverschleierten Höhle geworden sein, Mobiliar und Hausrat unkenntlich geworden. Das geschah immer, wenn sie Hausarbeit verrichtete. Als sie die letzte Kaffeeschale abgespült und zum Abtropfen zur Seite gestellt hatte, drehte sie sich um und es war so. Mit der Zielsicherheit einer seit langer Zeit Erblindeten ging sie zwischen den Schleiern umher, stellte die Stühle an ihren Platz, schüttelte Sofakissen auf, und wurde von den Spinnennetzen sanft berührt. Zuletzt glättete sie die Bettlaken und Dekken, überzog die Kissen frisch, legte sich kerzengerade auf das gemachte Bett und schloß die Augen. Wenn sie sie wieder öffnete, würden die Schleier und Spinnennetze verschwunden sein, das wußte sie. Dennoch blieb sie längere Zeit so liegen, denn unter ihren geschlossenen Augendeckeln war auf interessante Weise der Teufel los. Rote Kugeln sausten durch eine von fernen Lichtquellen aufgerissene Dunkelheit, dazwischen leuchteten orangegelbe Zacken auf, und alles schien um ein blaues, stilles Licht zu kreisen. Blau. Tiefblau. Und rundherum das Rotieren flammender Höllengeschosse. Als hätte sich unter meinen Lidern eine Lichtorgel etabliert, dachte Matilda, oder eine lautlose Disco, falls sowas denkbar ist. Trotz des optischen Wirbels unter ihren Au-

gen war sie dabei einzuschlafen, als das Faxgerät wieder zu pfeifen begann. Du liebe Güte, dachte sie, ich soll wohl weiterlesen, was der arme Mann im Meer so treibt. Sie wartete, bis die Maschine sich wieder abgestellt hatte, und öffnete dann langsam die Augen. Das Zimmer umgab sie unverschleiert, mit klaren Perspektiven, und sie stand auf.
Matilda trennte den Papierstreifen ab, legte ihn vor sich auf die hölzerne Tischplatte und setzte sich. Pauline hat jetzt wohl ihr Schreiben beendet und bereitet das Abendessen vor, dachte sie. Wie diese schnellen Maschinen doch über den anderen Auskunft geben, auch wenn man einander nicht in die Fenster schaut. *Diese* Erfindungen bleiben mir unbegreiflich. Daß ich in Sekundenschnelle in der Hand haben und lesen kann, was einer auf der anderen Straßenseite oder irgendwo auf der Welt in ein Gerät hineinschiebt.

Jakob legte sich auf den Rücken und starrte in die Weite des Himmels hinauf, während sein Körper schaukelte wie ein Boot. Keine einzige Wolke war zu sehen, nur die Unendlichkeit der Bläue. Auch die Wellen, auf denen er trieb, waren blau, aber dunkel, fast schwarzblau. Jakob wäre am liebsten eingeschlafen, so.
Plötzlich fühlte er eine Hand, die nach ihm faßte, und er erschrak tödlich. Jemand hatte ihn am Oberarm gepackt und daran gezerrt. Als Jakob sich zur Seite drehte, sah er dicht vor sich ein nasses gebräuntes Gesicht, und hörte gleichzeitig den Schrei: »Was treiben Sie denn so weit draußen?« »Schwimmen«, schrie Jakob zurück und erkannte, daß er Pedro vor sich hatte. »Jessica hat Sie nicht mehr gesehen und den ganzen Strand in Aufruhr gebracht«, brüllte ihm dieser in gleichbleibender Lautstärke zu, um

das Brausen der Wellen zu übertönen, »kommen Sie mit mir zurück.« »Jessica soll mich gernhaben«, schrie Jakob. »Das tut sie offensichtlich, denn sie sorgt sich«, schrie Pedro zurück. »Nein, sie will nur, daß ich ihr nicht entwische. Schwimmen Sie zu ihr zurück und sagen Sie meinetwegen, ich wäre schon tot.« Ich bin es ja, dachte Jakob, als er sich nach dem letzten gebrüllten Satz kraulend von Pedro entfernte und mit aller Kraft das Wasser teilte, um ihn hinter sich zu lassen. »Bald ist Ebbe!« schrie der Mann ihm nach, »es wird immer schwieriger! Kommen Sie, sein Sie kein Idiot!« »ICH BIN EIN IDIOT!« brüllte Jakob über das Meer hinweg. Und dann merkte er, daß ihm schlecht wurde.

Liebe Matilda, das war's für heute, ich erwarte Sie dringlich um acht Uhr, vergessen Sie es nicht. – Jakob wird nicht ertrinken, keine Angst. Ich brauche ihn ja noch. Pauline.

Matilda legte das Faxblatt zu dem vom Vormittag, beide Blätter lagen mitten am Tisch. Anton sollte das mal lesen, dachte sie. Und warum erwartet Pauline mich *dringlich*?
Die späte Sonne glühte durch die Vorhänge. Matilda stützte die Arme auf die Tischfläche, legte ihr Gesicht in die Handflächen, und versuchte, in deren Dunkelheit geborgen, nachzudenken. Sie kennt mich nicht länger als zwei Tage. Sie weiß seit gestern, daß ich den Schrobacher aufsuche – und auch, daß ich ihn nicht mehr aufsuche. Seit heute faxt sie mir Fortsetzungen ihrer Haß-Geschichte. Sie kann noch nicht lange im Haus gegenüber wohnen. Oder ich habe früher nie hinübergeschaut, denn Mela bekam ja früher schon versehentlich

ihre Post ... War der Schrobacher in der Zeit unserer – Sitzungen öfter bei ihr? Seit wann kennt sie ihn? Und warum will sie uns beide heute abend um sich haben? Wie vernünftig ich nachdenke. Als wäre ich ein Kriminalist.

An der Wohnungstür war Schlüsselgeräusch zu hören, dann Antons Schritte und sein Aufseufzen, nachdem er die Tür hinter sich zugeworfen hatte.

»Gott, ist es wieder heiß«, sagte er, als er das Zimmer betrat. Matilda hörte, daß er seine Aktentasche mit einem Knall absetzte. »Aha, aufgeräumt ist«, fügte er hinzu, »welch ungewöhnlicher Anblick. – Was ist mit dir, warum sitzt du so da? Weinst du?«

»Nein«, sagte Matilda und blieb noch kurz im Schutz ihrer Handflächen.

»Was tust du dann?«

»Ich habe nachgedacht.« Matilda hob den Kopf.

»Alle Achtung«, sagte Anton und setzte sich ihr gegenüber. Wie oft wir einander an diesem Tisch gegenübersitzen, dachte Matilda, er ist wohl unser Zwischenraum, der, den wir beide suchen, um einander zu messen. Zu *er*messen, besser gesagt.

»Hast du Lust, mich heute zu einem Abendessen zu begleiten?« fragte sie.

»Wer hat dich eingeladen?« Anton starrte sie an, als hätte sie ihm eine plötzliche Schwangerschaft eröffnet, oder etwas ähnlich Überraschendes.

»Pauline. Du weißt – die Schriftstellerin gegenüber.«

»Ach die«, sagte er nur. Und nach einer Pause: »Die mit der kühleren Wohnung, ja, ich weiß. Bei der du gern deinen Abend verbringst. Nein, ich gehe nicht mit.«

Mit gesenktem Blick saß Anton aufrecht da. Er hat alles zugemacht, dachte Matilda, ein Mensch kann sich in Blitzeseile so verschließen, daß er uneinnehmbar wird. Anton ist jetzt eine Burg mit hochgezogener Brücke. Kein Zuweg mehr.

»Warum nicht? Sie sieht so aus, als würde sie gut kochen.«

»Mir ist egal, wie die Dame kocht. Ich kenne sie nicht.«

»Du kannst sie kennenlernen.«

»Wozu?«

»Sie ist die Freundin vom Schrobacher.«

Jetzt hob Anton den Blick und starrte sie wieder ungläubig an. Dann zuckte er mit den Schultern.

»Umso lieber bleib ich daheim«, sagte er, »diesem Schrobacher müßte ich nämlich die Meinung sagen, und das würde euer idyllisches Abendessen empfindlich stören.«

»Wieso nimmst du an, daß es *idyllisch* wird?«

Anton schwieg. Er sah die beiden Faxblätter am Tisch liegen, griff nach ihnen und begann zu lesen. Er hätte mich fragen können, dachte Matilda, an wen sie kamen, und dann, ob er sie lesen dürfe. Ich hätte ohnehin ja gesagt, aber er hätte fragen können.

»Was soll denn das«, sagte Anton. Er hatte die Blätter überflogen und legte sie wieder zur Seite. »Ein nettes Pärchen ... Schreibt sowas deine Pauline?«

»Sie ist nicht *meine Pauline*«, sagte Matilda, »aber das mit dem *netten Pärchen* ist wohl so, und sowas schreibt sie, ja.«

»Hast du die ganze Zeit gewußt, daß deine beiden Gurus ein Paar sind?«

»Ich weiß es seit gestern, seit wir die Sitzungen abgebrochen haben. Falls du mit den *beiden Gurus* den Schrobacher und Pauline meinst – mir ist nämlich neu, daß sie das sind.«

Anton stand auf, ging ins Badezimmer, und Matilda hörte seine Geräusche an der Toilette und beim Waschbecken. Als er zurückkam, sagte sie: »Geh heut abend mit mir hinüber.«
»Nein«, gab er zur Antwort und ließ sich auf das Sofa fallen.
»Warum bist du so argwöhnisch. Nichts ist arg da drüben.«
»Die ärgern mich – um bei deinem Wortspiel zu bleiben. Ganz einfach, diese Seelenblähungen, Traumwelten, Therapien *ärgern* mich, Matilda. Mir genügt, daß ich dich und deine Erfindungen habe, Tag für Tag. Laß mich heute abend in Ruhe und geh du nur zu deinem Essen. Ich mach mir Ravioli aus der Dose.«

Das kornblumenblaue Kleid? fragte sich Matilda und zog es aus dem Schrank. Es hat tatsächlich ein wenig die Farbe seiner Augen. Ein Geburtstagsgeschenk von Mela, vor Jahren. *Zeitlos* hatte sie gesagt, und vielleicht stimmt das ja. Ich ziehe es an.
Als Matilda in das Kleid schlüpfte, erklang plötzlich die Stimme des Nachrichtensprechers und erfüllte die Wohnung. Anton hatte den Fernsehapparat angestellt. Sie ging ins Bad und kämmte sich vor dem Spiegel. Was für ein Gesicht, dachte sie, es ist meines. Die Augen sind eindeutig grau. Grau wie eine Nebelwand oder ein Taubenflügel. Neben den blauen Trägern wirken die nackten Schultern sehr weiß. Weiß und rund, es gibt solche Kieselsteine.

»Scheiße!« schrie Anton vor dem Fernsehapparat.
Matilda ging ins Zimmer und stellte sich hinter ihn, um zu sehen, was er sah. Ein verhungerndes afrikanisches Kind, fast noch ein Säugling, wurde wie ein Bündel hochgehoben und der Kamera gezeigt. Uralt das kleine Gesicht. Plötzlich eine kindliche Erwartung und ein Klageton, der den Himmel spaltete. Man legte das Kind wieder zurück in sein Sterben, bäuchlings, irgendwo im afrikanischen Busch, und die Kamera glitt weiter. Matilda schrie.
»Hör auf«, rief Anton, »das bringt nichts.«
Die Stimme des Fernsehsprechers hatte die kühle Ruhe nicht verloren, er sprach weiter. Anton saß auf dem Sofa, in die Kissen gelehnt, ein Bier neben sich, eine Zigarette in der Hand. Matilda trug ein blaues Sommerkleid. Sie sah an sich herab und schrie weiter. Jetzt war es auch die Erde, die sich auftat. Der Klagelaut dieses Kindes durchbrach die Welt, durchbrach Erfahrung, Würde, Geist, jedes vom Menschen errichtete Gedankengebäude, durchbrach Matildas Körper und bohrte sich in sie ein.
»Matilda!« schrie Anton, »laß das Gebrüll, bitte!«
Er sprang auf, packte sie an den Schultern und schüttelte sie. Dann zwang er sie auf einen Sessel, stand vor ihr und hielt ihr schließlich den Mund zu. Matildas Schreien wurde zu einem leisen Gurgeln.
»So ist das«, sagte Anton, »so ist die Realität. So krepiert man auf dieser Welt. Das war keine Erfindung, Matilda. Gewöhn dich dran.«
Matilda hob das Kind auf und legte es an ihr Herz. Sie fühlte, daß sie mit ihm verschmolz, daß es in sie eindrang. Sie war noch nie schwanger gewesen, aber jetzt trug sie ein Kind. Sie würde es für immer in sich tragen, und auch seine Klage. Der große Spalt, der Himmel

und Erde aufgerissen hatte, glänzte blau und kalt. Menschen, Geschöpfe und Pflanzen waren ausgestorben, vorbei das Elend, endlich. Nur noch der kalte Glanz der Leere, durch die das Kind in ihrem Leib unauslöschlich schwebte, zu Stein geworden.
»Ja, lehn dich zurück«, sagte Anton und nahm die Hände von ihrem Mund, »dumm, daß ich dich zum Fernseher gelockt habe. Dir darf man sowas wirklich nicht zeigen.«
Klippen aus Eis und dahinter eine letzte Spur, die zum Horizont führte. Auch sie würde verwehen, der Rand der Welt eine feine makellose Linie, jede Fläche unberührt, die Ruhe unendlich. Das Kind entflog, umhüllt von einem letzten Rest Atem, dem ihren.
»Nie wieder«, sagte Matilda.
»Nie wieder was?« fragte Anton.
»Alles.«
Matilda stand auf, ging ins Badezimmer zurück und fuhr nochmals mit dem Kamm durch ihr Haar. Sie nahm den Lippenstift und zeichnete damit sorgfältig ihren Mund nach. Anton war ihr gefolgt und lehnte in der Tür.
»Seit wann tust du *das*?« fragte er, »du hast dich ewig nicht mehr geschminkt.«
»Ich tu es jetzt«, sagte Matilda, »und dann ewig nicht mehr.«
Anton seufzte und schaute ihr durch den Spiegel in die Augen.
»Deine Reaktionen nerven. Es sind nie die, die man erwartet.«
Matilda schraubte den Lippenstift zu, wandte sich um, ging auf Anton zu und küßte ihn auf den Mund. Das Rot färbte zart auf seine Lippen ab.
»Trotzdem – erwartest du mich?« fragte sie, »es wird sicher nicht spät.«

»Wie auch immer, ich mach mir jetzt die Ravioli warm.« Anton wischte sich mit seinem Handrücken den Mund ab und ging Richtung Küche.
»Wir haben noch ein Stück Parmesan«, rief Matilda hinter ihm her.
»Was will der Mensch mehr«, brummte Anton und verschwand. Aus dem Fernsehapparat drang jetzt Musik. *As time goes by* ... Ah, jetzt fängt *Schlaflos in Seattle* an, dachte Matilda, ein schönes Abendmärchen für Mela. Was anderes ist zu tun, als immer und immer wieder Märchen zu erzählen und zu erfinden, und zu versuchen, in den Märchen zu leben. Der Alltag und der persönliche Tod haben Religionen provoziert. Besser sind Märchen. Der erfundene Gott macht mich wütend. Matilda nahm einen Schal vom Haken und sah ihn an, es war ein seidener Sommerschal, mit dünnen blauen Streifen, schon alt und ein wenig brüchig, ihr Vater hatte ihn manchmal getragen. Anstelle einer Krawatte, zum Sommeranzug aus weißem Leinen. Wenn er nicht betrunken und schmierig war, konnte er sehr elegant sein, ihr Vater. Das gutrasierte Kinn über dem weißblauen Seidenschal, seine großen glänzenden Zähne beim Lachen. *Tildi, du wirst fett, mein Kleines.* Warum nicht, sagte Matilda und warf sich den Schal über die Schultern. Um die allzu runden, weißen Kieselsteine zuzudecken und den Papi Kurt zu beruhigen. Da geht er, schlank und sommerlich, und seine Schuhe schlagen das Pflaster, nicht Jessicas tack, tack, sondern schwerere Trommeln, gut, wenn sie verklingen.
»Bis dann«, rief Matilda zur Küche hin und zog die Wohnungstür hinter sich zu. Dann fiel ihr ein, daß sie wieder den Schlüssel vergessen hatte, aber sie stieg die Treppen schnell abwärts. Die violetten Vögel schienen zu schlafen.

Als sie aus dem Haus trat, schlug ihr die enge heiße Abendluft entgegen. Sie überquerte die Gehsteige und die Fahrbahn und betrat das gegenüberliegende Haus, den Hausflur mit den Lorbeerranken über den lackierten Wänden. Da, die Treppe, auf der sie und Pauline völlig durchnäßt gesessen hatten. Das Stiegenhaus, in das Doktor Schrobacher vor ihren Augen hinaufgezogen wurde, als wäre er eine Puppe. Die Lampen mit den Milchglasschirmen brannten bereits, obwohl der Sommerabend draußen noch hell war. Matilda stieg hinauf. Je näher sie Paulines Wohnung kam, desto mehr verdichtete sich Essensduft, diesmal nicht der derbe Geruch gebratener Zwiebeln, sondern es roch fein und appetitanregend. Hatte ich doch recht damit, daß sie kochen kann, dachte Matilda. Ein wenig atemlos stand sie schließlich vor Paulines Tür und hob die Hand zum Klingelknopf. Da fiel ihr auf, daß die Tür offen war, leicht angelehnt. Sie erwarten mich, dachte Matilda, ich bin etwas verspätet, aber sie zweifeln offenbar nicht daran, daß ich kommen werde. Sie betrat die Wohnung und schloß die Türe hinter sich.

»Hallo«, sagte sie und ging durch den Vorraum zu Paulines großem Computerzimmer, dessen Flügeltüren offenstanden. Ihre Schritte knarrten auf dem alten Parkettboden, und niemand antwortete ihr. Das Zimmer war leer, wie immer brannte die Lampe über dem Computertisch, obwohl vor den Fenstern noch der Abend leuchtete. Sie sind sicher in der Küche, dachte Matilda, aber ich weiß nicht genau, wo die ist.

»Hallo«, sagte sie nochmals, diesmal um einiges lauter. Die Räume blieben wieder still und ohne Antwort. Matilda trat zum Computer und drückte auf die Taste, die auf dem glosenden Schirm das Schriftbild erscheinen

ließ. *Jakob wird nicht ertrinken, keine Angst. Ich brauche ihn ja noch. Pauline* stand da am oberen Rand, sonst nichts. Nachdem sie das Fax an mich geschickt hat, hat sie also wirklich nur noch gekocht, dachte Matilda, wandte sich um und schrie auf.
Auf dem schmalen Sofa an der Rückwand des Zimmers, das sie beim Hereinkommen nicht gesehen hatte, saß Doktor Schrobacher.
Er saß regungslos zurückgelehnt da und starrte sie an, seine Augen beherrschten mit ihrem Blau die Farblosigkeit des ganzen Zimmers, wie tags zuvor Paulines blaue Kaffeeschalen. Zwei starre, tiefblaue Augen. Ist er tot? dachte Matilda und ging auf ihn zu.
»Ich bin nicht tot«, sagte Doktor Schrobacher, »aber ich wünschte, ich wäre es.«
Er verharrte weiterhin bewegungslos in seiner zurückgelehnten Haltung und Matilda setzte sich neben ihn.
»Was haben Sie denn?« fragte sie.
»Ich habe Pauline umgebracht«, sagte er.
»Wieso?« fragte Matilda und fand gleichzeitig, daß diese Frage sicher nicht die richtige war.
»Weil sie ein Drecksstück ist und ich sie hasse.«
Jetzt schloß er die Augen, und Matilda sah, daß seine Wangen naß waren und ihm wieder Tränen unter den Wimpern hervorflossen. Sein Hemdkragen war geöffnet, die grauen Haarkringel klebten ihm hinter den Ohren. Die Beine hatte er von sich gestreckt, sein ganzer Körper wirkte schlaff vor Erschöpfung.
»Wo ist sie?« fragte Matilda.
»Im Schlafzimmer. Ich habe sie auf das Bett gelegt.«
»Und *wie* haben Sie sie umgebracht?«
»Erschlagen«, sagte Doktor Schrobacher.
»Womit?« fragte Matilda.

Doktor Schrobacher wandte ihr plötzlich sein Gesicht zu. »Wie realistisch Sie sein können, Matilda«, sagte er.
»Womit?« fragte sie nochmals.
»Mit – diesen meinen Händen.« Er hob sie hoch und hielt sie Matilda vor die Augen. »Können Sie sich vorstellen, daß so – normale Hände es fertigbringen, einen Menschen zu erschlagen? Aber es geht, wie man sieht. *Ein* Schlag – und wumms. Vorbei.«
»Ich kann mir bei Ihren Händen eine Menge vorstellen«, sagte Matilda, »aber davon abgesehen – ist sie mit dem Kopf irgendwo dagegengefallen? Gegen eine Möbelkante oder so?«
»Nein. Einfach auf den Boden.«
»Nachdem Sie sie gehauen haben?«
»Es war – ich konnte nicht mehr anders, ich hab sie geschlagen, ja. Wir haben gekocht, alles war fertig – unterdessen sind wir in eine unserer ewig gleichen Auseinandersetzungen geraten – es – – Ach, Matilda, hören Sie mir garnicht zu. Bleiben *Sie*, wo Sie sind.«
»Ich bin hier«, sagte Matilda, »und da bleib ich auch vorübergehend.«
Das Abendlicht vor den Fenstern wich langsam der Dämmerung, der Straßenverkehr schien zu verebben, es war still im Zimmer. Doktor Schrobacher starrte seine Hände an, als seien sie Fremdkörper, nicht zu ihm gehörig.
»Hat sie Ihnen von ihrem Ehemann erzählt?« fragte er plötzlich.
»Dem Lektor? Mit den englischen Sakkos?«
»Genau, von dem«, sagte Doktor Schrobacher, »Lektor bei einem großen Verlag, sehr soigniert – hat sie das Wort benutzt? *Soigniert*?«
»Ja«, sagte Matilda.
»Dacht ich's doch. Also – älter als sie selbst – immer eng-

lische Sakkos – ein *phantastisches Profil* – nicht wahr? – hat sie zum Schreiben gebracht – eine intellektuelle, geistig orientierte Ehe – stimmt's?«
Matilda nickte.
»Und dann der Ausbruch von Teufelei und Bestialität – die beiden verhalten sich schlimmer, als Tiere es schaffen würden, wegen ihrer *intellektuellen Perfidie* – hab ich recht? – Am Indischen Ozean hätte er sie fast erschlagen – das wissen Sie sicher auch.«
»Ja. – Und?«
»Jetzt *hat* er sie erschlagen. Zwar nicht am Indischen Ozean, aber endgültig. Ihr Ehemann war nämlich ich.«
»Aha«, sagte Matilda.
»Aha, ja. Aber leider war ich nur ein armer, unbedeutender Therapeut, ohne phantastisches Profil und englische Sakkos, nicht übermäßig belesen, und an ihrem Schreiben nicht sonderlich interessiert. Also hat sie sich nachträglich ihren Ehemann erfunden. Einen, mit dem sie heute noch exquisit essen geht, der sie aushält, der polyglott und steinreich die vergangenen Sauereien für sich behält, und mit ihr weiterhin über Bücher spricht.«
»Aber –«, begann Matilda, »– wenn sie einen erfundenen Kerl hat, und Sie der echte Exgatte sind – warum sind Sie dann nicht weggeblieben? Warum stehen Sie nackt an ihrem Fenster? Warum dreschen Sie sie zu Tode?«
»Ach, Matilda«, sagte Doktor Schrobacher.
»Ja?«
»Etwas – ist ihr gelungen mit mir. Eine Art Abhängigkeit – aus Haß – Ich hab Ihnen ja gesagt, Matilda, daß ich davon einiges weiß. Vom Hassen.«
»Hassen kann die Kehrseite vom Lieben sein. Aber wem sag ich das, *Sie* sind der Therapeut.«
»Ach, Matilda«, sagte Doktor Schrobacher nochmals.

»Wenn sie *ach Matilda* sagen, klingt es ähnlich wie *Kind.*«
»Nein. Es heißt nur ach Matilda, sonst nichts.«
Doktor Schrobacher ließ seinen Körper zur Seite sinken und lehnte das tränenfeuchte Gesicht gegen Matildas Busen. Sie fühlte seinen Kopf zwischen ihren Brüsten, die warmen verklebten Haare, und er schlang seine Arme um ihre Hüften.
»Was soll ich tun?« hörte sie ihn murmeln.
»Mich jetzt nicht so umarmen«, sagte Matilda, »Sie wissen, daß ich bei Ihnen anfällig bin. Ich schau jetzt nach Pauline.«
Er richtete sich auf.
»Sie trauen sich das, Matilda? Soll ich nicht lieber gleich die Polizei rufen?«
»Sieht Pauline denn so fürchterlich aus?«
»Ich weiß es nicht mehr. Sie war ganz einfach tot.«
Matilda nahm ihren blauweißgestreiften Seidenschal ab, er war warm und feucht von Doktor Schrobachers Gesicht. Sie legte ihn neben sich auf das Sofa und stand auf.
»Wo ist das Schlafzimmer?« fragte sie.
»Durch den Flur, an der Küche vorbei, es liegt zum Hof hin. – Aber ich komme mit Ihnen.«
Doktor Schrobacher rappelte sich mühsam hoch, als wäre er krank, und folgte Matilda in den Vorraum.
»Haben *Sie* die Eingangstür aufgemacht? Die stand nämlich offen«, fragte sie.
»Ja. Ich wollte, daß irgend jemand hereinkommt – daß mein Mord entdeckt wird. Weil ich zu feig war, jemanden zu rufen.«
»Sie wußten doch, daß ich komme.«
»Ich dachte, Sie würden nicht kommen.«
Matilda ging an der Wohnungstür vorbei, in die entgegengesetzte Richtung des Flurs, und Doktor Schro-

bacher kam hinter ihr her. Sie kreuzten eine andere Tür, die offenstand. Matilda sah in eine Küche, unter der Hängelampe stand ein runder, gedeckter Tisch, in dessen Mitte eine große Schüssel Salat.
»Was hätten wir gegessen?« fragte sie im Vorbeigehen.
»Kalbsfilets mit Morcheln, Rahmsauce, und grünen Nudeln. Danach eine Zitronentorte mit Mandelobers-creme«, zählte Doktor Schrobacher mit tonloser Stimme auf, während sie weitergingen.
»Schade«, sagte Matilda und öffnete die Tür zum Schlafzimmer. Hier brannte kein Licht. Vor dem geöffneten Fenster befand sich ein Hinterhof, der von den Ästen eines großen Baumes ausgefüllt wurde. Durch das Laub sah man die Lichter aus gegenüberliegenden Wohnungen. In der Dämmerung schimmerte die weiße Fläche eines quadratischen Bettes, und Paulines dunkler Körper zeichnete sich darauf ab.
»Ich halte das nicht aus«, flüsterte Doktor Schrobacher.
»Sie müssen wohl«, sagte Matilda, ging zum Bett und knipste die Lampe an. Deren schneeweißer, flacher Schirm warf einen blendend hellen Lichtkreis, Berge von Büchern lagen herum. Und am Bettrand, den Kopf auf einem Kissen, lag Pauline.
»Sie sieht gut aus«, sagte Matilda, »eigentlich ganz normal.«
»Kein Blut?« flüsterte Doktor Schrobacher von der Tür her, wo er stehengeblieben war.
»Hat sie denn vorhin geblutet, nach Ihrem Schlag?« Matilda setzte sich zu Pauline ans Bett und betrachtete ihr Gesicht.
»Nein – aber ich dachte – vielleicht aus dem Mund – oder irgendwie. Ich hab sie gleich dorthin gelegt, nachdem sie sich nicht mehr gerührt hat.«

»Flüstern Sie nicht dauernd und kommen Sie her«, sagte Matilda.
Paulines Zopf lag schwarz und aufgelöst neben ihrem blassen Gesicht. Das schwarze, lange Kleid, das sie trug. war hochgeglitten, Matilda sah wieder ihre hellhäutigen, dicken Waden. Das schwarze Kleid hatte dünne Träger, einer davon war abgerissen, und das verrutschte Oberteil des Kleides gab eine von Paulines kleinen spitzen Brüsten frei. Sieh mal an, dachte Matilda, was es da für Variationen gibt.
»Hatten Sie Ihren Busen gern?« fragte sie.
»Er war wie sie. Klein und gierig.« Doktor Schrobacher stand jetzt hinter ihr und sah ebenfalls auf Pauline hinab. »Sehen Sie sich diesen Körper an, er sieht so zerbrechlich aus. Und plötzlich diese Festigkeit in den Beinen, sie hat die Waden eines Bauernkindes, sehen Sie das? Das ist ihre Standfestigkeit, ihre Unverrückbarkeit bei jeder Idee, von der sie erfaßt wurde. Sie weicht nicht. Und frißt einen auf dabei, gierig wie ihre kleinen Brüste. Das war es wohl, sie hat mich aufgefressen.«
»Sie wird es weiter tun«, sagte Matilda.
»Was?«
»Ihre kleinen Brüste atmen.«

Es dauerte eine Weile, bis Anton abhob, aber dann sagte er: »Ja, was ist?«, als hätte er ihren Annruf erwartet. Im Hintergrund lief immer noch der Fernseher.
»Es wird länger dauern«, sagte Matilda.

»Ich habe nichts anderes erwartet. Wurde also doch eine Idylle draus.«
»Keineswegs. Aber warte nicht auf mich.«
Matilda legte auf und ging zurück in das Schlafzimmer. Doktor Schrobacher saß jetzt am Bettrand, Pauline lag mit offenen Augen vor ihm. Beide schwiegen und schauten einander an.
»Das war wohl wieder Ihr Syndrom, Pauline«, sagte Matilda, »hat aber zu einer ordentlich langen Ohnmacht geführt, Sie müssen das, glaub ich, einmal einem Arzt erzählen.«
»Was für ein Syndrom?« fragte Doktor Schrobacher.
»Ich hab Sie schon mal so gefunden, im Regen auf der Straße liegend. Sie sagt, das komme von der Wirbelsäule und vom gebückten Schreiben.«
»*Sternales* Syndrom«, murmelte Pauline und schloß die Augen, »aber laßt mich jetzt schlafen. Mir tut außerdem der Kopf weh. Das warst du, Fritz, mit deiner Ohrfeige. Die war auch nicht ohne.«
Trotz der Sommerwärme war es in diesem Hinterhofzimmer erstaunlich kühl. Sie zogen Pauline das Kleid aus und breiteten die Bettdecke über sie. Dann drehte Matilda das Licht ab und ging voraus zur erleuchteten Küche, Doktor Schrobacher schloß leise die Schlafzimmertür hinter sich, ehe er ihr folgte.
»*Ohrfeige*!« sagte Matilda und setzte sich an den Tisch. »Sie sind mir einer. Dachten Sie mit einer Ohrfeige jemanden zu ermorden?«
»Sie fiel derart abrupt um – sie war völlig leblos, *wie tot* eben, was sollte ich denken?«
Doktor Schrobacher setzte sich ebenfalls, die Hängelampe warf Licht auf seinen gebeugten Kopf.
»Na ja«, sagte Matilda, »vielleicht nicht so schnell an

Mord. Menschen können bekanntlich bewußtlos werden.«
»Sie haben recht, Matilda, ich war ein Trottel. Und so was will Arzt sein.«
»Sie waren erleichtert, glaube ich.«
»Wie bitte?«
»Sie *wollten* sie ermordet wissen. Nicht mehr anwesend, weg, ausgelöscht – wie auch immer. Glaube ich zumindest.«
»Matilda.«
Da ist sie wieder, die blaue Welle, dachte Matilda, er hat meinen Namen in seine Augen gebettet und ebenfalls tiefblau gefärbt, ein warmes blaues *Matilda* ist über mich hinweggeflossen, mir ist weich zumute, ich kenne das.
»Heute abend«, sagte Doktor Schrobacher, »waren Sie realistischer als jeder Mensch, den ich kenne. Ich habe erfunden, und Sie haben alles zurechtgerückt. Wie sachlich Sie sein können, Matilda.«
»Da staunen Sie, was?«
»Ja, da staune ich.«
»Ich war in *Ihrer* Wirklichkeit.«
»Und aus der brauchen Sie nicht zu flüchten, meinen Sie?«
»Keine Notizbuch-Gespräche mehr«, sagte Matilda. »Ich glaube, ich habe jetzt Hunger.«
»Ja, essen wir was«, sagte Doktor Schrobacher.
Während er gefüllte Schüsseln und Töpfe auf den Tisch stellte, die zum Warmhalten im Backrohr gestanden hatten, verließ Matilda die Küche. Sie ging langsam über den knarrenden Boden in das große Zimmer hinüber, am beleuchteten Computertisch vorbei, bis hin zum geöffneten Fenster. Am Nachthimmel über dem Platz stan-

den Sterne. Melas Wohnung gegenüber war bläulich erhellt. Läuft *Schlaflos in Seattle* noch? dachte Matilda. Auch in ihrer eigenen Wohnung brannte noch Licht.
Matilda wandte sich um, holte ihren Seidenschal vom Sofa, legte ihn um, und ging dann in die Küche zurück. Aus Paulines Schlafzimmer drangen Atemzüge, die wie sanfte Lassos alles einzufangen suchten, ihre Schlingen um jegliches legten, auch um Matilda. Die ganze Wohnung neigte sich dem Sog von Paulines Atem, atmete mit ihr.
Als Matilda die Küche betrat, stieg sie aus der Schlinge, die noch nicht festgezogen war, warf sie in den Flur und schloß rasch die Tür.
»Was ist?« fragte Doktor Schrobacher, der gerade grüne Nudeln auf die Teller häufte. Matilda setzte sich.
»Nichts.«
»Nichts?«
»Paulines Atem wollte mich einfangen.«
»Ja«, sagte Doktor Schrobacher, »Pauline legt Schlingen aus. Jedesmal, wenn ich mich gelöst hatte, rief sie mich zurück.«
»Sie hätten nicht zurückzukommen brauchen«, sagte Matilda.
»Ja. Aber sie hat die Gabe, Erwartungen zu verändern. Jedesmal eine neue Erwartung, weiß der Teufel, wie sie das schafft. Wir sind deshalb ans Meer gefahren. Es wurde schrecklich dort, und jetzt schreibt sie darüber eine Geschichte, hat sie mir gesagt. Kann ich Ihnen nachschenken?«
»Ja, gern«, sagte Matilda, und hielt ihm ihr leeres Weinglas hin, »ich habe ein paar Seiten davon gelesen. Aber sie beschreibt einen bedauernswerten Mann und eine Kanaille von Frau in dieser Geschichte.«

»Dann bleibt sie sogar bei der Wahrheit.«
»Wären Sie dort fast ertrunken?« fragte Matilda.
»Schreibt sie darüber?«
»Ja.«
»Ich bin zu weit hinausgeschwommen. Paulines Liebhaber hat mich gerettet.« Doktor Schrobacher hob das Glas. »Prost, Matilda!«
Sie stießen mit den Gläsern an, direkt unter der Hängelampe, und der Wein leuchtete auf. Ein rötlicher Schein fiel auf ihre beiden Hände.
»Blut auf meiner Hand«, sagte Doktor Schrobacher, »ich *hätte* Pauline töten können.«
»Auf gewisse Weise haben Sie es auch getan«, sagte Matilda.
»Ja. Eine Weile lang war es für mich sogar Realität.«
»Sie haben es sich vorgestellt, und da wurde es wahr. Ist Ihnen im Wasser schlecht geworden?«
»Im Wasser? – Ach, Sie meinen im Meer? Ehe ich fast ertrunken wäre? Auch *das* kommt vor? Ich muß sagen, Pauline läßt wirklich nichts aus. Ja, ich hatte einen Kollaps, *zu viele Aufregungen* sagte der dortige Arzt, der gar nicht wissen konnte, wie zielstrebig und unablässig es ihr gelungen war, mich aufzuregen.«
»Dazu gehört immer wer, der sich aufregen läßt. Ein Opfer.«
»Wer therapiert hier wen, frage ich wieder einmal.«
»Keiner therapiert hier irgendwen, ich frage mich nur, weshalb Sie sich quälen lassen. Zum Beispiel – wenn Pauline dort einen anderen Liebhaber hatte – warum sind Sie nicht sofort abgehauen?«
»Ich weiß es nicht«, sagte Doktor Schrobacher. »Möchten Sie von der Zitronentorte haben?«
»Nein.«

Doktor Schrobacher schaute vor sich hin auf den Tisch. Dann hob er den Blick. »Ich bin an ihr gehangen, Matilda. Ein Fisch an der Angel – so einfach wie dieses Bild. Sie hatte Macht über mich. Aber nicht nur die Macht der Sinnlichkeit, sondern vor allem die ihrer ruhelosen Ideen. Mit denen hat sie mich festgehalten.«
»Sie liegt dort nebenan im Bett und lebt. Aber Sie sprechen von ihr, als wäre sie wirklich tot und alles wäre vorbei.«
»Für mich ist es so.«
»Wie können Sie da so sicher sein?«
»Ich kann plötzlich Sie anschauen, Matilda, ohne Ihren Blicken auszuweichen. Höchstwahrscheinlich könnte ich Sie auch umarmen, ohne Ihrem Körper auszuweichen, Ihrem großen Körper, nach dem ich mich sehne. Deshalb.«
Die Wände der Küche sprangen auseinander und ließen die Nacht herein. Eine Nacht, schwarzblau wie reife Brombeeren und ebenso weich. Eine fruchtige Nacht, ja. Die Hängelampe drehte kleine rosige Kreise, der Tisch zog sich zusammen wie eine Blüte. Doktor Schrobachers Gesicht flog auf sie zu, nur Vögel können sonst so fliegen, dachte Matilda.

Das Meer in seiner Bläue schien sich in ihrem Kleid fortzusetzen, sie lag am Ufer wie ein blauer Splitter. Und die blauweiße Linie ihres Schals war eine verkleinerte Brandung, die des Ozeans atmete in großen Wellen neben ihr. Sie wußte, daß sie nur hier zu liegen hatte, mit geschlossenen Augen und ohne sich zu bewegen. Die Luft zog warme Kreise, die auf ihren Lippen nach Salz schmeckten. Wo bleiben seine Hände, dachte sie. Ich habe ein dunkles sterbendes Kind in mich aufgenommen, er soll es trösten. Ich bin weit gegangen mit diesem Kind, es liegt schwer in mir und wird mich niemals mehr verlassen. Es bedarf seiner Hände wie ich jetzt. O schön ist der Wind vom Meer her, schön wie meine Erwartung. Nur noch das erwarten, und dann nichts mehr. Jetzt. Sie fühlte, wie seine Handflächen ihre Brust berührten, und schlug die Augen auf. Sein Blick und der Himmel dahinter, sie flossen aufrauschend ineinander. Als sie nackt war, küßte er die Mitte ihres Bauches und liebkoste ihn. Das Rauschen verstärkte sich, überschwemmte sie, und drang in sie ein.

Ich brauche nie mehr ans Meer zu reisen«, sagte Matilda.
»Warum?«
»Ich weiß alles davon.«
Das Holz des Parkettbodens fühlte sich warm und rissig an wie ein alter Baum. Sie lagen wie nackte junge Vögel in einem Nest aus Sofakissen und Kleidungsstücken, die Gliedmaßen ineinander verwoben. Das Licht des Computertisches fiel zu ihnen her und ließ auf den Körpern Linien entstehen, als wären sie gezeichnet. Matilda hob die Hand und ihre Fingerspitzen glitten an der Schulter von Doktor Schrobacher entlang, die vor ihr leuchtete wie ein Bergkamm.

»Trotzdem fahren wir beide irgendwann ans Meer«, sagte Doktor Schrobacher.
»Nein«, sagte Matilda.
»Nein?«
»Nein, nie.«
Doktor Schrobacher schob seine Hand zwischen ihre Schenkel.
»O doch«, sagte er. »Fühlen Sie? Das sind wir beide.«
»Das sind wir beide *jetzt*«, sagte Matilda, »aber ich werde gleich aufstehen und mich anziehen und hinübergehen.« Sie drückte ihr Gesicht gegen die Haare auf seiner Brust, die feucht waren, sie fühlte den Herzschlag und eine Bewegung in seinen Muskeln, als wolle er sich aufrichten.
»Wollen Sie damit sagen –«
»Ja.« Matilda sprach, ohne den Kopf zu heben. »Ja, ich will damit sagen, daß ich dort bleibe, wo ich bin. Ich weiß, ich habe in unseren Sitzungen anders gesprochen. Aber es geht nicht.«
»Sie müssen *leben*, Matilda.« Jetzt setzte Doktor Schrobacher sich auf. »Sie müssen aufbrechen und einen Weg gehen, Sie dürfen nicht für den Rest Ihrer Tage in dem Haus da drüben und in Ihren Erfindungen und Erträumungen sitzenbleiben. Erlernen Sie die Wirklichkeit, und mit mir als Lehrer, Matilda. Ich bin Ihrer so froh.«
»Auch ich bin Ihrer froh.«
Sie saßen einander jetzt gegenüber. Wie schön und hellhäutig ist er, dachte Matilda, mit dem Blau von Kornblumenfeldern in seinen Augen. Ich habe mir das wohl immer gewünscht, ihn so vor mir zu haben, nackt, und diesen Blick auf mich gerichtet.
»*Und* ich lebe. Gerade jetzt lebe ich grenzenlos«, sagte sie.
»Aber?«

»Aber ich habe die Wirklichkeit *gesehen.* Heute im Fernsehen, ehe ich herüberkam. Ein kleines afrikanisches Kind, das einsam Hungers stirbt, und dem das ganze Alter der Welt in sein hilfloses Gesicht geschrieben steht, alle Verzweiflung und Anklage, ehe es endlich tot ist. Ich habe es zufällig gesehen und hätte es lieber nicht gesehen. Aber dieses Kind ist in mich hineingekrochen und unvergeßlich geworden. Ich pfeife auf die Wirklichkeit, die solches bewirkt. Und auch auf jeden Gott, der hinzubemüht wird. Ich bleibe im erfundenen Leben.«

Doktor Schrobacher beugte sich zu ihr und küßte sie auf den Mund.

»Auch das ist die Wirklichkeit, Matilda«, sagte er dann.

»Nein«, sagte sie, »das sind unsere Lippen und die Empfindung, als würden frische, sonnenheiße Blätter sich berühren.«

»Eben.«

»Eben nicht. Daß man sich küßt, mag wirklich sein. Aber daß ich Ihre Lippen und gleichzeitig – ja, Erlenblätter berühre – gehört in mein Reich. Sehen Sie das ein?«

»*Ihr Reich* - «, Doktor Schrobacher schaute sie an, »das ist es wohl. Sie fühlen sich geborgen dort. Viel geborgener, als ich geahnt habe. Ich kann Sie also nicht herausholen und mitnehmen?«

»Nein - Fritz –«, sagte Matilda. Einmal diesen Namen kosten, dachte sie, in den Mund nehmen und aussprechen.

»*So spitz, der Fritz, ein Witz, der Fritz* –«, sagte Doktor Schrobacher, »wie geht's weiter?«

»Ein schöner kurzer Blitz, der Fritz.« Matilda neigte sich zu ihm, nahm sein Gesicht in beide Hände und küßte ihn auf die Augen.

Dann fühlte sie das Messer in ihrem Rücken.

Es war ein klares und sehr bewußtes Gefühl, jemand hat mir mit einem Messer in den Rücken gestochen, dachte sie. Aber es schmerzte nicht. Eher war es wie ein Aufreißen von etwas, das nicht nachgeben will. Sie blieb unbeweglich und sah dicht vor sich, wie Doktor Schrobacher die Augen öffnete. Dann schrien sie. Seine Augen schrien. Da Matilda starr vor sich hin schaute, verband sich für sie der Schrei aus seinem Mund mit seinem entsetzten Blick. Jetzt laufe ich hinein, dachte sie, endlich hinein in den Kornblumenschatten, hinter das Schreien und Entsetzen, in die blaue Stille, tief hinein in seine Augen, davon für immer. Und sie fiel vornüber.
Sie fiel mit dem Gesicht gegen Doktor Schrobachers Schulter, und fühlte, daß seine Arme sie hielten. Sie konnte nicht mehr aufrecht sitzen. Als wäre ihr Rücken ein Stein geworden, der sie niederdrückte.
»Leg das Messer weg, leg sofort dieses Messer weg!«, hörte sie Doktor Schrobacher dicht an ihrem Ohr hervorstoßen. »Laß es fallen, oder ich bringe dich um! Hörst du mich – laß auf der Stelle dieses Messer fallen!«
Etwas fiel zu Boden.
»Meinetwegen.« Paulines Stimme klang gelassen. »Ich lasse das Messer fallen, und du das, was du in den Armen hast.«
Matilda ließ sich von Doktor Schrobacher auf den Boden betten und versuchte, ihm behilflich zu sein, indem sie ihm ihren Körper überließ. Er schob ihr ein Kissen unter die Wange und flüsterte: »Ganz ruhig, Matilda, ganz ruhig –« Ich bin ruhig, wollte Matilda ihm sagen, aber sie stellte fest, daß sie nicht sprechen konnte. Dann fühlte sie, daß etwas weich über sie gebreitet wurde wie ein Hauch. Der blauweiße Seidenschal, dachte sie, es ist der Schal meines Vaters, siehst du, Papi, wie die Dinge uns

überleben und seltsame Wege gehen, was deinen Leinenanzug geschmückt hat, verdeckt jetzt meinen durchbohrten Rücken, das hättest du nicht gedacht, was?
Paulines Stimme klang weiterhin klar durch den Raum. Sie schien aufrecht zu stehen, denn was sie sagte, floß von hoch oben auf Matilda herab.
»Ich hab es gewußt«, sagte Pauline, »ich habe diese Geschichte vor mir gesehen und dich deshalb eingeladen, Matilda. Wunderbar, wie es funktioniert hat. Viel besser noch, als ich dachte. Erst schlägt er mich k.o. und dann finde ich euch splitternackt hier – *hier* – mir ganz nahe, mitten in meiner Welt sozusagen. Wahrscheinlich hätte dein Mann herüberschauen und euch sehen können, wolltest du das?«
»Halte den Mund«, sagte Doktor Schrobacher, und es war zu hören, daß er in seine Hose schlüpfte. Pauline lachte auf.
»Ja, hülle ihn nur wieder ein, ganz klein vor Schreck ist er geworden, dein Lebensspender. Genau so sah er aus, als wir dich aus dem Meer gefischt haben, tja, das Leben ist voller Überraschungen.«
»Und du bist verrückt, Pauline.«
»Tatsächlich, Herr Doktor?« Pauline lachte nochmals.
»O ja. Ich wußte, daß du monströs bist, aber nicht, wie krank – du bleibst *hier neben mir*, während ich telephoniere –«
Matilda erkannte an Paulines unwilligem »Komm laß mich – laß mich, du Affe –«, daß Doktor Schrobacher sie festhielt. Gleichzeitig hörte sie ihn das Telephon bedienen. »Ja – Ich brauche sehr schnell einen Wagen – eine Stichverletzung – in den Rücken – Ja. Innere Stadt, Lynkeusplatz – – –«
Doktor Schrobachers Stimme verlor sich hinter ihr. Ma-

tilda stand am Bug des Schiffes, das mit großer Geschwindigkeit ins Meer vorstieß. Sie empfand Erleichterung, das Land hinter sich lassen zu können. Als sie sich kurz umwandte, sah sie nur noch eine schmale dunkle Linie davon. Die Bugwellen sprangen auf wie glitzernde Tiere und warfen Wasser über sie, der Wind fegte ihr das Haar aus der Stirne, Mela hätte ihre Freude daran, dachte Matilda. Der Ozean vor ihr nahm kein Ende, sondern verlor sich übergangslos in der Weite des Himmels. Obwohl Tag zu sein schien, war es dämmrig. Nein, nicht dämmrig. Lichtlos. Die Wellen warfen keine Schatten. Ich bin naß, dachte Matilda, aber wieso am Rücken? Die Wogen werfen ihr Wasser doch von vorne über mich. Oder wäscht mich jemand mit warmem Wasser – jedenfalls fließt es mir über den Rücken. Wer umklammert mich? Nein, zieht mich nicht weg von hier, ich möchte am Bug des Schiffes stehen bleiben, ich möchte sehen, wohin ich fahre. »Vorsichtig«, sagte jemand. Nein! rief Matilda, ich brauche keine Vorsicht, ich möchte nur durchqueren, was vor mir liegt, und schnell. Es wurde immer dunkler und der Horizont blieb unsichtbar. Jetzt endlich das Ende der Welt erreichen, dachte Matilda, und den Sprung hinaus nicht mehr verschieben.

Etwas fließt zurück.
Eine feine Welle Helligkeit, von oben her. Noch sehr weit entfernt.

Haut. Das Gefühl für Haut, die etwas umschließt. Einschließt.

Woher komme ich. Aus welcher Dunkelheit. Dort war nichts, auch ich nicht. Was fügt sich also jetzt zusammen. Ich spüre mich in den Fingern einer Hand. Vielleicht bewege ich sie. *Meine Hand*?

Ein Hochgleiten in lichtes Grau, sanft, wie aus den Tiefen des Meeres nach dem Ertrinken. Das fällt mir ein. Wer bin ich?

Denn ich denke *ICH*.
Ich denke. Ich bündle mich und werde.
Die Empfindung, als könne ich mich öffnen.
Ich versuche es und bin ohne Orientierung. Irgendwo entsteht ein Zittern, sind es Insektenflügel?

»Matilda.«
Ich habe einen Namen und habe ihn gehört. Ich weiß jetzt, was ich öffnen muß. Es sind meine Augen. Unter ihnen bin ich begraben. Wenn ich sie öffne, tauche ich auf. Aber sie liegen schwer auf mir, nur dieses Zittern bringe ich zustande.

»Matilda, schau mich an.«
Ich fahre hoch ins Weiße, sehr schnell jetzt, und es umgibt mich nur noch Helligkeit. Weißes Licht. *Schauen* heißt das, was ich jetzt tun muß. Eine Stimme hat es mir geboten, eine Stimme, die ich kenne. Ich fange an mich auszukennen, es ist ein Körper, in dem ich mich befinde. Und es ist meiner.

Matilda öffnete die Augen.

Was sie zuerst sah, war eine Zimmerdecke mit weißem Lackanstrich und eingelassener Neonröhre. Langsam senkte sich Matildas Blick, glitt über eine Wand hinweg, die zu fern war, um etwas anderes als Helligkeit auf ihr zu erkennen, bis zu Melas geneigtem Gesicht, sehr nahe dem ihren.
»Mädchen«, sagte Mela, »da bist du ja.«
Sie streichelte Matildas Wange.
»Habe ich einen dicken Kopf?« fragte Matilda.
»Nein. Wieso?«
»Mir ist, als würdest du mich aus großer Entfernung berühren. Irgendwo weit außerhalb.«
»Nein, es ist deine Wange, wie eh und je. Gottlob.«
»Lobe nicht Gott«, sagte Matilda und schloß wieder ihre Augen, »sag mir lieber, wo ich bin.«

»Im Unfallkrankenhaus. Du bist operiert worden, und das hier ist dein Zimmer.«
Das Messer in den Rücken, genau, dachte Matilda. Pauline wollte mich erstechen, das war es wohl, aber es tat gar nicht weh. Ich bin nur verschwunden. Sie fühlte jetzt Verbände um ihren Brustkorb, war aber zu müde, sie zu betasten.
»Wo ist Pauline?« fragte sie.
»Es ging nicht ohne Polizei, glaube ich«, sagte Mela, »aber – ich weiß nicht viel von dem, was geschehen ist. Anton hat mich hierhergebracht und ich habe auf dich gewartet. Jetzt bist du da, und das genügt mir.«
»Wo ist – Anton?« Matilda hielt ihre Augen geschlossen, während sie diese Frage stellte. Ich weiß die Antwort, dachte sie.
»Er – kommt morgen.« Melas Stimme klang fast unverändert.
»Du lügst«, sagte Matilda, »er kommt nicht mehr.«
»Wer weiß. Sowas weiß man nie.«
»*Ich* weiß es.«
Sie versuchte sich Antons Gesicht vorzustellen und konnte wieder nicht genau erkennen, wie es aussah. Einzelnes schon, die Brauen, der dunkle Schatten seiner Haare, die Honigfarbe in seinen Augen. Aber seine Erscheinung löste sich auf, wenn sie an ihn dachte, statt deutlicher Gestalt anzunehmen. Vielleicht, weil ich ihn niemals fassen konnte, dachte Matilda. Vielleicht, weil er stets der Kapriziösere von uns beiden war, kapriziös vor Rechtschaffenheit. Und deshalb muß er jetzt gehen.
Als Matilda den Kopf mit geschlossenen Augen zur Seite drehte, fiel ihr auf, daß mit ihrem Körper etwas geschehen war. Diese Kopfdrehung ließ sich nur mit Mühe durchführen, so schwer, wie eine Tür mit verrosteten

Scharnieren zu bewegen ist. Und sie fühlte dabei ein Ziehen quer über den Rücken.
»Was alles in mir ist zerstochen worden?« fragte Matilda.
»Gar nichts«, sagte Mela, »du hattest großes Glück. Das Messer ging nicht sehr tief und an allem vorbei, wo es etwas Schlimmes hätte anrichten können. Nur ein Wirbel ist ein wenig angeknackst. Und du hast sehr viel Blut verloren.«
Hatte ich Glück? dachte Matilda. Oder sprach sie es aus? Wenn ja, dann mußte ihr Mund, mußten ihre Stimmbänder sich von selbst bewegt haben. Eigentlich gefiel es mir, davonzugleiten, dachte sie weiter, eigentlich wäre es der gegebene Moment gewesen. Mein Schiff hatte den einzig richtigen Kurs eingeschlagen, den aus der Welt. Jetzt liege ich wieder in ihr, in einem weißen Zimmer, zwischen Bandagen, die mich halten. Hatte ich also Glück?
»*Ich* hatte Glück«, sagte Mela, und Matilda konnte hören, daß sie weinte. Da hob sie ihr den Arm entgegen, obwohl sie meinte, er sei aus Blei gegossen, so schwer. Sofort ergriff Mela ihre Hand und hielt sie fest.
»Heul nicht. Ist ja gut. Hatten wir halt beide Glück –«, sagte Matilda und schlief in der Sekunde ein.

Die Ziehharmonika bewegte langsam ihren Balg, es hatte etwas von den Bewegungen einer lasziven Bauchtänzerin. Im Gegensatz dazu die Musik selbst. Mit rasantem Rhythmus balzte und schrie sie Matilda entgegen. *Hatten wir halt beide Glück – beide Glück – beide Glück –*

Jeder will vom Glück ein Stück – will vom Glück ein Stück, so lautete der Text, der dazu gesungen wurde, und Matilda hätte sich gern die Ohren zugehalten. Aber man hielt ihre Hände fest, auf beiden Seiten wurde sie festgehalten und vorwärtsgeschoben wie eine Stoffpuppe. Und so sah sie auch aus. Lappen waren um sie gewickelt, ihr ganzer Körper eng bandagiert. Die Musikanten spielten auf einer kleinen Anhöhe und trugen burgunderrote Wämse, rot wie gestocktes Blut. Das Volk bedeckte die ganze Ebene. Alle waren dunkel gekleidet, in sämtlichen Schattierungen zwischen Grau und Schwarz, es sah aus wie ein Meer bei Schlechtwetter. Nur die Täschchen, die sie trugen, kleine Geldbeutel wohl, blitzten grell hervor. Sie bestanden aus synthetischem Lackleder, grasgrün, zitronengelb, bonbonrosa, alles in Leuchtfarben. Und da gab es noch die Sängerin mit dem Frauenchor. Für sie hatte man eine Bühne errichtet, hoch über der Menge wie einen Jägerstand. Auch ihr Körper war bandagiert, jedoch mit breiten Bändern aus Goldlamé, wie eine straffe goldene Raupe sah sie aus. Die Choristinnen standen hinter ihr und umgaben sie wie ein schwarzer Fächer. Auch sie trugen Bandagen, jedoch aus schwarzem Samt, und singend drängten sie ihre geschnürten Leiber aneinander und wiegten sich lächelnd. Auch hier herrschte sanfte Bewegung zu stampfendem, kreischendem Gesang. Matilda wurde in Richtung der Sängerin vorwärtsgestoßen, und ab und zu hieb ihr jemand aus dem Publikum ein Lackbeutelchen über den Kopf. Die sie vorwärtstrieben, waren zwei vermummte Männer. Sie sahen aus wie Ärzte während einer Operation, schienen aber zu den Musikern zu gehören, denn auch ihre Kleidung war burgunderrot. Als sie näher zu der hohen Bühne kamen, erkannte Matilda, daß die Sängerin offenbar auch eine Art Schwertschluckerin war. Im Rhythmus des Liedes fuchtelte sie mit einem großen Küchenmesser herum und schob es sich bei *beide Glück – beide Glück* tief in den Hals. Sobald sie das tat, jubelte und johlte das Volk auf, es entzündete Christbaum-Sternspritzer und schwenkte sie durch die Luft, die ganze Ebene glitzerte, als wäre ein Bombenteppich gelegt worden. Ich sollte die beiden Vermummten fragen, was sie mit mir vorhaben, dachte Matilda. Aber der Lärm um sie her machte jede Verständigung unmöglich, und die enggeschnürten Lappen um ihre Brust raubten ihr den Atem. Erst direkt unterhalb der Bühne, als die Sängerin gerade wieder das Messer verschluckte und es sich danach in hohem Bogen aus dem Schlund zog, gelang ihr die Frage. »Soll ich am Ende auch singen?« schrie sie einem der Vermummten ins Ohr, aber der schüttelte wortlos den Kopf. »Was sonst? Doch wohl nicht das Messer –?« »*Schlucken*?« kreischte jetzt der Vermummte vergnügt auf und schlug sich mit der freien Hand auf seinen Schenkel. »Sie? Sie und Messerschlucken? Schaun Sie sich doch an. Sie werden nur ausgewickelt.« »Ausgewickelt?« fragte Matilda bestürzt. Aber ehe es zu einer Antwort kommen konnte, wurde ihr eine Schlinge um den Körper gelegt und man zog sie daran zur Bühne hinauf. Ist das doch wieder Vaters Seidenschal, dachte Matilda, als sie die blauweiße gedrehte Schnur über ihrer Brust erkannte, der muß aber wirklich zu allem herhalten ... Aber da knallte sie schon vor der Sängerin auf den Bretterboden. Sie hatte sich dabei wohl den Rücken aufgeschürft, denn er tat ihr weh. Aber niemand kümmerte sich darum, sondern man begann sie aus ihren Bandagen zu lösen, indem man einfach daran zog. Sie rollte auf der Stelle wie ein Kreisel, alles drehte sich um sie und ihren schmerzenden Körper.

Die Sängerin hatte sich über sie gebeugt und kitzelte mit ihren langen schwarzen Haaren Matildas Gesicht, wann immer es nach oben zeigte. Als Matilda einmal kurz aufblickte, sah sie, daß die Sängerin Augen wie zwei riesige Malzbonbons hatte und einen Kranz von goldenen Halbmonden über der Stirn trug. Lüstern schaute sie auf Matilda hinunter, die unter den Bandagen nichts trug. Gleich würde sie schwer und weiß, mit ihren großen Brüsten, aus den Stoffbahnen kollern und nackt unter der Messerschluckerin liegen wie ein aus der Form geschüttelter Pudding. »Hört auf!« versuchte sie in höchster Not zu schreien, aber das Volk johlte laut und keiner hörte sie. *Jeder will vom Glück ein Stück* kreischten die Chorsängerinnen, und Matilda gab ihren Geist auf. Was sonst kann man in so einer Situation tun, dachte sie. Die Bandagen flogen jetzt sanft zur Seite wie die Schwingen weißer Tauben, und schnell erhob sie sich in die Lüfte. Die Sängerin stieß sich vor Erstaunen das Messer noch tiefer in den Rachen als sonst, löste die Goldbandage von ihren dicken Waden und stampfte auf der Bühne herum. Die Choristinnen fächerten verzweifelt hin und her, die Ziehharmonika schlingerte, die burgunderroten Musikanten hoben drohend ihre Hände zum Himmel. Die beiden Ärzte befreiten sich aus ihrer Vermummung, schrien *Auswickeln! Auswickeln!*, und sprangen im Kreis herum. Das Volk zündete sämtliche Sternspritzer an, brüllte *jeder will – jeder will*, und alle warfen ihre Geldtäschchen in die Luft. Nackt segelte Matilda wie eine Wolke darüber hin und ließ alles hinter sich, das blödsinnige Lied verhallte, das Geschrei der Menschen und Knistern der Feuerwerke löste sich allmählich in Stille auf. Sie bewegte ihre Arme wie Lilienstengel, ihre Brüste schwangen frei, ihr Körper war wieder ungebunden der ihre. Nur an ihrem Rücken surrte ein kleiner Schmerz, als hätte man ihr Libellenflügel eingesetzt. Sie neigte den Kopf im Flug, neigte ihn zärtlich in die Lüfte. Und diese schienen zu antworten. Mit einer Zartheit ohnegleichen, mit der Wärme von Haut. Mit der Wärme einer Handfläche. Es *ist* eine Hand, dachte Matilda, wieder eine Hand, die meine Wange berührt. Aber nicht die von Mela.

Als ihr gelang, die Lider zu heben und aufzuschauen, fiel sie in Doktor Schrobachers Augen und löste sich darin auf. Daß er ihr Gesicht liebkoste, geschah am Rande dieser Auflösung.

»He«, sagte Doktor Schrobacher.

Und als Matilda keine Antwort gab und ihn nur anstarrte, ließ er seinen Kopf auf ihr Kissen sinken. Sie sah das graue Haar dicht vor sich, eine Locke berührte ihre Lippen. Er preßte seine Wange gegen die ihre, und die Bartstoppeln kratzten.

»Das war Wirklichkeit, Matilda«, murmelte er dicht an ihrem Ohr, »und *so* wollte ich sie nicht für Sie. Ich sprach mit Ihnen über das Leben, und sofort hätte man Sie fast totgestochen. Das war *absolute Scheiße.*«

»Sag ich doch«, Matilda murmelte ebenfalls in seine Haarkringel hinein, »Wirklichkeit ist absolute Scheiße.«

»Nicht nur«, sagte Doktor Schrobacher und sie verstand ihn kaum, weil er das Kissen dicht vor dem Mund hatte. »Wenn Sie gesund sind, schleppe ich Sie irgendwohin, wo es wirklich schön ist. Irgendwohin ans Meer.«

»Mich schleppt man nicht. Ich bin zu schwer.«

Doktor Schrobachers Kopf neben ihr schien heiß und ein wenig feucht zu sein, jedenfalls stieg ein warmer Dunst auf, der zart nach Schweiß roch. Er regt sich auf, dachte Matilda.

»Regen Sie sich nicht auf«, sagte sie, weil er schwieg, »mir ist ja nicht viel passiert. Schaun Sie lieber, daß Pauline möglichst ungeschoren bleibt.«
»Das fehlte noch«, klang es dumpf aus dem Kissen.
»Ja. Das fehlte noch, daß Pauline ins Gefängnis kommt oder sowas. Keiner hätte was davon, Sie auch nicht.«
»Ich hätte sie los.«
»Los hat man, wovon man sich selbst gelöst hat.«
»Nicht, wenn Wahnsinn im Spiel ist, Matilda.« Doktor Schrobachers Stimme klang, als würde er gleich einschlafen. »Aber genau der wird ihr ohnehin helfen – *Unzurechnungsfähigkeit zur Tatzeit* – die wird anerkannt werden – nicht zuletzt auch kraft meiner Aussage, schließlich bin ich Experte – Machen Sie sich keine Sorgen um Pauline – über kurz oder lang sitzt sie wieder vor ihrem Computer und schreibt was Lustiges über den Haß auf –«
Obwohl er vorgebeugt dasaß und nur den Kopf neben sie gebettet hatte, fühlte Matilda am leisen Zucken seines Körpers, daß Doktor Schrobacher übergangslos eingeschlafen war. Ihre Augen wanderten durch das Zimmer und sie sah, daß es leer war. Mela mußte gegangen sein. Da ließ sie ihre Schläfe und Wange dichter in sein Haar sinken, ließ los, und glitt ebenfalls wieder in den Schlaf.

Na sowas«, sagte die Ärztin und rüttelte leicht an Doktor Schrobachers Arm, den er um Matilda gelegt hatte.
»Er schläft«, sagte Matilda.
»Aber in was für einer Stellung. Und er sollte nicht auf

ihren Brustkorb drücken.« Jetzt hob die Ärztin seinen Arm hoch und schüttelte ihn leicht.
»Er drückt mich nicht«, sagte Matilda.
Doktor Schrobacher richtete sich auf. Er hinterließ ein warmes Nest im Kissen neben Matilda, eine dampfende, weich verknüllte Stelle. Sie rückte und drehte ihren Kopf ein wenig zur Seite, bis sie diese dicht unter ihrer Wange fühlte.
»Bin ich doch tatsächlich eingeschlafen«, Doktor Schrobacher streckte sich und und rieb seine Augen, »tut mir wirklich leid, Matilda, hab ich Ihnen weh getan?«
»Sie müssen sehr übermüdet sein«, bemerkte die Ärztin in seine Richtung, und schob Matilda, ehe diese etwas sagen konnte, ein Fieberthermometer in den Mund. Dann sah sie sie prüfend an und fragte: »Haben Sie Schmerzen?« Matilda versuchte, den Kopf zu schütteln. »Na prima«, sagte die Ärztin und schlug auf Matildas Schenkel unter der Bettdecke, »*Sie* haben wir bald wieder los.« Wir Sie hoffentlich noch schneller, hätte Matilda gern gesagt, aber das Thermometer war im Weg. »Behalten sie es noch ein paar Minuten im Mund«, befahl die Ärztin und wandte sich zum Gehen. An der Türe drehte sie sich um und maß Doktor Schrobacher mit einem kurzen Blick. »Wenn es noch einmal sein muß, schlafen Sie bitte sitzend«, sagte sie und ging.
Doktor Schrobacher saß mit hängenden Armen auf seinem Sessel und schaute Matilda an. Es mußte früh am Tage sein, denn die Sonne, die durch das Fenster fiel, hatte sich eben erst über irgendwelche Dächer erhoben. Von der Seite schien sie auf Doktor Schrobachers Gesicht, und Matilda sah jedes einzelne grauglänzende Haar auf seiner unrasierten Wange. Seine Augen lagen im Schatten und waren von dunklerem Blau als sonst.

»Da Sie im Moment nicht dazwischenreden können«, sagte Doktor Schrobacher, »erkläre ich Ihnen etwas, Matilda. Und bitte lassen Sie das Fieberthermometer im Mund.«
Matilda nickte.
»Ich mußte in der Nacht Ihren Mann anrufen. Er kam und hat gewartet, bis die Operation vorbei war und feststand, daß Ihnen nichts Bedrohliches passiert ist. Er hat kaum Fragen gestellt und nichts gesagt. Aber es gab Getue wegen Pauline, die Polizei sprach mit mir und er hat es gehört. Er war es, der Ihre Mutter verständigt hat. Dann ist er verschwunden.«
Matilda nickte wieder. Ich weiß, dachte sie.
»Ich konnte auch nicht warten, bis Sie aufwachen, ich mußte zum Polizeipräsidium und mich um Pauline kümmern, sie ist in Haft. Als ich zurückkam, schliefen Sie wieder. Ich habe ein wenig mit Ihrer Mutter gesprochen. Sie ist verständlicherweise heilfroh, daß Sie am Leben sind und will sich offenbar in nichts einmengen. Ihre Mutter ist eine kluge Frau. Nur über das Meer hat sie gesprochen. *Matilda muß ans Meer.* Ich habe ihr zugestimmt.«
Matilda nahm das Thermometer aus dem Mund.
»Ihr mit eurem Meer. Ein Mythos, der mich heilen soll. Als ginge es darum. Ich hab nur einen kleinen Stich im Rücken und muß weiterleben.«
»Matilda, halten Sie noch kurz den Mund.«
»Ich habe aber kein Fieber.«
»Trotzdem.«
Matilda schob das Thermometer zurück in den Mund, und Doktor Schrobacher neigte sich ihr näher zu.
»Obwohl Ihre Mutter geschwiegen hat, hab ich ihr angesehen, daß sie sich über Ihre Ehe – sagen wir – nicht ge-

rade freut. Als Sie mir in unseren Sitzungen gegenübersaßen – und das war noch vor zwei Tagen, Matilda – konnte ich deutlich fühlen, wie gern Sie Ihre derzeitige Lebensform verändern und weggehen würden. Was ich Ihnen also erklären will, ist der Umstand – daß Sie das jetzt entscheiden sollten.«
»*Warum*?«
Nachdem sie das Fieberthermometer schnell aus dem Mund gezogen hatte, sah es in Matildas Hand plötzlich wie eine kleine Waffe aus.
»Weil ich auf Sie warte. Darauf warte, Sie – zu mir zu holen.«
»Nein!« schrie Matilda.
»Was ist los?« Doktor Schrobacher hatte sich aufgerichtet.
»Es ist – zu wirklich. Das alles ist mir zu wirklich.«
Matilda schmiegte ihre Wange in den Geruch von Doktor Schrobachers Atem und schloß die Augen. Die warme verknitterte Kuhle, dort wo sein Gesicht gelegen hatte, schien sie aufzunehmen. Der Mann, der vor ihr am Bettrand saß, verlor seine Kontur, zerfloß leise in der Sonne. Das ganze Zimmer, eine helle sterile Schachtel, entleerte sich, und über Matilda wurde der weiße Deckel geschlossen. Nur sie, an dieses Bett gebunden, und ein kleiner gläserner Dolch in ihrer Hand. Sie sah es plötzlich von oben. Diese Schachtel war ja gleichzeitig eine, die sie selbst herumtrug. Natürlich. Die winzige Matilda mit der Bandage um die Brust, in ihrem weißen Krankenhaushemd – nichts als eine Puppe in einem Spielzimmer aus weißem Karton. Eine, mit der sie spielen kann, wenn sie Lust dazu hat. Den Deckel hochheben, das Püppchen packen und herausnehmen. Nach Belieben Arme und Beine verdrehen, es ausziehen und wieder anziehen. Es

küssen oder auf den Boden werfen. Ein Gummipüppchen mit Gummibrüsten. Lustig.
»Es *ist* auch wirklich, Matilda.«
Sie fühlte zwei Hände, die ihr Gesicht umschlossen und es aus dem Kissen hervordrehten. Sie waren nicht zimperlich, diese Hände, drückten kräftig zu, und Matilda sagte »Au«, ehe sie sich entschloß, aufzublicken. Doktor Schrobachers Augen waren sehr nah. Er nahm das Fieberthermometer aus ihrer Hand und legte es zur Seite.
»Lauf jetzt nicht weg«, sagte er, »schau mich an und bleib hier.«
»Sie können mich nicht – zu sich holen«, sagte Matilda.
»Warum nicht?«
»Weil ich – schrecklich bei mir bin. Weil nur *ich kommen* kann.«
»Aber ja – Matilda – *komme*! Komme unaufhörlich und komm zu mir.«
»Sie lächeln mich an und freuen sich über einen gelungenen erotischen Scherz.«
»Darf ich das nicht?«
»Aber ich meine es ernst.«
Die Tür öffnete sich und eine Krankenschwester schob ein Wägelchen herein. »*Soo*«, sagte sie gedehnt wie zu Kindern, »wie geht's uns denn.« Sie erblickte das Thermometer, nahm es an sich und kreischte erfreut auf. »W*uu*nderbar! Kaum Temperatur! Und wie ist es mit den Schmerzen, brauchen wir was?«
»Ich brauche nichts«, sagte Matilda.
»Wollen wir dann etwas essen?«
»Ich schon«, sagte Matilda, »was Sie und die anderen wollen, weiß ich nicht.«
Die Krankenschwester blinzelte kurz und lachte dann. »Na w*uu*nderbar, wir sind ja bereits zu Scherzen aufge-

legt!« sagte sie und rollte ihr Wägelchen wieder hinaus.
Doktor Schrobacher und Matilda sahen einander schweigend an.
»Ich meine es *auch* ernst«, sagte er dann.

Es war eine pürierte Gemüsesuppe, die schließlich von einer Frau in graublauer Wickelschürze hereingebracht wurde.
»Geht so?« fragte sie, als sie ihr die Rückenlehne höher stellte und dabei sorgsam abwartend in Matildas Gesicht schaute, »oder tut weh?«
»Nein, es ist gut so. Danke.«
»Suppe immer erste Klasse hier, nur Gemiese.«
Die Frau rückte das Tablett mit dem Suppenteller in Matildas Reichweite und lächelte sie freundlich an. Ihre Gesichtshaut war olivbraun, aber eine unterirdische Blässe ließ die Farbe wie verdünnt wirken. Sie hatte schlecht gefärbtes Haar, das ihr wie ein gelbes Strohbündel in die Stirn fiel.
»Wollen Tee, von Hagebutte? Oder nur Mineralwasser?«
»Bitte nur Wasser.«
Matilda sah zu, wie die Frau hantierte. Ihre Hände wirkten trotz der rauhen Haut und aufgesprungenen Fingerkuppen jung, wie die eines verwahrlosten Mädchens.
»Dürfte ich wissen, wie alt Sie sind?« fragte Matilda.
»Natierlich darf wissen«, die Frau lachte, »bin altes Luder schon, zweiunddreißig!«

»Ich auch«, sagte Matilda.
»O je«, die Frau schlug sich gegen die Stirn, lachte aber noch lauter, »war wieder tepperte Jovanka, nix kann Deitsch, aber immer zu schnell mit Worte. Sie kein altes Luder, Gott behiete! Sie scheene junge Frau.«
»Heißen Sie Jovanka?« fragte Matilda.
»Genau. Jovanka Smelic.«
»Und woher kommen Sie?«
»Duboj. War scheene Dorf, bei Bosna-Fluß.«
Die Frau lachte nicht mehr, schraubte die Mineralwasserflasche zu und stellte das gefüllte Glas neben den Suppenteller.
»Essen alleine?« fragte sie, »oder soll ich Schwester rufen?«
»Ich mach das allein, danke.«
Die Frau wandte sich zum Gehen.
»Sind Sie schon länger hier?« fragte Matilda.
»Schon vor Krieg, ja«, sagte die Frau ohne sich umzuwenden, »winsch gute Appetit.« Und sie schloß die Tür hinter sich.
Matilda blieb eine Weile halb aufgerichtet liegen, ohne sich zu bewegen. Sie sah den Schatten einer Taube am Fenster vorbeiwischen und betrachtete die spärliche Einrichtung des Zimmers. Eine weiße Schrankwand mit eingebautem Fernsehapparat, ein kleiner Tisch mit hellgrüner Tischdecke, zwei Sessel, der bewegliche Beistelltisch neben ihrem Bett. Über ihrem Kopf baumelte eine Halterung, an der sie sich hätte hochziehen können. Aber sie hob die Hand, drehte die bewegliche Plattform, auf der ihr Essen stand, näher zu sich, griff nach dem Löffel, tauchte ihn ein, und versuchte vorsichtig, ihn samt der Suppe vom Teller bis in ihren Mund zu balancieren. Es gelang. Sie fühlte wieder nur ein leises Ziehen am Rücken.

Die Suppe ist wirklich recht gut, dachte Matilda, *nur Gemiese*, und fein püriert. Vom Weißbrot, das Jovanka dazugelegt hatte, biß sie große Brocken ab und kaute gierig. Wie ich mich benehme, dachte sie, als wolle ich mich wieder ins Leben hineinfressen. Nachdem ich so gern aus der Welt gesprungen wäre, bin ich jetzt wieder die Made in ihrem Speck und mampfe genüßlich. Da, noch ein Löffelchen, und alles schlucken, nichts danebenschütten. *Und* noch ein Stück Brot. Mein Rücken scheint gut verklebt zu sein und ist mir in keiner Weise hinderlich. Schaut mal, *wie* ich Essen fassen kann, gefräßig wie ein ausgehungerter Internatsschüler.
Sie aß alles auf, trank Mineralwasser, und ließ sich gesättigt zurücksinken. Wieder sauste der Schatten eines Vogels durch das sonnige Zimmer, die Blechjalousien über dem geöffneten Oberlicht des Fensters klapperten leise in einem Windstoß. Wenn im Sommer die Tür der Buchhandlung offengelassen wurde, hatte der Luftzug oftmals in den Jalousien, die die Bücher vor direkter Sonnenbestrahlung schützen sollten, ein ähnliches Geräusch erzeugt. Dann hob der Vater, wenn er sich im Laden aufhielt, den Kopf, als hätte man ihn gerufen. Matilda sieht sein hinausgewandtes Profil vor sich, eine Linie des Verlangens. Fast immer ging er dann bald. Mir ist es im Augenblick zu heiß hier drinnen, ich muß kurz raus. Etwas in der Art pflegte er zu Mela zu sagen und verschwand. Nicht ohne vorher seine Schuhe glänzend zu wischen und einen Seidenschal umzulegen. Meist kam er lange nicht, und wenn, dann sturzbetrunken zurück. Matilda hatte Angst, wenn er ging. Aber wenn sie ihre angstvollen Augen auf Mela richtete, lächelte diese und nickte ihr zu. O dieses Lächeln, dachte Matilda, dieses grauenhafte Lächeln der Verzweiflung. Hättest du lieber geschrien und

dich empört, wärst du mir doch eine zerfledderte, aus dem Leim gegangene Mutter gewesen. Aber deine unverstörte Silhouette bewegte sich leise zwischen den Büchern, es waren Bewegungen äußerster Behutsamkeit, die ich durchschaute. Du mußtest dich ruhig halten, wie man ein Gefäß hält, das am Überfließen ist. Oder einen Käfig, in dem das Tier sonst zu heulen beginnen würde. Ich sah dich an, Mela, und hörte das Stürzen und Schreien im Inneren dieser lächelnden Frau. Ich fühlte die Ohnmacht deiner sorgfältigen Gebärden, wie du ein Buch aus dem Regal zogst, der Körper leicht gestreckt, es dem Käufer überreichtest, als gäbest du es ungern aus deinen schützenden Händen. Als wäre es die Inbrunst deines Lebens, Bücher zart anzufassen. Ich wußte, daß deine Hände sich inbrünstig hätten wehren mögen. Zuschlagen. Zurückschlagen. In Trümmer schlagen. Aber du hast sie gefangengehalten, Mela. Kinder wissen das. Fühlen das. Deine angebliche Ruhe schwingt noch heute in mir nach und macht mir angst. Dann drehe ich mich zur Seite, um einschlafen zu können wie als Kind, meine Hand unter die Wange gelegt, die Knie angezogen, mein eigener Körper ein Wall gegen furchtsame Gedanken ...
Matilda stöhnte auf.
Scheiße, dachte sie, das geht wirklich noch nicht. Zur Seite drehen geht nicht. Scheiße, tat das weh.

Als jemand leicht auf ihren Handrücken klopfte, schreckte Matilda hoch und ihr Herz klopfte wild. Sie hatte wieder tief geschlafen, und war von einem schmalen Holzsteg, den sie in schwindelnder Höhe überqueren mußte, direkt in das Erwachen gefallen.

»Um Gotteswillen«, sagte die Ärztin, »ich wollte Sie doch nicht erschrecken.«

»Ich bin abgestürzt, deshalb.« Matilda atmete tief durch.

»Aha«, sagte die Ärztin.

Sie auch, dachte Matilda.

Die Ärztin hatte ein Blatt Papier bei sich und setzte sich ans Bett, ohne es aus der Hand zu geben. Matilda sah ein braungebranntes Gesicht und kleine Fältchen um blondbewimperte Augen. Wenn sie weniger prüfend dreinschaute, wie jetzt, konnte man sie als hübsch bezeichnen. Ihr kurzgeschnittenes weißblondes Haar leuchtete fast so hell wie der Ärztekittel.

»Ich heiße Schlemm«, sagte die Ärztin, »ich habe Sie operiert. Doktor Iris Schlemm. War aber eine Kleinigkeit, Ihr Messerstich, Sie können froh sein.«

Ich bin froh, wollte Matilda sagen, aber dann ließ sie es bleiben. Ich weiß noch immer nicht, ob ich froh bin, dachte sie. Und schwieg.

»Darf ich's mir mal ansehen?«

Doktor Iris Schlemm legte das Blatt Papier zur Seite, half Matilda, sich aufzurichten und nach vorn zu beugen, schob ihr das Hemd am Rücken hoch, nahm die Bandage ab, löste ein Pflaster und betrachtete und betastete die Wunde. Dann erneuerte sie flink und vorsichtig den Verband und bettete Matilda wieder sanft auf das Kissen.

»Wie ich sagte – Sie haben wir bald wieder los. Alles bestens.«

Die Ärztin stellte die Schale mit den alten Verbänden zur Seite, nahm das Blatt Papier und hielt es mit beiden Händen fest. Sie schaute Matilda in die Augen.

»In unser Verwaltungsbüro kam ein Fax – an Sie. Es ist

eigentlich nicht üblich, unsere Patienten so zu kontaktieren – aber ich dachte, ich bringe es Ihnen. Die Sekretärin war ziemlich konsterniert, muß ich sagen – sie hat es nämlich gelesen. Ich habe es ihr einfach weggenommen. Hier, bitte. Und regen Sie sich nicht auf.«

»Danke, Frau Doktor Schlemm.«

Diesmal möchte ich sie gar nicht so gern wieder los sein, dachte Matilda. Die Ärztin nickte und verließ dann mit einem Schwingen ihrer glatten hellen Haare das Zimmer. Etwas Helles ging mit dieser lebhaften Kopfdrehung davon und das Blatt Papier in Matildas Hand wurde zu einem dunklen Gewicht. Warum nur, dachte sie. Warum will ich es nicht ansehen und schaue gerade vor mich hin.

Es mußte Nachmittag sein. Die Sonne fiel nicht mehr durch das Fenster. Plötzlich zogen Wolken auf, es wurde dunkler im Zimmer. Ein heftigerer Windstoß ergriff die Jalousien, sie schlugen gegen den Fensterrahmen. Na bitte, dachte Matilda, paßt genau. Ich muß den Brief lesen.

Die Worte mußten eilig mit einem Tintenkuli auf das Papier geworfen worden sein, eine wilde und große Schrift bedeckte das Blatt.

An Frau Matilda Bauer,
sie muß mit einer Stichverletzung in der chirurgischen Abtlg. liegen.
BITTE DRINGEND ÜBERBRINGEN!
Hallo, kleine Schlampe. Da staunst Du, daß ich Dich auch dort erwische, und obwohl ich, wie Du sicher weißt, in Haft bin. Tja, wer kann, der kann. Wie Du jetzt sicher auch weißt, widersteht mir niemand, wenn ich etwas wirklich will. Mir tut leid, daß ich Dich nicht wirklich erstochen habe, das hat mir die Geschichte verpatzt. Mit Dei-

nem Tod hätte sie so perfekt geendet! Daß Du relativ unverletzt bist, weiß ich von unserem gemeinsamen Freund. Der schwitzt und rackert, mich hier raus und in eine Nervenklinik zu kriegen, er ist der arme Jakob geblieben und wird es bleiben bis in alle Ewigkeit. Ich bin Jessica, seine Geißel und liebe Not, sein Haß und seine Leidenschaft, und er hängt fest, liebe Matilda. Den kriegst Du nie. Solltest Du diesen Brief gegen mich verwenden wollen – ich bin unzurechnungsfähig. Sonst würde ich ihn wohl nicht schreiben. Ich werde die Geschichte zu Ende bringen, bis ich wieder draußen bin, hab also in der Klapsmühle genug zu tun. UND DU WIRST STERBEN drin. Freu Dich drauf, ich werde Dir alles faxen, jede Seite, die ich weiterkomme. Wie ich das schaffe, laß meine Sorge sein, es ist mir ja auch von hier aus gelungen. Ein Gefängnis von innen ist recht interessant, ich mache hinreißende Studien. Vergiß den Schrobacher, er gehört mir viel zu sehr.

Ehe Matilda einen Gedanken fassen konnte, hatten ihre Hände das Blatt zerknüllt. Ich bin also zornig, dachte sie, ließ die Papierkugel jedoch in ihrem Schoß liegen. Eigentlich hätte sie sie gern gegen die Wand geworfen, aber der plötzliche Schub von Zorn schwand ebenso schnell, wie er sie erfaßt hatte. Es ist lächerlich, hier mit Papierkugeln zu werfen, dachte Matilda.
Draußen schien es wieder einmal zu gewittern, die Jalousie schlug noch heftiger gegen das Fenster und es war sehr finster im Zimmer. Als ein Blitz seinen weißgrünen Lichtstrahl hereinwarf, zuckte Matilda zusammen. Gleich darauf erschütterte ein Donnerschlag das Gebäude, es kam ihr so vor, als hätten die Wände ein wenig gezittert. Gibt es das? fragte sich Matilda.
Sie atmete tief und schloß die Augen.

Als sie sie wieder öffnete, stand Anton am Fußende ihres Bettes.
Sein Gesicht war in der Düsternis kaum zu erkennen, er stand aufrecht da und rührte sich nicht. Regenprasseln erfüllte das Zimmer.
»Zorro, der Rächer«, sagte Matilda.
»Wie bitte?« fragte Anton.
Dann schwiegen beide. Matilda ließ die Papierkugel zwischen ihren Fingern kreisen und schaute in Antons dunkles Gesicht.
»Hu, ist es jetzt finster!« Die Schwester hatte den Kopf zur Tür hereingesteckt. »*Was* ist *das* schon wieder für ein Gewitter ... Wollen Sie zur Jause Topfenkuchen oder eine Malakoffschnitte? Tee oder Kaffee?«
»Topfenkuchen und Tee«, sagte Matilda, und der Kopf der Schwester verschwand.
»Ist das hier ein Restaurant?« fragte Anton.
»Beinahe«, antwortete Matilda.
Wieder sahen sie einander über das Bett hinweg schweigend an. Das Prasseln des Regens wurde langsam zu einem sanften Rauschen.
»Wie geht es dir?« fragte Anton schließlich. Weil alle anderen Fragen nichts bringen, dachte Matilda.
»Gut genug«, sagte sie, »und dir?«
»Ich bin gekommen, weil Mela mich darum gebeten hat. Sie liegt mit Migräne im Bett und kotzt, die Nacht war sicher zuviel für sie. Deshalb kann sie dich heute nicht mehr besuchen. Das soll ich dir ausrichten.«
»Danke«, sagte Matilda.
Anton rührte sich nicht. Sein dunkler Umriß schien das ganze Zimmer anzufüllen, und Matilda hätte plötzlich gern mit der Papierkugel nach ihm geworfen. Vielleicht bewegt er sich dann, dachte sie.

»Du könntest tot sein«, sagte Anton.
»Ja.«
»Die Frau hätte dich glattweg erstochen.«
»Ja.«
»Du hast mit ihm gefickt?«
»Ja.«
Durch Antons Körper ging ein kurzer, kaum wahrnehmbarer Schauer. Als hätte ich ihn mit der Papierkugel getroffen, dachte Matilda. Er wandte sich ab, trat ans Fenster und sah hinaus in den Regen. Jetzt konnte sie ihn deutlicher sehen, das helle Profil unter dem dunklen Haar, den Schatten um seine Augen.
»Ich hab's ja immer gewußt, daß ich dir egal bin«, sagte er.
»Du bist mir nicht egal«, sagte Matilda.
Es regnete immer leiser.
»Wird er dich zu sich nehmen?« fragte Anton.
»Nein.«
»Was sonst wird sein?«
»Vielleicht gehe ich zu ihm.«
»Hör auf mit diesen Spitzfindigkeiten«, Anton hatte sich ihr heftig zugedreht, »ist doch ein und dasselbe! Völlig wurscht, wer da was tut. Du wirst weg sein. So oder so.«
»Vielleicht gehe ich auch nicht zu ihm«, sagte Matilda, »aber du hast recht. *Weg* werde ich sein, so oder so. Denn ich möchte auch bei dir nicht bleiben. Jedenfalls nicht in der Weise, wie ich bei dir war. Ich werde mir ein neues Leben erfinden.«
»Um Gotteswillen«, sagte Anton.
»Erfinden, ja. Vielleicht sogar eines *finden*. Ein neues Leben finden, Anton.«
»Man findet kein neues Leben. Nie. Man lebt nur weiter, Matilda.«

Jetzt warf sie mit der Papierkugel nach ihm.
»Das genau ist es«, rief sie, »*nur weiterleben.* Das nennt man dann Wirklichkeit. Stelle dich der Wirklichkeit, und dergleichen, das heißt doch alles nichts anderes als: lebe dahin, lebe nur weiter so, dicht an allem, was dich nicht freut, laß deine Tage so unbeleuchtet und meist unschön, wie sie sind. Ein bißchen verordnete Religion darf sein, ein paar Bücher muß man gelesen haben, und wer Geld hat, legt es in moderner Kunst an. Das ist genug an *höherer Ebene*, alles andere muß Realität bleiben, *am Boden der Tatsachen*, wie man so schön sagt. Und dort rührt sich nichts, das stimmt. Am Boden der Tatsachen kann man nur weiterleben und eines Tages sterben. Das winzige afrikanische Kind starb am Boden der Tatsachen, und das hat mir die Wirklichkeit für immer verleidet. Jede Erfindung, jeder Traum, jede erdachte Welt ist neues Leben, und dabei bleibe ich, Anton.«
Als Matilda schwieg, tat ihr der Rücken weh. Ich habe zu heftig durchgeatmet, dachte sie und schloß die Augen. Kaskaden orangeroter Sterne entstanden hinter ihren Lidern, und sie schwitzte. Es schien nicht mehr zu regnen, denn plötzlich war es sehr still im Zimmer. Nur ab und zu drang das ferne Hupen eines Autos herauf.
»Dabei bleibst du«, sagte Anton.
»Ja.« Sterne flogen immer noch hinter Matildas geschlossenen Augen herum, aber es waren nur noch einige, die sich sanft bewegten.
»Und wo bleibt dabei *dein* – ich nenne es jetzt so – wirkliches, tatsächliches Leben? Ganz bleiben lassen kannst du es nicht, solange du am Leben bist. Und am Leben bist du ja vorerst geblieben. Das ist nicht immer *unschön.* Im Gegenteil, Matilda, es kann verdammt schön sein. Wenn ich mit dir schlafe, ist das Leben schön. Dein gro-

ßer Busen ist schön. Wenn ich weiß, daß du grade nichts erfindest und dir mein Rührei schmeckt, ist das Leben schön. Wo bleibt das alles dann?«
»Du hast mir nie gesagt, daß dir mein Busen gefällt«, sagte Matilda, ohne ihre Augen zu öffnen. Nur noch ein Stern kreiste, und löste sich im Kreisen langsam auf.
»Lenke nicht ab. Mit dem Schrobacher war es doch sicher auch schön, oder? Und sicher sehr wirklich.«
Matilda schwieg. Sie hörte, daß Anton mit seinem Schuh etwas am Fußboden hin- und herbewegte. Als sie aufsah, bückte er sich gerade und hob die Papierkugel auf, mit der sie nach ihm geworfen hatte. Langsam glättete er das zerknüllte Blatt, aber automatisch, ohne es zu beachten. Er schaute vor sich hin, seine Wimpern warfen dunkle Schatten über die Wangen.
»War es schöner als mit mir?« fragte er.
»Es gibt keine blödere Frage«, sagte Matilda.
Die Türe wurde geräuschvoll mit dem Ellbogen aufgestoßen, und Jovanka Smelic kam mit einem Tablett ins Zimmer.
»Ich bringe Jause«, sagte sie, »Kuchen mit Topfen und schwarzes Tee. Ist richtig so?«
»Ja, danke.«
Matilda sah zu, wie Jovanka alles vor sie hinstellte und das benützte Geschirr wegräumte. Der gelbe Haarschopf wurde jetzt durch eine rote Metallspange, die mit kleinen fliederfarbenen Plastikrosen besetzt war, aus Jovankas Gesicht gehalten. Es war noch deutlicher zu sehen, daß sie unter ihrem dunklen Teint bleich war, die Haut schien sich bis zur Durchsichtigkeit über Stirn und Schläfen zu spannen. Zwischen den Brauen stand eine Falte, sie sah aus wie ein dünner Riß. Jovanka lachte, als sie Matildas Blick auf sich fühlte.

»Sie schauen meine Spange?« sagte sie, »Kollegin hat auch gesagt, ist scheißlich. Aber ich mag gern bunt. Ist zu bunt, oder?«
»Das nicht«, sagte Matilda, »aber Sie sind zu müde.«
»Miede?« Jovanka lachte nochmals auf. »Bin immer miede, liebe Frau. Schaut man mir an, auch mit bunte Spange, ich weiß. Drei Kinder, müssen wissen. Ganzen Tag Arbeit hier, und faules Mannsbild, was sauft, zu Haus. Macht miede, alles zusammen. Aber, jessas –«, sie hielt sich kurz die Hand vor den Mund, »– ich soll nicht viel plauschen mit Patienten!«
Sie zwinkerte Matilda zu, stemmte das Tablett mit dem gebrauchten Geschirr gegen ihre runde Hüfte und ging zur Tür. Dort wandte sie nochmals den Kopf. »Miede, aber lustig!«, sagte sie, »Leben ist scheen! Ist besser als Totsein, oder?«
Und Jovanka schloß die Tür hinter sich.
»Diese Frau ist offensichtlich meiner Meinung«, sagte Anton.
»Aber um nicht dauernd zu weinen, lacht sie und steckt sich lila Plastikrosen in die gelben Haare«, sagte Matilda, griff zum Topfenkuchen und biß ein Stück ab. Er schmeckte wie nasses Papier, aber sie aß weiter.
»Ich glaube es nicht«, sagte Anton plötzlich.
Matilda sah zu ihm hin. Er hielt das Blatt Papier, das er geglättet hatte, in beiden Händen und las Paulines Brief.
»Das hat sie dir hierher geschickt?« fragte er.
»Gefaxt«, sagte Matilda.
»Aus dem Gefängnis?«
»Scheint so.«
Anton legte das Blatt auf den Tisch, mitten auf die grüne Tischdecke, er legte es weg wie ein Tier, das man schnell loswerden möchte.

»Läßt du dir das gefallen?« fragte er.
»Was soll ich tun?« Es vergessen, dachte Matilda. Pauline vergessen.
»Den Brief der Polizei geben«, sagte Anton.
»Nein.« Matilda warf den Rest des Kuchens auf den Teller zurück, sie zielte gut und traf. »Das will ich nicht. Der Schrobacher versucht, sie freizukriegen, ich pfusche ihm nicht dazwischen.«
»Der Schrobacher«, sagte Anton.
Er setzte sich auf einen der Sessel beim Tisch, als wäre er plötzlich zu müde, sich auf den Beinen zu halten. Quer durch das kleine dämmernde Krankenzimmer schaute er Matilda an. Seine Augen, dachte sie, zwei Öffnungen in eine ungewisse Helligkeit. Ja, als wäre das Innere seines Kopfes voller Tageslicht. Vielleicht ist es so. Vielleicht kennen seine Gedanken keine Finsternis, gehen immer durchs Helle und wissen nichts von der Nacht. Nur Trübheit ist ihnen bekannt, bedeckter Himmel, tiefe Wolken. Aber nicht das Dunkel. Vielleicht ist es das.
Matilda schloß die Augen und ließ sich fallen. Sie fiel lange und weit ab vom Weg. Hier ist es gut, dachte sie, keine Fragen, keine Briefe, kein Blick, keine Entscheidung. Laub unter mir, weiches gehäuftes Laub, ich liege zwischen Hügeln aus Laub. Einmal, ein einziges Mal, bin ich mit meinem Vater und Mela spazieren gewesen. Es war Herbst, und das braune Laub häufte sich geradeso, ich erinnere mich an den Geruch. Und an meine kleinen grauen Schnürstiefel. Ich pflügte mit ihnen durch die Berge trockener Blätter. Mela lachte und Papi legte den Arm um ihre Schulter. *Tildi, das Laubschiff* rief er mir hinterher. Und Tildi rannte und sprang, und teilte das Laub, und hätte endlos so springen können, weil dieser Arm um Melas Schulter lag, und weil Mela lachte. Sie

sprang wie ein Äffchen, bis der Vater sagte *Schluß, es staubt zu sehr*, seinen Mantelkragen hochstellte und einem Mädchen hinterhersah, das einen engen Rock trug. Die Eltern gingen wieder einzeln vor sich hin, und Mela lachte nicht mehr. Und ich habe mich ins Laub fallen lassen wie jetzt, in diesen bitteren Geruch. Und weit ab vom Weg, wie jetzt. Und keiner kann mich finden, wie jetzt und immer wieder. Keiner kann mich finden. Keiner kann mich finden.

Matilda«, Antons Stimme war dicht über ihr, »ich gehe jetzt. Ich habe dir lange beim Schlafen zugesehen, aber jetzt gehe ich.«
Bis auf die Nachtbeleuchtung war es im Zimmer dunkel. Das Licht drang aus einem glasverschalten Rechteck hinter ihrem Bett, und fiel direkt auf Antons Gesicht. Er hatte sich über sie gebeugt.
»Ich besuche dich nicht mehr. Du wirst ohnehin nur noch kurz im Spital bleiben müssen, die Ärztin war inzwischen hier und hat es mir gesagt. Ich werde nicht auf dich warten. Aber du kannst mich finden, wo ich immer war.«
»Ich weiß«, sagte Matilda, »du bist ein Held.«
»Machst du dich über mich lustig?«
»Nein, ich meine es so.«
Matilda hätte gern ihre Hand auf seine Wange gelegt, aber sie sah ihn nur an. Wenn ich ihn ansehe, kann ich mir nicht vorstellen, je nicht zu wissen, wie sein Gesicht aussieht, dachte sie. Aber er wird gehen, und ich werde

es sofort nicht mehr so vor mir haben wie jetzt. Es wird zerfließen, schnell.
»Dein Abendessen haben sie auch gebracht«, sagte Anton, »da, neben dir. Aber sicher ist schon alles kalt.«
»Ich habe lange geschlafen, scheint's.«
»Das kann man sagen.«
»Und du bist bei mir gesessen?«
»Ich bin dort am Tisch gesessen.«
»Habe ich geschnarcht?«
»Ein bißchen.«
»Peinlich.«
»Du schnarchst *immer* ein bißchen, das ist nichts Neues für mich.«
»Noch peinlicher.«
Anton richtete sich auf, sein Kopf entschwand ins Dunkel des Zimmers, plötzlich war er nur noch Umriß.
»Gute Nacht«, sagte er.
»Gute Nacht.«
»Ich gehe.«
»Ja.«
Als er die Tür öffnete, fiel das Licht vom Gang als weißer Korridor quer durch das Zimmer. Durch diesen Korridor ging Anton davon. Dann fiel die Tür mit einem leisen Klicken hinter ihm ins Schloß, und wieder umgab Dunkelheit Matildas Bett. Nur die Bettdecke war von oben her beleuchtet, wie eine Insel aus Licht lag sie vor ihr. Matilda bewegte ihre Finger. Dann ließ sie ihre Hand mit Zeigefinger und Mittelfinger einen Eislauftanz ausführen, glitt als Eistänzerin über das weiße Tuch, zog elegante Kreise. Er konnte es besser, dachte Matilda, weil seine Finger länger waren und seine Hand eleganter. Wenn niemand im Laden war, hatten sie manchmal gemeinsam auf dem Verkaufspult Eistanzen geübt. Seine

große Hand war der Lehrer, ihre Kinderhand Schülerin gewesen. Wenn einige Kurven synchron gelangen, schrie sie auf vor Stolz. Der Vater hatte eine Melodie aus der Nußknackersuite gesummt, während die Hände tanzten. Auf der seinen glänzte der Ehering. Eines Tages zog er ihn während eines solchen Tanzes ab. *Er stört mich*, sagte er, öffnete die Lade unter dem Pult, und warf ihn hinein. Von da an hatte er ihn nie mehr getragen. War besser so, dachte Matilda, eine Lüge weniger.
Sie legte ihre Hände wieder ruhig vor sich auf die Bettdecke. Ihren eigenen Ehering hatte sie auch nie getragen, wo habe ich den eigentlich hingetan? dachte Matilda. Wahrscheinlich auch in irgendeine Lade. Meine Hände mit einem Ring sehen aus wie Ackergäule mit Krönchen. Matilda verschränkte ihre Finger ineinander und starrte hinaus in das dämmrige Zimmer. Manchmal hörte sie Schritte am Gang und das Vorbeiwehen von Stimmen. Ich muß auf die Toilette, dachte sie. Nochmals diese Leibschüssel möchte ich nicht. Am Gang gibt es sicher eine Toilette.
Sie versuchte, sich am Bettrand abzustützen und aufzurichten. Es schmerzte kaum. Ohne Schwierigkeit konnte sie die Beine seitwärts aus dem Bett gleiten lassen. Ihre Fußsohlen ertasteten den kühlen Kunststoffboden, und dann stand sie auf. Als hätte ich ein Korsett um, dachte Matilda, alles ein wenig schwer und drückend. Aber ich kann gerade stehen, und – bitte! – auch einen Schritt vor den anderen setzen. Das Hemdchen, das ich trage, ist ein wenig kurz. Und vielleicht auch am Rücken geöffnet! Als Matilda das überprüfte, berührte sie tatsächlich ihr nacktes Hinterteil. Mit kleinen, langsamen Schritten ging sie zur Schrankwand hinüber und öffnete sie. Da hing ihr Bademantel. Das war Mela, dachte Matilda, das sieht ihr

ähnlich, bei aller Todesangst an meinen Bademantel zu denken. Sie hat sich dran gewöhnt, in höchster Not die Gegenstände ernst zu nehmen. An wie vielen Büchern, Kaffeetassen, Bügeleisen, Backblechen, Haarkämmen, Handtüchern, Füllhaltern sie sich schon festgeklammert hat, um nicht unterzugehen.
Matilda nahm den Bademantel aus dem Schrank und zog ihn vorsichtig an. Er war frischgewaschen und ungebügelt, und deshalb ein wenig steif. »Au«, sagte Matilda, als sie in den zweiten Ärmel schlüpfte und dabei mit der Hand zu weit ausholen mußte. Wo mein *zeitloses* kornblumenblaues Kleid wohl sein mag? dachte sie. Wahrscheinlich war es so blutig, daß man es wegwerfen mußte. Sie band den Gürtel des Bademantels zu, drehte sich um, und ging langsam zur Tür. Der Gang war hellbeleuchtet und leer. Niemand mehr hier, dachte Matilda, das beste ist, ich gehe auch. Rechts? Links? Egal. Gehen. Die kleinen automatischen Schritte sind lustig, es ist, als liefe man auf Schienen. Aber nur nicht schnell sein wollen, das tut weh. Ein kleiner Schritt nach dem anderen. Den Körper nicht bewegen. Der helle Gang führte an vielen geschlossenen Türen vorbei, an der Wand hingen Bilder mit Blumenmotiven. Ehe ich lange nach der Toilette suche, suche ich lieber das Weite, dachte Matilda, einfach davongehen, so vor mich hin gehen, und weg sein. Hoppla, was ist das? *Ja*! Ein Seil ist gespannt und ich werde gezogen, *das* ist es. Deshalb gleite ich. Ein aus Helligkeit geknüpftes Seil, deshalb sah ich es nicht gleich. Es umschlingt mich, wie der Gürtel meines Bademantels, zieht mich vorwärts, und ich brauche nur zu gehorchen. Angenehm. Der Wind weht. Fahrtwind, leicht und kühl. Er bewegt die Blumen auf den Bildern. Ah, jemand kommt entgegen, ein weißer Mantel. Nicht hin-

sehen. Vorbeigleiten. Hat der Kopf über dem Mantel sich umgedreht? Egal. Nichts kann mich aufhalten, das Seil hält mich ja. Eine Flügeltür kommt näher, sie schwingt. Schwingt hin und her. Sie darf meinen Rücken nicht treffen. Griffe aus Messing. Die Hände heben, und ... Geschafft. Es tat nicht weh, jetzt schwingt die Tür hinter mir. Treppen. Das Seil führt abwärts. Die Hand auf das Geländer, gut so. Kühles Holz. Eine Stufe, langsam. Es geht. Noch eine Stufe. Es ist kalt unter meinen Fußsohlen, die Treppe ist aus Stein. Ich habe keine Schuhe an. Macht nichts, *Gänseliesl*, wieder einmal. Bald habe ich alle Stufen hinter mir. Immer Stufen, die abwärts führen, ehe man entwischen kann. Immer ist es so. Jetzt. Eine Glaskabine für den Pförtner. Dann der Ausgang. Langsam gehen, kleine Schritte, das Seil soll mich ziehen. Ja. Gut so. Da sitzt ja keiner, in der Kabine. Sie ist leer. Aber eine angelehnte Tür, dahinter läuft der Fernsehapparat. Ganz ruhig vorbeigleiten. Und hinaus.
Der betonierte Gehsteig war trocken. Die Straßenlampen hingen ruhig. Weder Fußgänger noch Autos waren zu sehen. Das Seil, dachte Matilda, wohin führt es mich, links? rechts? Wo ist es? Sie tastete ihre Taille ab, fand jedoch nur den Gürtel des Bademantels. Als sie den Kopf hob, sah sie das zersplissene Ende des Seils im Licht der Straßenbeleuchtung kreisen, und dann, Spiralen drehend, im Dunkel verschwinden. Warum? schrie Matilda. Warum hat es mich nicht hinaufgezogen? Warum hat es mich nicht *mitgenommen*? Jetzt stehe ich hier auf der Straße und weiß nicht wohin. Aber ich gehe nicht zurück. Ich gehe einfach weiter. Nach links, links ist immer gut. Das Herz sitzt links. Also los. Ich gehe weiter und lasse die Entscheidungen links liegen. Was habe ich gesagt? Neues Leben finden. Vermutlich hat Anton recht.

Man lebt nur weiter, sagt er. Ich *gehe* weiter, einen kleinen vorsichtigen Schritt nach dem anderen. Die Straße fühlt sich nicht kalt an, trotz des Gewitters. Die Nacht ist wieder warm. Da ich nicht weiß, wohin, ist es das beste, auf und davon zu gehen. Ich könnte in den Kornblumenschatten laufen, das dunkle Blau über mir zusammenschlagen lassen. Ich hätte Sehnsucht, das zu tun. Und möchte diese Sehnsucht nicht verlieren. Ich könnte mich unter die vertrauten Hände legen und mich schaukeln lassen. Aber das Vertraute ist mir zu vertraut. Ich bin ungeeignet für das andere, wenn es Gestalt annimmt. Ich bin müde. Ich werde etwas schneller gehen, auch wenn es mir weh tut. Mein Gott, nur ein kleines Loch im Rükken, Pauline, du hast versagt. Das wäre *der* Augenblick gewesen, für immer zu vergehen. Du hast nicht überzeugt genug zugestochen, trotz allem. Dann wäre ich jetzt Vergangenheit und müßte nicht mehr weitergehen. Was soll dieser Schatten über meinem Weg? Ach ja, eine Frau kommt aus einem Haustor und sperrt hinter sich zu. Jetzt hat sie mich gesehen und macht große Augen. Meine Gute, was ist denn? Ich gehe in einem ungebügelten weißen Bademantel und barfuß die Straße entlang, na und? Ich weiß, daß ich mich steif bewege und ein wenig unförmig aussehe. Letzteres tu ich auch ohne Verbände. Aber wie auch immer, alles kein Grund, mich derart anzustarren. So, ich bin an Ihnen vorbei. Lassen Sie sich bitte auch nicht mehr aufhalten. Gehn Sie. *Gehn Sie.* Na endlich, jetzt hat sie kapiert und geht weiter. Aber nicht, ohne vorher noch den Kopf zu schütteln. Kopfschütteln, meine Gute, bewirkt nichts, nützt nichts, heißt immer nur *Ohne mich. Lauft nur ins Unglück. Gottseidank bin ich klüger.* Die Menschen schütteln den Kopf, um Verantwortungen abzuschütteln. Aber gut, daß Sie's getan ha-

ben. Was hätte ich auch mit Ihrer Verantwortung anfangen sollen?
Die Schritte der Frau verhallten und Matilda ging auf nackten Sohlen weiter, lautlos wie eine Katze. Die Straße vor ihr schien kein Ende zu nehmen, verjüngte sich perspektivisch unter den Straßenlampen, bis hin zu einem nachtdunklen Punkt. Manchmal fuhr ein Auto vorbei. Matilda hielt sich möglichst aufrecht, denn wenn sie die Schultern zu sehr fallen ließ, schmerzte das Loch im Rücken. Ich gehe, als hätte ich einen Besen verschluckt, dachte sie. Das hat er immer von Mela gesagt. Wenn die sich gewaltsam aufrecht hielt, weil dieses andere Messer, das seiner Eskapaden und Besäufnisse, sie durchbohrt hatte, sagte der Vater: *Sie geht herum, als hätte sie einen Besen verschluckt, hab ich recht, Tildi?* Einmal, nur einmal, hatte Mela den Kopf gewandt und mit scharfem Ton geantwortet: *Das zeigt, daß ein Besen auch sein Gutes hat.* Gleich darauf wieder lächelnd bei der Kundin, die gerade *etwas von Laotse* wollte. Sofort wieder bei der Sache, kerzengerade, höflich, beschlagen mit allem Wissen über Laotses Schriften und das *Tao*, und was davon als Buch im Handel erhältlich sei. *Was ist das Tao?* hatte Matilda ihren Vater gefragt, weil sie nach dem ›verschluckten Besen‹ die Eltern auf ein anderes Thema bringen wollte. Der Vater sah sie kurz an, o ja, dieser Blick, dachte Matilda, einer, mit dem man ein Kind meist nicht ansieht, alle uralte Skepsis und Müdigkeit in ihm, der ganze erworbene Mangel an Vertrauen. *Eine Form von Besoffensein, glaub ich*, hatte er gesagt. Da wollte Matilda auch darauf nicht mehr eingehen und war zurück in ihr Hinterzimmer gegangen. Erst unter dem roten Lampenschirm hatte sie bei Melodia, die violinschlüsselschlank zwischen ihren Grashalmen stand, eine kurze Bemer-

kung fallenlassen. *Die reden nur Scheiße*, sagte sie, *und so, als hätten sie eine Geheimsprache.* Melodia nickte, und sie selbst beugte sich wieder über ihr Geographieheft. Ich mußte an diesem Tag die Ozeane untereinander aufschreiben und auswendiglernen, ich weiß es noch, dachte Matilda, Atlantischer Ozean, Indischer Ozean, Pazifischer Ozean ... Ich hatte die ganze Welt vor Augen, meine Freundin Melodia sang auf dem Lampenschirm leise vor sich hin, es klang, wie ich mir das Rauschen des Meeres vorstellte, und alles andere, vor allem der Vater, konnte mir gestohlen bleiben. »Schon damals wußte ich alles vom Meer«, sagte Matilda, sie hörte sich plötzlich selbst laut sprechen und die eigene Stimme tat ihr wohl. Als liefe eine Welle aus ihrem Mund und davon, eine warme rötliche Welle. Sie stieß einen langen sanften Schrei aus, und die Wellen flossen heftiger auf die Straße hinaus und vor ihr her. Sie watete darin wie in einem Bach. Ich sollte singen, dachte sie. »Seit je-her – weiß ich vom Meer – hab's nie gesehn – kann es verstehn – das zählt viel mehr – als sä-he ich das Meer«, die simpel gleichbleibende Melodie machte Spaß, *als sähe ich das Meer* wurde zu einer Art Abschluß, und sie begann wieder von vorne, brüllte das Lied immer lauter, während sie weiterging. Das warme rote Wasser umspülte sie, floß durch die lange Straße vor ihr davon. »Seit je-her – weiß ich vom Meer – hab's nie gesehn – kann es verstehn – – – –« Sie wiederholte und wiederholte, die Monotonie ihres gebrüllten Gesanges trieb sie vorwärts wie ein Motor. Die Wellen stiegen an, bald sah sie nichts mehr, fühlte nur noch ihren Atem. »Seit je-her – weiß ich vom Meer – hab's nie gesehn – kann es – – – –«
»*Verstehn.* Ja, kannst du. Hör jetzt auf.«
Zwei Arme hatten sie umfaßt, und sie prallte mit dem

Gesicht gegen einen menschlichen Körper. Es wurde dunkel und warm vor ihren Augen und sie hörte ein Herz schnell und angestrengt klopfen.
»Was ist *das* denn wieder?«
Die Stimme über ihr war die von Doktor Schrobacher. Er hatte seine Hände vorsichtig auf ihre Hüften gelegt, und sie lehnte sich an ihn.
»Ich habe zu laut gesungen, stimmt's?« sagte Matilda, ohne ihr Gesicht von seiner Brust zu lösen.
»Gottseidank«, sagte Doktor Schrobacher, »ich hab Sie durch Ihr Gebrüll gefunden. Das ganze Krankenhaus ist in Aufruhr. Warum um Himmelswillen sind Sie weggelaufen?«
»Ich bin nur weitergegangen.« Matilda roch seine Haut durch das Hemd. Ich kenne seinen Geruch, dachte sie, wie den einer Wiese vor dem Haus, durch die man sein Leben lang ging.
»Das kommt aufs selbe hinaus«, sagte Doktor Schrobacher, »aber ich weiß mittlerweile um Ihre feinen Unterscheidungen und will jetzt nicht daran rühren. Kommen Sie, Matilda, gehen wir zurück.«
Er umfaßte mit seinen Händen ihre Schultern und schob sie von sich weg, bis sie aufrecht vor ihm stand. Sie sahen einander an.
»Ich möchte nicht wieder zurück«, sagte Matilda.
»Sie sind gestern nacht operiert worden!«
»Das war nichts. Ein kleiner Stich, ein kleines Loch im Rücken. Es tut nicht weh.«
»Der Stich war nicht so klein, Sie hatten nur Glück.«
»Eben.«
Aus einigen erleuchteten Fenstern beugten sich Menschen, dunkle schweigsame Umrisse, und sahen zu ihnen herab. Auch einige Passanten standen um sie beide herum.

»Die Straße war doch menschenleer«, sagte Matilda.
»Vielleicht vor ihrem Gesang«, sagte Doktor Schrobacher, »aber der konnte Steine erweichen. Gehen wir jetzt?«
»Ich möchte nicht zurück«, wiederholte Matilda. Sie sagte es sehr leise. Sie hätte sich gerne wieder gegen seine Brust gelehnt, um dort im Dunkel zu verschwinden. Aber Doktor Schrobachers Hände und Augen hielten sie fest.
»Und wohin möchten Sie?« fragte er.
Ich möchte – zum Ende der Hügel, dort wo die Ebene anfängt, in das Haus zwischen Holunderbüschen und Ahornbäumen, mit seinen Spalierrosen, dorthin möchte ich, und nur ich möchte dort erwartet sein. Meinetwegen möchte ich auch in *eine meiner* flachen Endlosigkeiten geraten, Wiesen bis zum Horizont, und dann der Sprung aus der Welt. Ich möchte in den Himmel fahren und mich auflösen. Ich möchte mir die Endlichkeit der Welt beweisen, lieber früher als später. Ich möchte das dunkle sterbende Kind herzen, dort, wo nichts mehr wirklich ist. Ich möchte hinter den Tod geraten.
»*Wohin*?« fragte Doktor Schrobacher nochmals.
»Ich weiß nicht«, sagte Matilda.
Schnelle Schritte kamen näher, und das heftige Atmen von jemandem, der eine Strecke gelaufen war.
»Da *haben* wir Sie ja«, sagte Frau Doktor Schlemm. Der weiße Ärztekittel war geöffnet, und ihr helles Haar wippte noch, als sie stehenblieb. »Sie hätten nicht gleich davonzulaufen brauchen. Gut, daß ich heute Nachtdienst habe. Ich *hatte* ein schlechtes Gefühl nach dem Brief.«
»Es war nicht der Brief«, sagte Matilda.
»Was für ein Brief?« fragte Doktor Schrobacher.

»Ich hätte ihr den Brief nicht geben sollen«, sagte Iris Schlemm.

»Welchen *Brief?*« fragte er nochmals.

»Pauline hat mir ins Krankenhaus gefaxt«, sagte Matilda.

»Aus dem Gefängnis?«

»Aus dem Gefängnis.«

»Das gibt's doch nicht!«, schrie Doktor Schrobacher.

»Kein Wunder, daß der Brief sie aufgeregt hat«, sagte Iris Schlemm, »das war eine Morddrohung.«

»*Morddrohung?*« Jetzt schrie Doktor Schrobacher so laut, daß sich noch andere Fenster öffneten. »Das ist Ruhestörung«, rief ein Mann im dritten Stock, und ein anderer, der stehengeblieben war, ging erschrocken weiter.

»Kommen Sie jetzt«, sagte Iris Schlemm und hakte sich bei Matilda ein. »Nehmen Sie ihren anderen Arm«, befahl sie Doktor Schrobacher. Beide führten Matilda langsam und mit kleinen Schritten zum Krankenhaus zurück, und sie ließ es mit sich geschehen. Was sonst, dachte sie. Was sonst, wenn ich nicht sagen kann, wohin ich will.

Die Nachtschwester hatte Matilda ein Käsesandwich und heißen Tee besorgt. Man hatte ihr befohlen, zwei kleine Pillen zu schlucken, und davon war sie auf weiche, zerfließende Weise müde geworden. Sie lag im Bett. Doktor Schlemm und Doktor Schrobacher saßen am kleinen runden Tisch, aber Matilda schien, als wären sie weit entfernt und würden sich immer weiter entfernen.

Was die beiden sprachen, drang zwar bis zu ihr, aber es schwebte gleichzeitig an ihr vorbei.
»Diese Frau ist nicht bei Trost«, sagte Doktor Schrobacher. Er hielt den zerknüllten und von Anton wieder geglätteten Bogen Papier in der Hand.
»Wer faxt ihr das im Gefängnis durch?« Doktor Schlemm schüttelte den Kopf, daß die weißblonden Haare flogen. Sieht aus wie abgeblühter Löwenzahn, dachte Matilda. *Pusteblumen*, hieß das. Wenn im Park welche standen, mußte Mela mir eine nach der anderen pflücken, und ich habe gewissenhaft alle Samen weggepustet. Aber Iris Schlemms Haare fliegen nicht davon. Sehen ja nur aus wie abgeblühter Löwenzahn. Matilda fühlte, daß die Pülverchen sie immer sanfter auflösten.
»Man wundert sich weniger, wenn man sie kennt«, sagte Doktor Schrobacher.
»Sind *Sie* der –«
»Ich bin der Kerl, von dem sie schreibt, ja.«
»Und Sie helfen dieser Frau wirklich, obwohl –«
»Obwohl sie Matilda um ein Haar erstochen hätte, ja.«
Iris Schlemm lehnte sich zurück. Es war still im Zimmer, und das Halbdunkel der Nachtbeleuchtung ließ alle Konturen verschwimmen. Ja, die beiden Menschen am Tisch schwammen leise davon, Matilda schloß zufrieden die Augen.
»Das alles ist schwer zu verstehen«, sagte Doktor Schlemm, »kein Wunder, daß sie davor flüchten wollte.«
Sie glauben, ich schlafe, dachte Matilda.
»Sie wollte nicht *davor* flüchten«, sagte Doktor Schrobacher, »und für Matilda ist *das alles* sehr leicht zu verstehen.«
»Kennen Sie sie so gut, um das behaupten zu können?«

»Ich kenne sie gut, ja.«
»Kennen Männer Frauen jemals gut?«
»Sind Sie Feministin?«
»Was sonst?«
Matilda hätte auflachen mögen, war aber zu schläfrig dazu. Sie blieb ruhig liegen und hielt ihre Augen geschlossen. Schweigen herrschte.
»Soweit *Menschen* je fertigbringen, einander zu erkennen – ist das auch zwischen Mann und Frau möglich, nehme ich an«, sagte Doktor Schrobacher dann.
»*Und sie erkannten einander*«, sagte die Ärztin.
»Auch was Schönes«, antwortete Doktor Schrobacher.
Matilda fühlte, wie der Schlaf in sie eindrang. Ja, dachte sie, hinter der Farbe der Augen eine Tiefe zu erkennen, die wie ein blauer Brunnen ist, und in sie hineinfallen. In einen anderen Körper zu fallen, als wäre er die Antwort auf eine immer schon gestellte Frage. Ist was Schönes.
»Was Sie nicht sagen.« Doktor Iris Schlemm hustete kurz, ehe sie weitersprach. »Und welche von den zwei Frauen *erkannten* Sie also? Beide? Ich weiß, ich bin indiskret, aber diese Geschichte hier ärgert mich. Klar, daß dann die eine die andere ermorden will. Meist wird das nur gewollt und nicht ausgeführt. Aber hier wurde zugestochen. Und Sie sind sicher, Sie wüßten, was die junge Frau in dem Bett neben uns denkt und fühlt! Was mich bis aufs Blut reizen kann, ist die männliche Selbstsicherheit im Hinblick auf uns Frauen. Wir werden's schon verstehen. Wir werden's schon verkraften. Wir werden alles wieder schön unter unseren Hut kriegen. Mumpitz, das Ganze.«
Sie regt sich richtig auf, dachte Matilda. Aber es ist nicht so, wie sie glaubt.
»Es ist nicht so«, sagte Doktor Schrobacher.

Einen Flügelschlag lang öffnete Matilda ihre Augen. Sie sah, daß die Ärztin sich durchs Haar fuhr. Ja, sie ist zornig, dachte sie, und schloß die Augen wieder.
»Aber sicher ist es so«, sagte Doktor Schlemm, »es sind immer dieselben Muster.«
»Ich möchte nicht mit Ihnen streiten.«
»Warum nicht?«
»Ich achte Ihre Erfahrungen.«
»Da schau an.«
»Ja, ich schau Sie an. Ihr Zorn ist sicher berechtigt, aber er gilt jemand anderem.«
Auf der Straße kam mit grellem Sirenenlärm ein Rettungswagen gefahren, und stoppte dann abrupt. Matilda wurde aus ihrem Halbschlaf gerissen, schaute hoch und sah, daß die Ärztin aufstand und ihren Mantel zuknöpfte.
»Ich glaube, es gibt Arbeit für mich.«
Auch Doktor Schrobacher stand auf.
»Zur Not könnte sie morgen schon nach Hause«, sagte Iris Schlemm.
Doktor Schrobacher nickte.
»Jemand sollte auf sie aufpassen.«
Doktor Schrobacher nickte wieder.
Die Ärztin ging zur Tür und durch den hellen Korridor davon, wie Anton zuvor. Als das Schloß klickte und wieder Dämmerung das Zimmer füllte, setzte Doktor Schrobacher sich schwer auf den Sessel zurück. Matilda hörte ihn seufzen. Dann fielen ihr die Augen zu. Der Korridor aus Licht lag jetzt geradewegs vor ihr. Nichts leichter, als ihn zu betreten. Ohne Hast setzte Matilda einen Schritt vor den anderen und ging dem Ursprung dieser Helligkeit entgegen.

Es war die Düne. Ja, sie lag vor dem Licht, und konnte es dennoch nicht bändigen, Matilda war nur diesem Lichtschein nachgegangen. Jetzt blieb die Enge hinter ihr, nur noch die Düne galt es zu übersteigen. Sand. Weißer leichter Sand, der ihre Schritte versinken ließ. Matilda probierte aus, ob sie auf allen vieren leichter aufwärtsklettern könnte, aber auch ihre Hände fanden keinen Halt. *Wie Sand durch die Finger* dachte sie. Es gibt keinen besseren Vergleich für sinnlose Bemühungen, und das mit Recht. Langsam, Zentimeter für Zentimeter, schob Matilda sich die Düne aufwärts. Ihr Rücken schmerzte, und auch im Mund hatte sie bereits Sand. Er knirschte, wenn sie die Zähne zusammenbiß. Ein Seevogel - war es eine Möwe? - flog so dicht an ihr vorbei, daß die Schwinge sie streifte. Es fühlte sich an, als hätte jemand ihr Haar berührt. Jemand mit Menschenhänden. Matilda keuchte und quälte sich aufwärts. Wenn sie den Kopf aus dem Sand hob, sah sie die Helligkeit oberhalb der Düne. Langsam kam sie ihr näher. Noch ein Klimmzug. Noch ein Abrutschen, und dann doch ein wenig höher hinauf als zuvor. Entgegengehen ist leicht, dachte Matilda, aber das Erreichen! Ich kann fast nicht mehr. Man gibt nur auf, wenn man weiß, worum es geht. Beim Losmarschieren weiß man das ja noch nicht. Ich sehe aus wie ein paniertes Schnitzel, vom Sand paniert, und würde mich gerne die Düne wieder abwärts gleiten lassen. Also aufgeben. Nein, Matilda, du bist Meisterin im Aufgeben, halte diesmal durch und steige auf die verdammte Düne hinauf, bis ganz hinauf, bis du weißt, was dahinter ist. Schau dir einmal an, was auf der anderen Seite wirklich zu sehen ist, und gib dich nicht schon mit dem Licht zufrieden, das von dorther kommt. Also, noch einen Ruck höher. Ja, tief hinein in den Sand, mit beiden Händen, da, wo er zusammenpappt und kühl und feucht ist. Da gibt er nicht so nach. Na siehst du. Jetzt nur noch etwa einen Meter. Ja, ich weiß, dein Rücken kribbelt und schmerzt. Nein, du irrst dich, niemand hat »Matilda, komm, wach auf« gesagt. Weiter. Ständig die Vögel, die mir mit ihren Flügeln durchs Haar fahren. Gleich hab ich's. Ein halber Meter. Ja, das war ein großer Ruck! Einmal noch, und ich bin oben. Den Sand packen. In seine Tiefe fassen. Nichts durch die Finger rieseln lassen. Hochstemmen. Mit den Armen bin ich auf der Dünenkuppe. Jetzt den Körper nachziehen. Ah, es ist warm da oben. Ich kann ausgestreckt auf dem Bauch liegen. Ausatmen. Und jetzt den Kopf heben. Und schauen.

Was haben Sie gesehen?« fragte Doktor Schrobacher.
»Wieso?« Matilda rieb sich die Augen.
»Sie haben *Jetzt seh ich es* gesagt. Dieser Satz war klar und deutlich zu verstehen. Davor haben Sie nur gestöhnt und mit den Zähnen geknirscht.«
Doktor Schrobacher saß auf dem Bettrand, aber es war so dämmrig im Zimmer, daß sie sein Gesicht nicht ausnehmen konnte.
»Ich weiß nicht«, sagte Matilda.
»*Sie* haben einen Traum vergessen?«
»Ja.«
Doktor Schrobacher hielt sich die Hand vor den Mund und gähnte.
»Ist noch Nacht?« fragte Matilda.
»Nein. Es ist früh am Morgen.«

»Wieso ist es so dunkel?«
»Die Wolken hängen tief und es regnet wieder leicht.«
»Sie sind bei mir geblieben?«
»Ich bin im Sessel eingeschlafen.«
Matilda drückte auf den Knopf, der sich auf einer Schalttaste neben ihr befand, und das Licht über ihrem Bett ging an. Doktor Schrobacher blinzelte. Sein Gesicht war aschfahl, mit dunklen Schatten dort, wo die Barthaare hervorkamen. Sein Haar klebte am zerknüllten Hemdkragen, die Jacke sah aus, als hätte sie noch nie ein Bügeleisen gesehen. Als er aufhörte, zu blinzeln, waren es nur seine Augen, die unbeschadet blau herabblickten.
»Sie sehen schlimm aus«, sagte Matilda, »Sie bräuchten ein Bett.«
»Bald«, sagte er, »bald lege ich mich neben Sie.«
»*Hier*?«
»Bei mir. Sie dürfen heute gehen, wenn ich auf Sie aufpasse.«
»Mela könnte doch –«
»Sie kann nicht. Nicht so gut wie ich.«
»Ich habe meine eigene Wohnung.«
»Es ist nicht Ihre eigene Wohnung.«
Stimmt, dachte Matilda. Nichts ist *mein Eigen*. Nicht mal meine Eigenschaften. Mir ist, als hätte ich keine.
»Habe ich Eigenschaften?« fragte sie Doktor Schrobacher.
»Vor allem die, daß Sie solche Fragen stellen«, sagte er. »Für mich sind Sie eine einzige Eigen-schaft, und die heißt Matilda. Aber Sie haben keine eigene Wohnung. Sie können ruhig zu mir kommen.«
»Ich habe meinen Mann Anton, der mich zurückerwartet.«
»Tut er das?«

»Ja.«
»Und wollen *Sie* zurück?«
Vor dem Fenster war es ein wenig heller geworden, die Konturen des Zimmers wurden sichtbar. Auf dem Gang hörte man Schritte und Stimmen.
»Matilda, das ist die Frage. *Die* Frage. Und Sie schweigen.«
»Ich will auch nicht zu Ihnen.«
»Und warum?«
»Dort ist auch nichts – mein Eigen. Dort ist Ihr Leben.«
»Dann gehn wir eben in ein Hotel.«
Matilda sah ihn an.
»Ja?«
Das Kornblumenfeld, dachte Matilda, blau wie nie.
»Wäre es gut *so*? – Ein Hotelzimmer? Niemandsland? – Ja?«
Vor der Tür wurde ein Küchenwagen vorbeigeschoben, Geschirr klirrte.
»Sie brauchen nur zu nicken, Matilda. Das bedeutet kein großartiges *Ja* und keinen Schwur fürs Leben. Nicken Sie, und ich besorge uns ein Hotelzimmer. Für ein paar Tage. Soll ich?«
»Nein«, sagte Matilda, »ein Hotelzimmer ist blöd. Ich komme – für ein paar Tage zu Ihnen.«
Doktor Schrobacher beugte sich über sie und küßte sie auf den Mund. Zwischen den Bartstoppeln fühlten sich seine Lippen weich an. Wieder diese Wärme von Laub, dachte Matilda. Warm und zart, ja, wie Blätter in der Frühlingssonne. Ehe sein Mund sich zurückzog, öffnete sie den ihren. Und gleichzeitig schien ihr ganzer Körper sich zu öffnen.
Als an die Tür geklopft wurde, richtete Doktor Schrobacher sich auf.

Es war Jovanka, die mit dem Frühstückstablett ins Zimmer trat. Auf halbem Weg zum Bett blieb sie stehen.
»Au weh«, sagte sie, »hab ich gestört, oder?«
»Wir haben uns nur geküßt«, sagte Matilda.
»Nur!« Jovanka kam näher und stellte das Tablett ab. »Gibt keine *Nur*, wenn ein Kuß macht so heiß die Gesichter, wie Sie beide haben. Nicht oft zum Sehen, so scheene rote Gesichter. Soll ich Ihnen Butter auf Semmel streichen?«
»Ja, gern«, sagte Matilda.
Doktor Schrobacher stand auf und glättete sein Sakko.
»Ich hole Sie ab, Matilda«, sagte er, »jetzt muß ich zu Pauline. Und dann habe ich ein paar Patienten. Ich hole Sie gegen Abend ab.«
»Ja«, sagte Matilda.
Als Doktor Schrobacher das Zimmer verlassen hatte, stellte Jovanka den Teller mit den butterbestrichenen Semmelhälften auf Matildas Schoß.
»Heite schon Sie gehn weg?« fragte sie. Ihr gelber Haarschopf war diesmal unter einem Tuch versteckt, das sie im Nacken geknotet hatte. Ihr Gesicht sah klar aus, wie ein hellbrauner, vom Wasser geschliffener Stein.
»Er ist Arzt. Er paßt auf mich auf«, sagte Matilda.
»*Er* paßt auf!« Jovanka lachte. »Egal, ob ist Arzt, ob nicht – *er* paßt auf, oioioi! Ist aber scheene Mann, gratuliere!«
»Sie sind heute guter Laune, stimmt's?«
Matilda biß von der Semmel ab und nahm einen Schluck Kaffee. Jovanka hob die Arme und zog ihr Tuch im Nakken fester.
»Stimmt's, Laune sehr gut. War gutes Nacht heite – zu Haus, im Bett – wissen schon. Mann nix besoffen – Kinder gut schlafen – Mann und ich auch – sehr gut schlafen, miteinander. Ist besser wie Urlaub, das. Nix miede nächste Tag.«

»Bravo«, sagte Matilda kauend.
»Frau ist wie Blume. Muß man gießen. Stimmt?«
»Stimmt«, sagte Matilda.
Das Zimmer war jetzt taghell. Jovanka goß den restlichen Kaffee in die Tasse, und behielt sie in der Hand, als sie weitersprach.
»War ich nicht in jugoslawische Krieg, bin schon früher weg von zu Haus, aber sind Vater und Mutter gestorben. Und kleine Bruder. Bin ich Ausländer hier, und wird man immer bleiben. Kinder vielleicht – später – werden Menschen. Aber Mann und ich sind nix Menschen hier. Sind nur Menschen – wenn lieben sich – Sie verstehn? Drum – faules Mannsbild, weiß ich, und Säufer – aber gibt mir – sagt man *Würde*?«
Matilda nickte.
»– gibt mir Würde im Bett.«
Jovanka stellte die Kaffeetasse ab und nahm das Tablett an sich.
»Schade, Sie gehen«, sagte sie und lächelte zu Matilda herunter. Dann drehte sie sich um und verließ das Zimmer.
Kleine Windstöße hatten sich erhoben und bewegten wieder leise klappernd die Jalousien. Es muß ein grauer Tag sein, dachte Matilda, das Licht im Zimmer ist grau. Der Eindruck von Jovankas rotgemustertem Kopftuch schien sich wie eine Wolke aufzulösen, wie etwas, das sie zurückgelassen hatte. Matilda hob die Hand und hielt die Wolke fest, ehe sie gänzlich zerflossen war. Da. Sie stand rötlich und gebauscht im Raum. Neben ihr bildete sich eine andere Wolke, zeitlos blau wie Kornblumen. Natürlich, sagte sich Matilda, die mußte sein. Und auch die nächste langgezogene Wolke, blau-weiß gestreift. Und dahinter das pfingstrosenfarbene Gewölk. Natürlich

wird man heimgesucht, auch von Wolkenfarben. Immer mehr schwebende Gebilde aus verdichteter Luft füllten das Zimmer, der Wind aus den geöffneten Oberlichten des Fensters brachte sie in Bewegung. Da gab es plötzlich safrangelbe Wölkchen. Einen dicken violetten Wolkenklumpen. Schleier aus hellstem Apfelgrün. Dazwischen eine schneeweiße Schäfchenwolke. Solche flogen in Scharen über die Blumenplantage, damals, und Mela deutete hinauf und sagte: *Schau, Schäfchenwolken!* Aber als Tildi den Kopf hob, sah sie vor allem den Bluterguß unter Melas Auge, und die schwarzblauen und lila Flecken auf Wange und Hals. Lieber Wolken sehen, die so aussehen. Bitte, da sind sie schon. Schwarzblau, wie vor drohendem Gewitter. Lila, wie das Gewölk am Horizont, lange nach Sonnenuntergang und ehe die Nacht anbricht. Sehr feierlich und dunkel. Auch auf Melas Gesicht hatten die Mißhandlungen eine gewisse feierliche Pracht entzündet, sie sah aus wie eine aztekische Gottheit, als sie so gegen Himmel wies. Ich brauche heute hellere Farben, dachte Matilda, und schuf sich mehrere runde Wolken in Pastell. Eine, rosa wie Zuckerguß, eine andere hellgrün wie Pistazieneis. Eine gelbe erinnerte an Honigmilch. Habe ich Appetit auf was Süßes? dachte Matilda, es scheint so. Da. Da fliegen sie, zart wie Wattebäusche. Die ist hübsch, helles Orange, wie der erste Morgenschimmer über dem Horizont. So einen Horizont mal zu sehen … Am Meer. Oder in der Wüste. Aber *ich sehe* ihn ja, was rede ich. Ich sehe das, was ich mir zu sehen wünsche. Sonst würde ich es ja nicht wünschen. Da. Da liegt es vor mir, dunkel und rauh, das Meer bei Sonnenaufgang. Und jetzt Wüste, flach, steinig, endlos. Ich stehe mittendrin. Der Mond geht unter, die Sonne geht auf, beides zur gleichen Zeit. Ich kann alles sehen, was ich

mir zu sehen wünsche. Und die eine runde orangegelbe Wolke nehme ich in die Hand und spiele Ball mit ihr. Ätsch. Ich werfe sie durch den Raum. Schau, wie sie fliegt. Jetzt prallt sie ab und kommt zu mir zurück. Nochmals geworfen, Richtung Tür. Au, das wollte ich nicht, sie ist Doktor Iris Schlemm an den Kopf geflogen.
»Was ist denn?« fragte die Ärztin. »Schmerzen?«
»Nein, nein«, sagte Matilda.
»Weil Sie *Au* sagten, als ich hereinkam.«
Doktor Schlemms Blick war auf ein Blatt Papier geheftet, das sie in den Händen hielt, und sie kam langsam auf das Bett zu. Da bringt sie mir doch tatsächlich wieder ein Fax, dachte Matilda.
»Da bringe ich Ihnen doch tatsächlich wieder so einen Brief«, sagte die Ärztin, »obwohl ich anfänglich strikt dagegen war. Aber die Sekretärin meinte, wenn schon, dann sollten Sie den auch noch lesen. Oder zumindest in der Hand haben.«
Sie hob den Kopf. Ihr braungebranntes Gesicht sah müde aus, die Augenfältchen schienen sich vermehrt zu haben.
»Ich hatte nachts zwei Notoperationen und habe kein Auge zugetan, drum war ich wohl leicht zu überreden. Da, nehmen Sie, lesen Sie, aber laufen Sie nicht wieder weg.«
»Ich gehe heute noch weg«, sagte Matilda.
»Das ist was anderes«, die Ärztin legte den Brief auf die Bettdecke, »aber Ihr Begleiter soll sich Instruktionen holen, ehe er Sie mitnimmt. Die Schwester wird Ihnen zum Abschied einen nagelneuen Verband machen.«
»Danke.«
Doktor Iris Schlemm sah sie wieder prüfend an. Und das, obwohl sie kaum noch zwischen ihren Wimpern hervorsieht vor Müdigkeit, dachte Matilda, ihre Augen

sehen aus wie Gestrüpp um zwei winzige Teiche. Aber sie muß prüfen, was sie umgibt.
»Sie sind doch verheiratet«, sagte die Ärztin.
»Ja«, sagte Matilda.
»Ihr Mann ist nett, ich hab kurz mit ihm gesprochen.«
»Ja.«
»Bringt Ihr – Begleiter Sie heute nach Hause?«
»Er bringt mich nicht zu meinem Mann.«
Jetzt wird sie *Aha* sagen, dachte Matilda.
»Aha«, sagte Doktor Schlemm. Sie stand mit ihrem weißen Mantel und weißblonden Haaren aufrecht vor Matilda, hell wie eine Lampe. »Es geht mich ja nichts an«, fuhr sie fort und verschränkte ihre Arme am Rücken, »aber Ihre Situation scheint mir nicht ungefährlich zu sein. Diese andere Frau ist verrückt. Und läßt sicher nicht locker. Auch muß es da eine Art unauflösbarer Verbindung geben, zwischen ihr und – er heißt doch Schrobacher? – zwischen den beiden eben. Obwohl es mir nicht zusteht, rate ich Ihnen, nach Hause zurückzukehren. Zu Ihrem sehr netten Mann.«
»Danke«, sagte Matilda.
»Wieso danke?« fragte die Ärztin, »wofür denn?«
»Für Ihren Rat.«
»– den Sie nicht befolgen werden.«
»Den ich nicht befolgen werde.«
Doktor Iris Schlemm seufzte und zuckte mit den Schultern.
»Uns allen ist nicht zu helfen«, sagte sie, »unsinnig, sich irgendwo einzumischen. Auch wenn einem das Messer blitzklar vor Augen steht, in das der andere laufen wird – man kann niemanden aufhalten.«
»Von Messern hab ich jetzt, glaub ich, genug«, sagte Matilda.

Da lachte die Ärztin plötzlich. Es sah aus, als würde ihr Gesicht explodieren. Vielleicht, weil sie selten lacht, dachte Matilda.

»Das war eine unpassende Metapher, Sie haben völlig recht«, sagte Doktor Schlemm und wandte sich zum Gehen.

»Mag sein«, rief Matilda ihr nach, »daß es dort, wo ich hinlaufe, keine *klaren Verhältnisse* gibt – von denen reden Sie doch? – Aber da ich nicht mal sicher bin, in welche Richtung ich laufen soll, ist sowieso alles unklar. Warum interessiert Sie eigentlich, was ich tue?«

Doktor Iris Schlemm drehte sich noch einmal zu ihr um. Sie schien zu überlegen.

»Vielleicht, weil ich selbst aufgehört habe, zu leben«, sagte sie dann. Sie nickte Matilda zu und ging. Ihre kurzgeschnittenen Haare glichen einer kleinen hellen Welle, ehe sie das Zimmer verließ.

WIEDER, BITTE, FRAU MATILDA BAUER ÜBERGEBEN!!!!

(dank an das Personal, daß es beim letzten Mal geschah, ich wußte doch, das funktioniert. Nur weiter so)

Matilda, mein Schatz.

Dir geht es also wieder recht gut. Schade. Aber das Positive daran ist, daß ich Dich nicht verloren habe. Ich werde eine Weile aus dem Verkehr gezogen bleiben (auch keinen Verkehr, *Du verstehst … Schrobbi wird rotieren …), und da brauche ich das Gefühl Deiner irdischen Anwesenheit. Ich stoße keine Nadeln in Stoffpuppen. Ich bohre meine Ge-*

danken in Dich ein, spürst Du's? Das wird ärger werden, verlaß Dich drauf ... Was sagst Du übrigens zu dem neuen Kosenamen, den ich unserem Schrobacher verpaßt habe? SCHROBBI! Ich finde ihn toll.
Der Schrobbi schrubbt mir meinen Fuß
geb ich ihm dafür einen Kuß
Ich muß stilistisch unter meiner Form bleiben, weil ich ja geistig unzurechnungsfähig bin. Für eine Weile. Deshalb kann ich auch meine Haltung aufgeben, die, mit der Du mich kennengelernt hast. Ich kann fluchen wie ein Kutscher, wenn ich will. Und ich kann Dir sagen, daß Du auf meiner Abschußliste stehst – muß es nicht nur in meinen Eingeweiden fühlen, als etwas Unausgesprochenes. Schrobbi wuselt hier im Gefängnis herum, bald hat er mich im Irrenhaus. Pardon, in der Klinik. Hihihihi.
Glauben Sie aber ja nicht, ich sei wirklich von Sinnen. Sobald ich bei den Meschuggenen untergebracht bin, lasse ich mir von Schrobbi mein Arbeitsmaterial bringen, und dann geht es weiter. Ich werde Sie in die Jessica-Jakob-Geschichte einführen wie ein Klistier. Der Wahrheit entsprechend eben. Ihren Namen weiß ich schon. LYDIA. Sie werden Lydia heißen, und eines grausamen Todes sterben. Vorerst aber tauchen Sie dort am Meer auf, ein einsamer Badegast, grade einer nichtssagenden Ehe entflohen. Mit einem schwarzen einteiligen Badeanzug und riesigen Titten wird Jakob Sie dort im Sand liegen sehen. Auf einem kornblumenblauen *Badetuch (wer sagt's denn – ich kenne mich aus, was? Weiß ebenfalls, was schön ist. Auch am Schrobacher). Der Mordsbusen wird Jakob gefallen. Das Gespräch wird ihn animieren. Er wird mit Lydia am Strand entlanggehen, bis dorthin, wo nur noch Dünen sind. Die beiden werden eine Düne besteigen. Ich will nicht verraten, was die beiden sehen werden, von da oben ...*

ALLES IST OFFEN, geliebte Matilda-Lydia. Nur der Tod ist sicher. In diesem Fall der Mord.
Für ewig bleibe ich auch nicht in der Klinik. Eines Tages kann ich den umgekehrten Weg gehen, und das, was aufgeschrieben ist, in Wirklichkeit umsetzen. Da mir mißlungen ist, die Wirklichkeit nach meinen Wünschen zu formen, um sie dann aufzuschreiben … Egal. Trotzdem geschieht, was ich will. Trotzdem ist das alles meine Geschichte. *Sie und Schrobbi, ihr seid meine Figuren und ich placiere Euch nach Belieben. DAS IST MACHT. Sicher staunt das ganze Krankenhaus, daß mir wieder gelungen ist, diesen Brief aus dem Gefängnis faxen zu lassen, aber alles geht leicht mit Männern. Man muß nur mit ihren Schwänzen plaudern … Huh! Ich sehe Matildchen ihr reines Antlitz verhüllen. Aber ich darf unanständig sein. Ich bin verrückt. Ich sage Ihnen, Matilda, es ist die reinste Wonne, vielleicht bleibe ich dabei. Es steigert Macht. Jessica ist auch verrückt, das wird die Geschichte hochpeitschen.* Verrückte Autorin beschreibt Wahnsinn. Führt beschriebenen Mord aus. *Wenn das kein Erfolg wird. Nur werden Sie ihn nicht mehr erleben, Liebste. Ich muß jetzt schließen, der Briefabholer mit seinem Pimmel naht. Auf ewig Ihre Pauline.*

Als Mela den Kopf zur Tür hereinstreckte, war Jovanka gerade dabei, das Jausengeschirr wieder abzuholen.
»Tritt näher«, sagte Matilda, »hier sind nur Freunde.«
Mela trug einen Koffer. Sie setzte ihn neben dem Bett ab und küßte Matilda auf beide Wangen. Dann reichte sie Jovanka die Hand.

»Ist Mutter, was?« sagte diese, »freindliche Frau, wie Tochter!« und schüttelte einige Male kräftig Melas Hände.
»Werfen Sie sie nicht um«, sagte Matilda.
»Richtig. So feine Dame, und ich rüttel an ihr wie an ein Obstbaum! Müssen entschuldigen.«
Jovanka hatte Mela losgelassen und füllte das Tablett mit benütztem Teegeschirr.
»Das ist Jovanka«, sagte Matilda, »Jovanka Smelic.«
»Freut mich«, sagte Mela und setzte sich auf das Fußende des Bettes. Sie trug eine dunkelblaue Baskenmütze.
»Ist die gut gegen Migräne?« fragte Matilda.
»Du bist wieder o.k.«, sagte Mela und nahm die Kappe ab.
Jovanka stand mit dem vollen Tablett vor Matilda. Der kleine Riß zwischen ihren Brauen schien sich plötzlich vertieft zu haben.
»Sag ich Adieu«, sagte sie, »ist für mich Dienstschluß jetzt.«
»Adieu«, sagte Matilda.
»Gott sei mit Sie.«
»Lieber die *Würde*, Jovanka. Die soll auch mit Ihnen sein.«
Jovanka nickte. »Haben recht«, sagte sie, »Würde, da weiß man, was ist. Kann man gut brauchen hier. Gott ist viel weg.«
An der Tür schaute sie nochmals zurück und zwinkerte Matilda zu.
»Nicht vergessen – Blume muß man gießen!«
»Ich werd mein Möglichstes tun«, sagte Matilda.
Jovanka stieß mit dem Ellbogen die Tür auf, und sie fiel hinter ihr geräuschvoll wieder ins Schloß.
»Hast du mit deiner jugoslawischen Freundin Haus-

frauenprobleme erörtert?« fragte Mela, »ich hab dich noch nie übers Blumengießen sprechen hören.«
»Das war auch nur bildhaft gemeint«, sagte Matilda.
»Ach so.«
»Deshalb brauchst du aber nicht gleich rot zu werden.«
»Ich werde nicht rot.« Mela stand auf und trat ans Fenster. »Du gehst also zu Doktor Schrobacher. Er hat bei mir angerufen und mich gebeten, dir ein paar Sachen ins Spital zu bringen. Ich habe sie geholt, als Anton im Museum war, und er wird nicht merken, daß etwas fehlt, bei eurer Unordnung. Soll ich ihm sagen, wo du bist?«
»Halte das, wie du willst.«
»Bleibst du dort?«
»Mela!«
Matilda hatte sich aufgerichtet und versuchte, das abgewandte Profil ihrer Mutter zu deuten. Was hat sie plötzlich? Was für eine Farbe in ihrer Stimme, grau, wie das Licht über ihrem Haar.
»Mela, falls du etwas Ähnliches wie eifersüchtig sein solltest, bitte ich dich, mir das zu sagen. Ich weiß nicht, wohin ich gehe, ich weiß nicht, wo ich bleibe, ich versuche zu leben. Laß endlich deine Haltung fahren, schrei meinetwegen herum, aber dreh dich jetzt *ja* nicht lächelnd um und sag, daß du nichts hast, und schon gar nicht eifersüchtig bist.«
Mela drehte sich um und lächelte nicht.
»Ich bin nicht eifersüchtig«, sagte sie, »aber ich habe etwas. Ich habe Angst um dich.«
»Aber warum? Warum jetzt mehr als sonst?«
»Weil du weggehst.«
»Ich gehe ein paar Tage zum Schrobacher.«
»Er hängt an einer anderen Frau. Anton hat mir von diesem schrecklichen Brief erzählt. Und in eurer Wohnung

hing ein anderer am Faxgerät, an Anton gerichtet. Ich hab ihn abgetrennt und in deinen Koffer gelegt. Diese Frau läßt den Schrobacher nicht los. Du wirst in ein Netz anderer Wirklichkeiten geraten, und das beängstigt mich.«

»Leider kann ich dir nicht helfen.« Matilda legte sich wieder in das Kissen zurück. »Mit dieser Angst um mich mußt du leider allein fertig werden. Ich glaube, es ist das, was Mütter im allgemeinen müssen.«

»Ja«, sagte Mela.

Sie wandte sich wieder dem grauen Licht der Straße zu, man hörte Autos vorbeifahren.

»Was für ein trüber Tag«, sagte sie, »seit dem Morgen diese tiefe Wolkendecke. Und dazu ist es schwül.«

»Was willst du damit sagen?« Matilda hatte die Augen geschlossen. »Daß du *deshalb* ängstlich und nervös bist? – Du brauchst nicht schon wieder nach Entschuldigungen suchen.«

»Wann holt er dich ab?« fragte Mela.

»Bald, glaube ich.« Ich bin müde, dachte Matilda. Ich möchte einschlafen und von niemandem abgeholt werden. Ich möchte versinken. In einem meiner Träume hängenbleiben und nicht mehr auftauchen.

Der Regen prasselte gegen die Windschutzscheibe, und die Scheibenwischer mühten sich ab. Ihr regelmäßiges Hin und Her erschuf kurz zwei Segmente Durchsicht, die sich sofort wieder mit Nässe bedeckten. Dieses rhythmische *Tack-Tack* und der Lärm des aufprallenden Regens erfüllten das Auto. Doktor Schrobacher saß vorgebeugt am Steuer und versuchte, Straßenränder und Verkehrszeichen nicht zu übersehen. Es war bereits dunkel, und die Lichter kamen wie verschwommene Explosionen auf sie zu, zerfaserten sich hinter den nassen Scheiben, schlugen ihnen grell ins Gesicht, und lösten sich wieder auf. Als würde alles schwimmen, dachte Matilda, dieses Auto, die Straßenlampen, die Scheinwerfer, alles ins Wasser geworfen, schwimmend, kämpfend, die Lichter wie Schreie, und zuletzt der Untergang, das Verschlucktwerden.

»Scheißwetter«, sagte Doktor Schrobacher und rieb mit seiner Handfläche einen freien Kreis ins beschlagene Seitenfenster, »das will heuer nicht aufhören.«

»Was?« fragte Matilda.

»Dieser plötzliche wilde Regen, immer wieder.«

»Deshalb habe ich meinen Regenschirm dabeigehabt.«

»Das stimmt. Und ich bin Ihnen deshalb hinterhergelaufen. Also kein Scheißwetter.«

Matilda sah über dem erleuchteten Armaturenbrett sein unrasiertes Kinn, er trug ein frisches weißes Hemd. Sie lehnte in ihrem Sitz, die Hände im Schoß gefaltet. Der vor der Entlassung aus dem Spital erneuerte Verband zwickte ein wenig über den Schulterblättern, aber sonst fühlte sie sich wohl. Doktor Schrobacher war später gekommen als gedacht, und sie hatte die Zeit verschlafen. Mela mußte irgendwann gegangen sein, sie war jedenfalls nicht mehr im Zimmer, als Matilda aufwachte. Jetzt sitzt sie vor dem Fernsehapparat, oder versucht, zwischen ihren verblichenen Mohnblumen ein Buch weiterzulesen, und macht sich doch nur Sorgen. Matilda hob die Hand und zeichnete mit dem Finger ein wackeliges Herz in die feuchte Scheibe neben sich. Hat mich nicht in

der Wohnung über sich, sicher verwahrt im selben Haus, die böse Welt ist über mir zusammengeschlagen.
»Wem gilt dieses Herz?« fragte Doktor Schrobacher.
»Meiner Mutter Mela, glaube ich. Sie ist allein.«
»Sie ist erwachsen.«
»Nein«, sagte Matilda, »sie wird nur alt.«
Sie sah hinter den zerfließenden Spuren des Herzens nahe Sträucher vorbeiwehen.
»Wohin fahren wir?«
»Zu mir.«
»Wohnen Sie nicht dort, wo wir unsere Sitzungen hatten?«
»Dort habe ich ein privates Zimmer, ja. Mit Duschkabine und Kochplatte, ganz das, was Pauline verdrängt, wenn sie ihren tollen Exmann beschreibt. Da bleibe ich, wenn ich arbeiten muß. Aber morgen ist Samstag.«
»Und?«
»Für die Wochenenden habe ich eine Hütte.«
»Eine Hütte?«
»Haus wäre zuviel gesagt. Aber rundherum ist Land. Sie wollten doch immer aufs Land, Matilda.«
Die Straßenlampen wurden langsam spärlicher, und immer wieder unterbrachen nasse Gärten die Häuserzeilen. Matilda hatte das Herz wieder verwischt und versuchte, aus dem Fenster zu schauen. Sie befanden sich in der Vorstadt, aber in welcher, wußte sie nicht.
»Ich bin wenig in dieser Stadt herumgekommen«, sagte Matilda, »obwohl ich seit zweiunddreißig Jahren in ihr lebe.«
»Sind Sie nie neugierig gewesen?« Doktor Schrobacher mußte plötzlich abbremsen und legte seinen rechten Arm blitzschnell auf Matilda, um ihr eine ruckartige Vorwärtsbewegung zu ersparen. »Verzeihung«, sagte er, als sie wieder ruhig weiterfahren konnten.

»Ich glaube, ich bin immer neugierig gewesen. Aber nicht auf diese Stadt. Auf nichts, das man sich anschauen kann. Ich war immer neugierig auf was anderes.«
»Auf was anderes?«
»Auf das, was es nicht gibt.«
Sie kamen zu einer Ampel, die ihnen rot entgegenleuchtete, und mußten stehenbleiben. Die breite Ausfallstraße war leer, ihr Auto schien plötzlich das einzige zu sein, das noch unterwegs war. Nach wie vor schlug der Regen auf das Wagendach, der Motor vibrierte im Stehen.
»Pauline ist heute in die Psychiatrie überstellt worden«, sagte Doktor Schrobacher. Matilda nickte.
»Warum nicken Sie so, als hätten Sie's gewußt?«
»Sie wollten das doch erreichen«, sagte Matilda.
»Es ging schneller, als ich dachte.«
»Nicht für Pauline.«
»Wie bitte?« Doktor Schrobacher drehte den Kopf zu ihr hin.
»Sie hat mir geschrieben, daß Sie sie schnell im Irrenhaus haben werden.«
»Sie hat Ihnen wieder *geschrieben*?«
»Gefaxt«, sagte Matilda.
Die Ampel wurde grün und Doktor Schrobacher fuhr weiter.
»Haben Sie den Brief aufgehoben?«
»Nein«, sagte Matilda.
»War es wieder so ein –?«
»Es war wieder so ein Brief.«
Der Regen fiel jetzt gleichmäßiger. Er sauste vor den Scheinwerfern herab, als würden sich abertausend goldene Nadeln in den Asphalt bohren. Die Häuser am Straßenrand blieben zurück, nur Dunkelheit tat sich zu beiden Seiten auf.

»Sie *ist* verrückt«, sagte Doktor Schrobacher.
»Dann ist ja alles in Ordnung«, sagte Matilda, »und Pauline dort, wo sie hingehört.«
»So kann man's auch sehen.«
Doktor Schrobacher betätigte den Blinker und fuhr von der großen Straße ab. Sie kamen auf eine schmale Fahrbahn, die von Alleebäumen begleitet wurde. Die Scheinwerfer rissen die nassen Stämme, einen nach dem anderen, ins Licht, und schnell versanken sie hinter ihnen wieder in der Schwärze, die das Auto vorwärtszuschieben schien. Der brüchige Asphalt vor ihnen war von Pfützen übersät, die kleine Straße wurde immer kurviger und schlängelte sich leicht bergauf. Doktor Schrobacher fuhr jetzt langsamer als zuvor.
»Sie sind also neugierig auf das, was es nicht gibt«, sagte er, nachdem sie eine Weile geschwiegen hatten.
»Ja«, antwortete Matilda, »auf das, was es nicht wirklich gibt. Aber das wissen Sie ja, es war weitgehend unser Gesprächsthema.«
»Ihre Neugier wurde umgeleitet. Weil Sie das, was es wirklich gibt, nur dürftig kennengelernt haben.«
»Eine Sitzung?« fragte Matilda, »im Auto?«
»Nur eine Feststellung. Sie *mußten* sich Leben erfinden.«
»Jetzt fahren wir durch die Nacht, es regnet, und ich bin neugierig auf Ihre Hütte. Immerhin.«
Doktor Schrobacher nahm die rechte Hand vom Steuer und legte sie auf Matildas Kopf. Er kraulte ihr Haar, zärtlich, wie man das Fell eines geliebten Hundes krault. Dann ließ er sie auf ihren Nacken hinuntergleiten und warm auf ihrer nackten Haut liegen. Die Wärme seiner Hand zog wie ein sanfter Schauer bis in ihre Zehenspitzen, Matilda fühlte, wie ihre Schenkel schwer wurden

und sich weiteten. Dort, wo man in ihren Rücken gestochen hatte, schienen sich Flügel zu bewegen.
»Und ich bin neugierig auf dich«, sagte Doktor Schrobacher.
Der Regen fiel weniger heftig, und hinter den angestrahlten, vorbeigleitenden Alleebäumen waren Wiesen und Feldränder zu erkennen, die Gräser und Halme von der Nässe niedergedrückt. Wohin fahre ich, dachte Matilda, und folge ich diesmal wirklich einer Neugier? Hat Mela recht, und ich lasse mich auf Wirklichkeiten ein, die mich erdrücken? Hat der Schrobacher recht, und ich habe mich aus dem Leben davongelebt? Wie einer sich aus einem Haus stiehlt, das ihn unheimlich umgibt, und auf der Schwelle sitzenbleibt, mit eingezogenem Kopf und geschlossenen Augen, die Bilder nur noch in sich suchend? Bin ich verrückt wie Pauline, etwas weniger aggressiv, aber noch entschiedener auf der Flucht? Was tue ich neben diesem Mann, dessen Hand mir warm im Nacken liegt wie ehemals meine Katze Pelerine? Warum bleibe ich nicht dort, wo ich frei war, Herrin des Geschehens, weil ich es erfand? Und versinken ließ, was mich quälte? Wie kann ein Mensch *das Leben aushalten*, so, wie es ist?
»Ich möchte – umkehren«, sagte Matilda plötzlich.
Doktor Schrobacher nahm die Hand von ihrem Nacken, fuhr an den Straßenrand unter die Bäume, und stellte den Motor ab. Sofort wurde es sehr still, es regnete nur noch sacht.
»Warum?« fragte Doktor Schrobacher.
»Es ist –« Ich weiß nicht, was ist, dachte Matilda, ich weiß nicht, wie man Panik erklärt.
»– alles wieder einmal zu wirklich?« Doktor Schrobacher hatte ihr seinen Körper zugedreht, sich aber gleichzeitig

zurückgelehnt, als müsse er sie aus möglichst großer Distanz anschauen. Sie beide wurden von den Lichtern des Armaturenbretts von unten her beleuchtet, wir sehen aus wie Wachsfiguren, dachte Matilda, wie unheimliche Schaufensterpuppen in einer kleinen erhellten Auslage mitten in dieser riesengroßen Nacht. Ob Tiere uns sehen? Rehe im nassen Feld die Köpfe heben und sich wundern?

»Matilda.«

Niemand läßt meinen Namen so rund auf mich zurollen. Ihn so blau, tiefblau werden. Mein Name füllt das Innere des Autos, die Rehe und Füchse müßten jetzt ein blaues oszillierendes Licht sehen, als wäre in den Feldern ein Stern gelandet.

»Matilda«, sagte Doktor Schrobacher noch einmal.

Sie schwieg. Der Regen schien aufgehört zu haben, aber Feuchtigkeit beschlug die Autofenster. Die Feuchtigkeit von außen, und ihrer beider Atem von innen her. Doktor Schrobacher kurbelte die Scheibe neben sich herab. Die Nachtluft war lau, es tropfte leise aus den Bäumen.

»Wir sind ja wirklich am Land«, sagte Matilda.

»Ja. Und mehr als diese Wirklichkeit wird Sie nicht bedrängen. Das Land – und meine Arme, wenn Sie wollen. Ganz sachte nur, denn Sie haben ein Loch im Rücken. Fahren wir weiter?«

»Ja«, sagte Matilda, und Doktor Schrobacher ließ den Motor an, schwenkte zurück auf die Straße und fuhr weiter. Er ließ das Fenster offen, die Luft wehte herein und roch nach nassen Wäldern.

»Gibt es hier auch Wälder?« fragte Matilda.

»Ja, auch. Aber hauptsächlich Hügelland, davor Ebene, Felder und Wiesen. Eine unspektakuläre Gegend, *nur Landschaft* sagen die meisten und finden es langweilig

hier. Das tut der Landschaft gut, sie darf vorläufig noch sie selbst bleiben.«
»Liegt Ihre – Hütte – unterhalb eines Hügels?« fragte Matilda.
»Ja. Wieso?«
»Davor flaches Land?«
»Es gibt einen weiten Blick, ja. Aber erst hinter den Bäumen.«
»Stehen Bäume um Ihr Haus?«
»Ja, aber keine Obstbäume. Ahorn, Holunder, sowas.«
»Wächst Efeu drüber?«
»An der Rückwand, ja.« Doktor Schrobacher sah zu ihr hinüber. »Matilda. Kennen Sie das Haus?«
»Ja«, sagte Matilda.

Die schmale Straße führte plötzlich eine Weile bergab, und durch einen Laubwald. Nasse Blätter klebten auf dem schlechten Asphaltbelag, es roch nach Pilzen. Als das Wäldchen hinter ihnen lag, bog Doktor Schrobacher auf einen Weg ab, in dessen Mitte Gras wuchs. Die kiesgefüllten Fahrstreifen knirschten unter den Rädern, und Matilda sah im Scheinwerferlicht hohe Wiesenränder voll blühender Schafgarbe. Nach kurzer rumpelnder Fahrt eine heftige Rechtskurve, und das Auto hielt. Der Stamm eines Baumes glänzte wie der Leib eines riesigen nassen Reptils direkt vor den Scheinwerfern, bis Doktor Schrobacher sie abdrehte. Jetzt saßen er und Matilda in völliger Finsternis. Nur langsam gewöhnten ihre Augen sich daran, etwas auszunehmen, den dunklen Umriß des

Baumes jetzt, und seitlich, hinter Sträuchern, die Helligkeit einer Hauswand.
»Ich werde vorausgehen. Bleiben Sie noch sitzen«, sagte Doktor Schrobacher, öffnete die Wagentür und stieg aus. Er entfernte sich in die Dunkelheit, seine Gestalt verschmolz mit den Schatten, die um das Haus lagen. Dann plötzlich das Aufflammen von Licht. Die Lampe über einer Haustür. Sie beleuchtete eine Hecke weißer Rosen, die von einem Spalier aus wild in sie hineinwuchs. Matilda sah durch den Schattenriß der Sträucher, daß Doktor Schrobacher einige der schweren und nassen Blüten zur Seite schob und das Haus betrat. Ein Raum im Inneren wurde erleuchtet. Matilda öffnete vorsichtig ihren Wagenschlag, richtete sich auf, und stieg langsam aus. Als sie aufrecht stand, streiften feuchte Ahornblätter ihr Gesicht. Sie hörte, wie Fensterläden geöffnet wurden, und sah danach Doktor Schrobachers Umriß in den hellen Fensterausschnitten vorbeigleiten. Der Pfad zwischen den Sträuchern, der zum Haus führte, war jetzt zu erkennen, und Matilda ging mit kleinen Schritten darauf zu. Nicht stolpern, dachte sie, und setzte einen Fuß behutsam vor den anderen. Die tropfenden Büsche rochen stark nach feuchtem Laub. In der Nähe des Hauses gab es kurzes Gras, das Matildas Schuhe naß werden ließ. Als sie sich dem Lichtschein näherte, der aus der Tür fiel, kam ihr Doktor Schrobacher entgegen.
»Aufpassen«, sagte er, »ich wollte Sie herführen.«
»Bin schon da«, sagte Matilda und ergriff seinen Arm. Es gab zwei hölzerne Stufen, über die er ihr half, und sie neigten beide ihre Köpfe unter die herabhängenden Rosen. Trotzdem berührte eine von ihnen Matildas Wange und ließ eine feuchte Spur zurück. Wie nach einem kalten Kuß, dachte Matilda, und strich sich über das Ge-

sicht. Doktor Schrobacher schob sie sanft vorwärts. Das Haus schien aus einem einzigen, recht großen Raum zu bestehen, in dem sich wenig Mobiliar befand. Ein quadratisches Bett unter einer rotgemusterten Decke. Ein Tisch mit einigen Sesseln. Seitlich führte eine schmale und steile Holztreppe ins Dunkel hinauf, und unter ihrer Schräge versteckte sich eine kleine Küche mit Geschirrborden.

»Noch ist es ein wenig klamm hier drinnen«, sagte Doktor Schrobacher, »aber alle Fenster sind offen und die Nacht ist warm. Ich hoffe, daß Sie die Nachtfalter und Insekten nicht stören. Mir macht das nichts.«

»Mir auch nicht«, sagte Matilda.

Doktor Schrobacher führte sie zu einem stoffbezogenen Armstuhl und ließ sie vorsichtig hineingleiten. »Bleiben Sie hier sitzen«, sagte er, »bis ich Ihren Koffer hereingeholt habe. Und unser Abendessen. Dann mache ich Ihnen das Bett zurecht.«

Als er sie verlassen hatte, nahm Matilda wahr, daß durch die geöffneten Fenster tiefe nächtliche Stille hereindrang. Nur die Bewegung des Laubes und der Atem lautloser und unsichtbarer Tiere. Abgeschirmte Lampen erleuchteten den Raum, der sie umgab, als würde der Nacht draußen mit dem Schatten geantwortet, den hier drinnen alles warf. Was jedoch die Lichtkreise erfaßten, trat deutlich hervor. Am Herd stand eine Wasserkanne aus blauem Email. Der Fußboden bestand aus alten, polierten Holzbrettern, die unter dem Staub glänzten. Das Muster der Bettdecke enthielt alle Schattierungen von Rot. Wie eine große Wunde, dachte Matilda. Frisches Blut. Und dunkleres, getrocknetes Blut. Ich werde mich später unter eine blutbedeckte, blutverkrustete Bettdecke legen, warum plötzlich dieser Gedanke? Warum denke ich an Blut?

Sie hörte draußen die Autotüren zufallen, und kurz darauf Doktor Schrobachers Schritte im Gras. Als er hereinkam, stellte er den Koffer ab. Dann trug er eine volle Einkaufstüte zum Tisch und begann auszupacken, was sie enthielt.
»Jetzt gibt's nur Spaghetti«, sagte er, »aber dafür morgen! Ein Festmahl, Sie werden staunen. Ich sehe nur nach, ob ich nichts vergessen habe.«
»Das haben Sie heute auch noch besorgt?« Matilda beobachtete Doktor Schrobachers eifriges Gesicht unter der Tischlampe. »Da bringen Sie's fertig, daß Ihre ehemalige Frau innerhalb zweier Tage vom Gefängnis in die Klinik überstellt wird. Sie haben die Nacht sitzend in einem Krankenzimmer verbracht. Dazu hatten Sie heute eine Reihe von Patienten, wenn ich richtig verstanden habe. Und an so einem Tag waren Sie auch im Supermarkt und haben eingekauft. Sie haben sich umgezogen und ein frisches Hemd an. Ich bewundere Sie.«
»*Deshalb?*« Doktor Schrobacher hob kurz den Blick zu ihr her, dann trug er eine Palette Eier und einige Päckchen Butter zur Küche unter der Treppe.
»Es gibt kaum etwas, das ich mehr bewundere.«
Er verstaute weitere Lebensmittel in den Küchenschränken. »Als *was* genau?«
»Als – so vieles an einem einzigen Tag zu tun.«
»Man muß sich organisieren.«
»Eben. *Das* bewundere ich.«
Doktor Schrobacher legte die Tüte Kartoffeln, die er gerade in eine Schüssel leeren wollte, zur Seite, und kam auf Matilda zu. Er stützte sich mit seinen Armen auf die beiden Seitenlehnen ihres Stuhles und sah sie an.
»*Tun* Sie es lieber«, sagte er, »organisieren Sie sich, Matilda. Es geht. Und ist gar nicht sonderlich bewunde-

rungswürdig, wenn ein Verstand so gut funktioniert wie der Ihre.«
»Heute bin ich zu müde«, sagte Matilda, »morgen vielleicht.«
Wenn er lächelt, dachte Matilda, dieses schnelle Lächeln, das wie eine Welle vom Mund in die Augen fließt und gleich wieder verebbt, wird alles beantwortet. Auch die noch nicht gestellten Fragen. Für die Dauer dieses Lächelns scheint die Welt in Ordnung zu sein.
»Legen Sie sich jetzt aufs Bett?«, fragte Doktor Schrobacher.
In die Wunde? dachte Matilda und nickte.
»Eigentlich kann ich alleine gehen«, sagte sie, als er ihr aufhalf, den Arm um sie legte und sie durch den Raum führte. Er schichtete ein paar Kissen, die auf dem Bett lagen, zu einem Hügel, und sie legte sich vorsichtig darauf. Auch die Kissen sind blutig bezogen, dachte Matilda, ein seltsam blutrünstiges Muster hat dieser Stoff. Oder sehe nur ich es so? Vielleicht ist es eine ganz normale rote Bettdecke. Sind es ganz normale Kissen. Rottöne ineinandergeflochten. Warum nicht?
»Sie liegen da wie auf einem Schlachtfeld«, sagte Doktor Schrobacher, »diese Decke war Paulines Idee, ich wollte sie längst schon auswechseln.«
»Sie ist nur ein bißchen zu rot«, sagte Matilda.
»Paulines Vorstellung eines Liebeslagers.«
Doktor Schrobacher holte Matildas Koffer und legte ihn neben sie auf das Bett. *Paulines Vorstellung eines Liebeslagers.* Matilda fühlte ihren Körper starr werden, als müsse er sich zu einem Ding erhärten, einem Gegenstand. Und sie könnte ihn hinterher davonrollen, weg aus diesem Bett, herunterkullern lassen, hinausschubsen, in die Hügel werfen, tief unter der Schafgarbe liegen

lassen. Das rote Bett unter mir tut weh. Jetzt *liege* ich auf einer Wunde. Ich hatte recht.
Doktor Schrobacher beugte sich plötzlich über Matilda.
»Pauline war kaum hier. Es war ihre *Vorstellung* eines Liebeslagers, aber kein Liebeslager. Irre ich mich, oder schauen Sie so aus, als würden Sie sofort davonlaufen?«

Nachtfalter schwirrten durch das Zimmer, als sie aßen. Manchmal schlug einer gegen den Lampenschirm, ein kleiner dumpfer Aufprall, bei dem sie beide die Köpfe hoben. Und sie wieder senkten, wenn der Falter weiterwirbelte.
»Ich mag es nicht, wenn sie verbrennen«, sagte Doktor Schrobacher.
»Das beruhigt mich«, antwortete Matilda und rollte Spaghetti al pesto um ihre Gabel, »ich nämlich auch nicht.«
Die Nacht vor den geöffneten Fenstern war lau und schien die Regenfeuchtigkeit aufgetrocknet zu haben. Ab und zu drang ein Lufthauch, der nach Gras und Laub roch, bis zu ihnen an den Tisch. Die Geräusche der Mahlzeit breiteten sich im Zimmer aus, wie Ringe, die von Steinen ausgehen, die in einen stillen See geworfen werden.
»Ist es hier immer so lautlos?« fragte Matilda.
»Nachts immer«, sagte Doktor Schrobacher, »aber wenn man länger hier ist, kann man Laute hören. Die Tiere kommen nah ans Haus.«
»Ich habe noch nie so eine Stille gehört«, sagte Matilda.

Doktor Schrobacher sah sie vorsichtig an.
»Obwohl Sie – das Haus zu kennen glauben?«
»Ich kenne es nur bei Tag, mit Geräuschen. Meine Schritte im Gras, Windwehen, die Stimmen der Vögel, und so weiter. Nachts war ich niemals hier.«
»Sie meinen – im Traum?«
»Wenn Sie so wollen.«
»Warum hat dann das rote Bett Sie überrascht?«
»Ich habe das Haus nie betreten.«
»Und Sie sind sicher – daß es *dieses* Haus war?«
»Nichts ist sicher. Fragen Sie bitte nicht so, daß ich aufhören möchte zu antworten.«
Doktor Schrobacher wischte sich mit der Serviette den Mund ab und lehnte sich in den Sessel zurück.
»Dann eine andere Frage. Hat es Ihnen geschmeckt?«
»So gut wie schon lange nichts mehr.«
Das Essen in Paulines Wohnung, dachte Matilda. Sie spürte ein leises Pochen im Rücken. Jetzt läge ich gern im Bett, dachte sie, die blutige Decke ist abgenommen worden, er hat es frisch bezogen, es ist eine große weiße Wiege jetzt, ich möchte schlafen.
»Sie müssen ins Bett«, sagte Doktor Schrobacher, »ich nehme aus Ihrem Koffer, was Sie brauchen.«
»Mela hat sicher Pyjamas eingepackt«, sagte Matilda.
Doktor Schrobacher schob das benützte Geschirr zur Seite, stand auf und holte den Koffer. Er warf ihn mit Schwung auf den Tisch und öffnete ihn. Zuoberst lag ein Streifen Papier, und Matilda sah sofort, daß er mit Paulines Schrift bedeckt war. Das Fax an Anton, dachte sie, Mela hat es mir tatsächlich säuberlich mitgegeben. Sie hat heimlich eingepackt, Spuren beseitigt, Irritationsherde entfernt. Sie malt immer wieder drüber, immer wieder drüber, wo Disharmonie den Lack abbröckeln

ließ. Damit alles *bitte* wieder harmonisch glänzen möge, ach, Mela, aufrechte, vom Lächeln geplagte, disziplingeschädigte Mutter mein.
»Ein Brief an Sie.« Doktor Schrobacher gab Matilda das Blatt, ohne es genauer anzusehen, und begann zwischen den Kleidungsstücken nach einem Pyjama zu suchen.
»Nein«, sagte Matilda, »es ist ein Fax an meinen Mann. Von Pauline.«
»*Wie bitte?*«
Doktor Schrobacher hörte auf zu kramen und setzte sich.
»Pauline hat auch an Anton gefaxt.«
»Wußten Sie das?«
»Von Mela. Anton scheint den Brief noch nicht gelesen zu haben, sie hat ihn vom Gerät abgetrennt und mitgehen lassen.«
»Damit *Sie* ihn lesen.«
»Anscheinend.«
»Wie schonungsvoll.«
»Sie wollte Anton schonen und mich informieren.«
Doktor Schrobacher starrte sie an, aber sein Blick schien an einer Überlegung im Inneren, irgendwo hinter den Augen, hängengeblieben zu sein und galt nicht ihr. Steinernes Blau plötzlich, dachte Matilda, Gletscherblau. Ein leichter Windstoß ließ die Bäume vor den Fenstern aufrauschen, es klang wie das Aufseufzen der Blätter im Schlaf.
»Ich möchte ins Bett«, sagte Matilda, »das Dunkelblaue da unten ist ein Pyjama.«
Doktor Schrobachers Augen kamen wieder in Bewegung. Er zog den Pyjama aus dem Koffer und gab ihn Matilda. Dann begann er den Tisch abzuräumen und die Teller abzuspülen. Matilda legte den Faxbrief auf das Bett und

zog sich um. Es ging schnell, da sie über dem Verband ein Kleid angezogen hatte, das sich aufknöpfen ließ. Sie trug keinen Büstenhalter und wandte sich ab, als sie nackt war und die Pyjamajacke überstreifte. Dann schlüpfte sie in die weite Hose, bemüht, den Oberkörper nur wenig zu beugen.
»Badezimmer?« fragte Doktor Schrobacher von der Küchennische her.
»Ja. Aber ich schaffe es jetzt allein.«
Matilda ging langsam zur offenstehenden Tür und über die zwei Holzstufen hinaus ins Freie. Das Gras unter ihren nackten Fußsohlen war noch ein wenig feucht. Sie hob den Kopf und sah, daß der Himmel voller Sterne stand. Die Rosenhecke an der Hauswand duftete schwach. Ich träume, dachte Matilda, ganz klar, ich träume. Schönheit ist immer ein Traum, auch wenn man glaubt, sie sei wirklich. *Woraus* Schönheit besteht, ist nicht wirklich. Nicht wirklich zu fassen. Man gerät in sie, wie man in Träume gerät. Matilda bewegte sich langsam weiter. Bad und Toilette befanden sich in einem kleinen Anbau, sie mußte um die Hausecke gehen, und tat es vorsichtig. Da, der Lichtschalter, Doktor Schrobacher hatte ihn ihr zuvor gezeigt. Da, ihre eigene Zahnbürste, aus dem Spital mitgenommen. Da, das Klo. Da, das Waschbecken. Hellbraune pelzige Nachtschmetterlinge wirbelten auch hier um die Lampe.
Als Matilda das Licht wieder abgedreht und die Badezimmertür hinter sich geschlossen hatte, sah sie den Mond. Eine dünne blitzende Sichel über dem schwarzen Laub der Bäume. Ein kleiner silberner Haken. *Soll ich mich am Häkchen da oben aufhängen?* hatte Papi Kurt gesagt. Ja, dachte Matilda, der Mond erschien ihm genügend weit entfernt für eine solche Androhung. Sie waren

am Fenster der Wohnung gestanden und hatten in das von den Dächern eingekreiste Stück Himmel hinaufgeschaut. Die Mondsichel stand genau inmitten. Der Vater schwankte leicht und seine große Hand bohrte sich in Tildis kleine Schulter. Du hast mich als Krückstock benützt, Papi, du warst wieder einmal sinnlos betrunken und ich mußte dich zum Fenster führen, damit du hinunterspringen kannst. Du hast es dann nicht getan, der Mond hat dich abgelenkt, das feine silberne Häkchen, an dem du dich baumeln sahst. Was dich zum Lachen brachte. Du hast schrecklich gelacht, eine Fontäne von Spucke, die mein Gesicht, Tildis verängstigtes Kindergesicht traf wie schleimiger Regen. Mela, die aus dem Bad kam und mit einer Hand eine kalte Kompresse gegen ihre Wange hielt, damit sie nicht allzusehr anschwelle, zog sie mit der andern vom Vater weg. *Papi macht Witze* sagte sie, und lächelte dabei ebenso schrecklich, wie Papi gespuckt hatte. Dann nahm sie die Kompresse von ihrem wundgeschlagenen Gesicht und wischte meines damit ab. Matilda stützte sich gegen die Hauswand, ihr Rücken tat plötzlich weh.
»Matilda?« rief Doktor Schrobacher von der Haustür her.
»Ich bin auf dem Heimweg«, rief sie zurück.
Als sie mit langsamen Schritten um die Hausecke bog, empfing Doktor Schrobachers dunkler Umriß sie an der Schwelle. Er hatte die Hände in den Hosentaschen und sah zum Himmel hinauf. Matilda ging auf ihn zu. Ja, etwas *empfängt* mich, wenn ich ihn sehe, dachte sie. Das ist es wohl.
»Was für ein hübscher kleiner Mond«, sagte Doktor Schrobacher.
Ja. Bleiben wir dabei. Ein hübscher kleiner Mond. Matilda trat in den Lichtkegel, der aus der Tür fiel, und

Doktor Schrobacher nahm die Hände schnell aus den Hosentaschen.
»Ihr Gesicht ist mindestens so weiß wie der Mond da oben, und bei Ihnen finde ich das weniger hübsch.«
Er legte den Arm um ihre Hüfte, führte sie ins Haus zurück und bis zum Bett. Die Decke war zurückgeschlagen, und Matilda ließ sich mit Vorsicht in die Kissen gleiten. Nein, das Liegen schmerzt nicht. Doktor Schrobacher deckte sie zu, blieb stehen und blickte auf sie hinunter.
»Später lege ich mich zu Ihnen«, sagte er, »Sie werden dann schon schlafen.«
»Ich werde dann noch nicht schlafen«, sagte Matilda, »weil ich jetzt Paulines Brief lese.«
»Muß das heute noch sein?«
»Ich möchte es hinter mir haben.«
Das leicht eingerollte, dünne, vollbeschriebene Blatt lag am Fußende des Bettes. Doktor Schrobacher nahm es mit zwei Fingern hoch.
»Gift«, sagte er, »ich sollte es Ihnen nicht geben.«
»Doktor Iris Schlemm war ähnlicher Meinung und tat es dann doch.«
»Ihr lag daran, Sie vor mir zu warnen.«
»Auch vor Ihnen, ja.«
Matilda nahm das Blatt und ließ es in ihrem Schoß liegen. Sie sah zu, wie Doktor Schrobacher Küchenladen zuschob und Lichter abdrehte. Nur noch die Lampe beim Bett brannte. Er verließ das Haus und sie hörte, wie seine Schritte sich im Gras verloren. Dann das Knarren der Badezimmertür, die geöffnet und wieder geschlossen wurde. Die Nacht schwieg vor den Fenstern. Also, dachte Matilda, was hat sie sich für Anton ausgedacht? Ich lese es schnell und werfe es dann hinter mich. Aber gelesen muß es wohl werden. *Auf die Plätze, fertig, los* wie vor

dem Loslaufen im Turnunterricht. Ich war nie sehr gut beim Laufen, vor allem, als mein Busen zu wachsen begann. Das begann früh und er wurde schnell sehr groß. Er tat mir beim Laufen weh. Aber jetzt muß ich ja nur lesen. Also. Auf die Plätze. Fertig. Los.

Für ANTON BAUER PERSÖNLICH.
Verehrter Herr, ich heiße Pauline Schrobacher, geborene Gross (letzteres ist auch mein Künstlername, ich schreibe. Kriminalgeschichten, wenn Sie's genau wissen wollen) und bin eine gute Bekannte Ihrer Frau. Besser gesagt, ich bin diejenige, die ihr das Messer in den Rücken gerammt hat. Nun fragen Sie sich sicher, wie ich ihr das antun konnte. Oder warum ich es wollte. (Natürlich wollte ich sie töten!) Lieber Herr Bauer, Sie werden mich besser verstehen, als Sie im Augenblick glauben, dessen bin ich sicher. Und deshalb schreibe ich Ihnen in meinen letzten Stunden hier im Gefängnis (am Nachmittag werde ich auf die Psychiatrie überstellt) und meine Gedanken weilen bei Ihnen. Warum? fragen Sie sich. Weil wir GEFÄHRTEN sind. Seltsam zueinandergeknüpft. Ich sah Sie manchmal in Ihrer Wohnung am Fenster stehen. (Ganz nebenbei gesagt: Ihr schmaler Oberkörper, nackt, gefällt mir. Es hätte mich – verzeihen Sie, aber so sind wir Menschen – gereizt, zu sehen, was sich drunter abspielt. Aber das wirklich nur nebenbei.) ALSO. Der Arzt Ihrer Frau ist mein Mann. Sie hat versucht, ihn zu verführen. Fritz ist schwach. Und Ihre Frau dürfte sexuell unersättlich sein. (Sie stehen sehr oft erhitzt am Fenster, habe ich recht? ... Deshalb hat sich mir der überraschende Gedanke, Ihren Penis sehen zu wollen, mehrmals aufgedrängt ... Sensiblen Menschen bleibt häufiger Beischlaf nicht verborgen, und sei es in einer Wohnung gegenüber ...) Wie auch immer, ich konnte es nicht

dulden, von einer Frau mit riesigen Brüsten (man kann das MÖGEN! Nichts gegen Ihren Geschmack!) beraubt zu werden. Es war RAUB. Dieser Mann ist mein Eigentum (was er übrigens weiß und bejaht. Er will von mir besessen sein!), ich spreche es in aller Ruhe aus. Die meisten Menschen reden drumherum, von Partnerschaft, Beziehung, Liebe, die läßt, usw., alles Humbug. Man hat, was man hat, und man hat nicht, was man nicht hat. Hab ich recht? Ich WEISS, daß SIE mich verstehen. Wir fühlen ähnlich. Wir sind radikal in unserem Anspruch. Ihr schmaler weißer Oberkörper ist ein Pulverfaß, ich sehe sowas. SIE KÖNNEN TÖTEN WIE ICH. Aus Liebe. Besser: aus Haß gegen jede Form von Raub. WIR lassen uns nicht berauben, stimmt's? Ihre Frau treibt es immer noch, und trotz Loch im Rücken (als ob EIN Loch nicht genügt, gerade bei ihr) mit meinem Mann. Ich werde sehen, wie sich meine Situation im Irrenhaus gestaltet (Hier war alles prima – reizende Wachbeamte, einer Frau gegenüber höflich und zuvorkommend – und vor allem hilfsbereit, wenn man nach draußen kommunizieren will. Wie Sie sehen können) und die Sache dann nicht auf sich beruhen lassen. Sollten wir beide uns nicht zusammentun? Haben Sie Ihre Frau denn nicht auch IN BESITZ genommen? Lassen SIE ganz einfach zu, daß sie mit einem anderen vögelt?
Sie werden wieder von mir hören. Nehmen Sie mein Schreiben ernst, ich bin nicht verrückt, ich tu nur so. Und mich verliert man nicht so schnell aus den Augen. Sie werden ALLES SEHEN, vor allem sich selbst und Ihre eigene Wut. Es grüßt Sie Pauline.

Matilda ließ den Brief sinken. Er lag vor ihr auf der weißen Bettdecke, als würde er ein Loch in sie reißen. Wie eine langgezogene rechteckige Öffnung irgendwohin ins

Dunkle. Durch die Bäume draußen ging ein plötzliches leises Rauschen, sie atmen, dachte Matilda, sie hatten den Atem angehalten und atmen jetzt aus. Wie ich selbst. Puuuh, ja das tut gut, ausatmen, es herausatmen. Sie nahm das Briefblatt und ließ es zu Boden flattern. Es nicht auf meinem Körper liegenlassen, dachte sie, das bohrt sich durch die Decke in meine Eingeweide, oder will es zumindest tun.
Wieder knarrte draußen die Tür, Doktor Schrobachers Schritte näherten sich, und er betrat das Haus. Ein Handtuch hing über seiner Schulter, er brachte einen Duft nach Zahnpaste und Rasierwasser in den Raum, das flog auf Matilda zu wie ein frischer Windhauch und sie hatte jetzt das Bedürfnis, tief *ein*zuatmen. Ja, einatmen, was frisch und sauber riecht, frischgewaschen, klar, das Dunkle aus dem Gesicht rasiert, die Augen tiefblau gespült, ein glänzender nackter Oberkörper, das Haar über der Brust noch ein wenig feucht, *Frische*, ja. Doktor Schrobacher schloß die Haustür hinter sich und kam auf sie zu.
»Aha«, sagte er, als er vor dem Brief stehenblieb, der auf dem polierten, staubbedeckten Holzboden lag.
»Ja. Aha«, sagte Matilda.
»Arg?« fragte er.
»Sie sieht in Anton einen Komplizen. Oder will ihn dazu machen.«
»Er weiß sich sicher zu wehren.«
»Wenn er es *möchte*, ja.«
»Er hat den Brief doch gar nicht gelesen!«
»Sie wird ihm wieder schreiben.«
»Ich bin sicher, er ist gegen Paulines Annäherungsversuche gefeit.«
»Er ist verletzt worden. Und einsam.«
Doktor Schrobacher hob den Brief auf.

»Soll ich ihn lesen?« fragte er.
»Nein«, sagte Matilda, »werfen Sie ihn weg.«
»Mit Vergnügen.«
Er zerknüllte das Blatt, ging zur Küchennische unter der Treppe und warf es in den Mülleimer. Das entschiedene Zuklappen des Deckels klang wie ein Fanfarenstoß.
»*Trara*, weg damit«, sagte Doktor Schrobacher. Durch die Dämmerung kam er auf Matilda zu.
»Wohin führt die Treppe?« Warum frage ich das? dachte sie.
»Oben ist ein Dachbodenzimmer mit einem Tisch zum Schreiben. Er steht genau in der Mitte, vor dem kleinen Fenster, unter dem Scheitel des Hauses, könnte man sagen. Viel mehr geht nicht hinein.«
»Paulines Schreibtisch?«
»Sie hat ihn nie benützt.«
Doktor Schrobacher setzte sich an den Bettrand und sah Matilda an.
»Was möchten Sie noch wissen?« fragte er.
Matilda schwieg. Ich möchte nichts wissen, dachte sie, aber ich möchte auch keine Fragen mehr haben. Ich bin zu müde für beides. Ich lege mich in die Baumwipfel, die das Haus umgeben, das Laub ist weich genug. Ich schaue von außen in diesen Raum, ich sehe eine Lampe neben einem großen weißen Bett. Eine Frau im dunkelblauen Pyjama faltet die Hände über ihren großen Brüsten und liegt da wie aufgebahrt. Der nackte Mann beugt sich ganz leicht über sie. Bei mir draußen in den Bäumen weht ein anderer Wind, dem Himmel sei Dank. Ich habe mit der dicken dunkelblauen Frau nichts zu schaffen.
»Nicht weglaufen«, sagte Doktor Schrobacher. Er zog seine Hose aus und legte sich neben Matilda. Sie haben

gut Platz nebeneinander, schau, wie einträchtig sie jetzt unter der Decke liegen, durch die offenen Fenster ist alles gut zu sehen. Unter einer kleinen Kuppel aus Licht liegen die zwei in dieser riesigen Nacht, die voll schwarzer Bäume ist. Ich wiege mich auf den Ästen, die Sterne hängen mir in die Augen.
»Sei nicht irgendwo anders«, sagte Doktor Schrobacher und legte seine Hand auf Matildas Schoß, »es ist gut hier, glaube mir.«

Matilda fühlte, daß etwas gegen ihr Gesicht wehte, und öffnete die Augen. Eine Fledermaus flog durch das Zimmer. Es war von schattenlosem Morgenlicht erfüllt, der ersten Ahnung von Licht, einer hauchzarten Helligkeit. Das lautlose Tier zog seine Kreise wie ein schneller Schatten. Sie fliegen in die Haare, dachte Matilda und verfolgte die Fledermaus mit ihren Blicken. *Ein Huhn ist kein Vogel, eine Frau ist kein Mensch. Fledermäuse fliegen in die Haare.* Feststellungen, natürlich. Beide aus ein und demselben Mund. Und bei beiden hatte er gelacht. Und es ernst gemeint. Wie aufmerksam Tildi ihr kleines Gesicht zu ihm hochhob. Wieviel Bereitschaft, ihm zu glauben. Natürlich, ein Huhn *ist* kein Vogel.
Die Fledermaus wischte durch eines der geöffneten Fenster wieder ins Freie, und Matildas Blick blieb im farblosen Ineinandergreifen von Laub und Himmel hängen, das den Fensterausschnitt füllte. Hinaus jetzt auch mit dem Schatten des Vaters, dachte sie, was hatte denn er in der Morgenfrühe hier zu suchen, in dieser zartgrauen,

noch völlig unberührten Luft, die nur ein schweigsames Flugtier im Zickzack durchstoßen durfte?
Ein tiefer Atemzug dicht an ihrem Ohr ließ sie den Kopf wenden, und fast wäre sie mit ihrer Nase gegen die von Doktor Schrobacher gestoßen. Sein in das Kissen geschmiegtes Gesicht baute sich vor Matildas Augen auf wie eine Landschaft, die man mit dem Fernrohr herbeigezoomt hat. Die Brauen, von grauen Härchen durchsetzt, wie grasige Ufer über dem Zittern der geschlossenen Lider, dünn wie die Oberfläche kleiner Teiche. Die Nasenflügel, hügelgleich, in den Furten auslaufend, die die unrasierte Oberlippe begrenzten und zu den Mundwinkeln führten. Wange und Kinn borstige Schattenhänge. Die helle Stirn eine Bergwand bei Sonnenaufgang, von den Rinnsalen kleiner Falten durchzogen, im Durcheinander grauer Haarlocken auslaufend, feuchter windzerzauster Wald. Ich würde von seinen Lippen aus hochsteigen, dachte Matilda, nachdem ich eine Weile auf ihnen gerastet hätte. Hier, die Wangen aufwärts, dann über den Nasenrücken und zwischen den Augenteichen weiter. Auf der Stirn, im Schatten der Haare, bliebe ich so lange sitzen, bis die Augen sich öffnen würden. Dann spränge ich ins Blau, wie eine Trampolinspringerin. Soll ich *meine Fingerspitze* diesen Weg gehen lassen? Aber da müßte ich zuvor die Decke hochschlagen und meinen Arm herüberheben, das würde Unruhe stiften. Die Morgenstille darf nicht gestört werden, auch nicht die Stille auf diesem Gesicht vor mir. Es atmet so ruhig, daß ich den Atem anhalte. Warmer Hauch aus der Tiefe seines Schlafes streift mich. *Nie* kann man da hinuntersteigen, hinunter in den Schlaf eines anderen. Und nie hinunter in seine Träume. Diese Unmöglichkeit vor allem beweist, wie unmöglich es ist, wirklich voneinander zu wissen. Da

berührt meine Nasenspitze fast die seine. Unsere Beine liegen dicht aneinander, ich fühle die Wärme zwischen unserer Haut. Seine Hände kennen mich tief. Unsere Zungen sind miteinander vertraut. Aber wo bist du, der du neben mir schläfst? Wo?
Matilda schloß die Augen und wandte ihren Kopf wieder ab. Sie tat es langsam und vorsichtig, um auf den Kissen keine Unruhe hervorzurufen. Ich sollte auch wieder schlafen, dachte sie, es muß noch schrecklich früh sein. Und spät erst bin ich eingeschlafen. Ich liege sehr gut hier, mein Rücken tut nicht weh, also schlafen. Weiterschlafen. Woran denke ich, um nichts zu denken, was mit Wachsein zu tun hat? Was soll ich mir erträumen? Vielleicht den Flug der Fledermaus weiterführen, eine Fledermaus werden, geräuschlos und schnell. Alles fühlend, vorausfühlend, was den Weg behindern könnte. Sie fliegen nicht in die Haare, lieber Kurt. Und eine Frau ist kein Huhn, sondern vielleicht doch ein Mensch? Wie auch immer. Ich lasse deine Theorien unter den Tisch fallen, denn ich fliege gerade davon. Was heißt *fliege*! Ich sause, schwebe, schlage Haken, wische vorbei. Die Ahornbäume, noch grau wie der Morgen, stehen still. Ich umrunde sie, lasse sie unter mir. Da, die Ebene, dunstig, schläfrig zum Horizont hin aufgerollt. Ich zische über sie hinweg. Nein, ich zische nicht. Ich bin lautlos. Wie nenne ich diesen schnellen Flug, der kein Geräusch macht? Jedenfalls durchkreuze ich die Luft wie ein Gedanke. Ebenso schnell und ebenso schattenhaft. Am Rand der Ebene erhebt sich ein rosiger Streifen, ganz dünn noch. Ich wirble ihm davon und wieder auf ihn zu, im Hin und Her meines Fluges wird es heller, der Horizont rötet sich, das ist nichts für mich. Ich werde in mein schattiges Domizil zurückkehren, hinter die Dachbalken

dieses kleinen Hauses, dessen nächtliche Fenster mir offenstanden wie Flugschneisen. Jetzt geht das nicht mehr. Jetzt füllen sie sich mit Licht. Ich hänge im finstersten Schlupfwinkel, Kopf abwärts, meine Flügel um mich geschlagen wie einen dunklen Mantel. *Guten Morgen*, sage ich schläfrig, wie die Menschen etwa *Gute Nacht* sagen, und gleich werde ich eingeschlafen sein.

»Matilda.«

Doktor Schrobachers Stimme ließ die schläfrige Fledermaus sofort wieder wach werden. Sie schlug ihre dunklen Schwingen zurück, und Matilda öffnete die Augen. Sie sah helles Rot vor den Fenstern. Sie hörte Vogelstimmen, die aus dem Geäst der Bäume hereindrangen. Dann drehte sie ihr Gesicht Doktor Schrobacher zu. Er lag genauso dicht neben ihr wie zuvor, Nasenspitze an Nasenspitze. Jetzt kann ich springen, dachte Matilda, seine Augen sind offen, zwei blaue Seen. *Sehr blau.* Das Gesicht rötlich wie der erwachte Morgen, dessen Widerschein auf ihm liegt.

»Hier bin ich«, sagte Doktor Schrobacher.

Sie blickten einander an. Im Kornblumenblau gibt es kleine, winzigkleine graugrüne Inseln, das ist mir noch nie aufgefallen, dachte Matilda. Aber wann hat man Augen schon so nahe vor den eigenen. Erstaunlich, was für einen Glanz so ein Augapfel haben kann, man versteht, warum er *Apfel* genannt wird. Ja, ein glänzender runder Apfel, den das umgebende Auge nur teilweise freigibt. *Feucht schimmernd*, wie sonst soll man dazu sagen.

»Deine Augen *schimmern*«, sagte Doktor Schrobacher, »ich weiß nicht, wie ich es sonst beschreiben könnte.«

Er schob unter der Bettdecke sein Bein über das ihre, legte seine Hand zwischen ihre Brüste. Das Gezwitscher der Vögel wurde lebhafter, man konnte hören, wie sie durch das Laub schwirrten. Die Morgensonne verlor ihre Röte, was in den Raum fiel, war nur noch Gold. Er schien bis in den letzten Winkel davon erfüllt zu sein, eine goldene Schachtel, dachte Matilda, von der Seite her beleuchtet. Wie die Räume, die ich gern für Melodia gebaut hätte, aus Bücherkartons. Einer war fast fertig. Fenster waren schon ausgeschnitten, ich stellte die Lampe davor, das Licht fiel herein. Ähnlich wie hier.

»Etwas zieht durch Ihre Augen«, sagte Doktor Schrobacher.

»Ich erinnere mich nur«, sagte Matilda.

»An was?«

»An nichts. Das heißt, an nichts Besonderes. Mein Vater hat die Schachtel zerrissen und weggeworfen. Die, aus der ich ein kleines goldenes Zimmer für Melodia basteln wollte. Ein ähnliches wie dieses hier. Nur kleiner.«

»Für Ihre erste Freundin? Die violinschlüsselförmige auf dem Lampenschirm?«

»Sie erinnern sich. Toll.«

»Und warum hat Ihr idiotischer Vater das getan?«

»Er meinte, ich sei zu klug für Bastelarbeiten. *Meine Tildi bastelt nicht, sie denkt nach*, hat er gesagt.«

»Seine Tildi hat ihn überlebt und tut jetzt, was sie will.«

Doktor Schrobacher streichelte ihre Brüste unter der Pyjamajacke und Matilda schloß die Augen.

»*Will* sie das?« fragte er.

»Ja«, sagte Matilda, »sie will.«

Es wurde schon früh am Vormittag heiß, der Himmel war wolkenlos. An der Rückwand des Hauses – *der Hütte*, wie Doktor Schrobacher beharrlich sagte – hatte der Efeu einige Holzstreben überwuchert und eine Laube gebildet. Dorthin trug er auf einem Tablett das Frühstücksgeschirr, die Kanne mit heißem Kaffee und geröstetes Brot. Matilda folgte ihm langsam, das Milchkrüglein in der einen, und ein Glas Marmelade in der anderen Hand.

»Was für ein geregeltes häusliches Leben«, sagte sie, »ist das bei Ihnen immer so?«

»Hast du was dagegen?« fragte Doktor Schrobacher, blieb auf halbem Weg stehen, das Tablett in Händen, und drehte sich zu ihr um.

»Heute ist es schön«, sagte Matilda.

»Und sonst?«

»Ich mag – häusliche *Gewohnheiten* nicht gern teilen.«

»Alles, was wir heute tun, ist ungewohnt.«

»Sag ich ja.«

Doktor Schrobacher wandte sich wieder um und ging an der Hauswand entlang weiter. Die Frühsonne auf dem weißen Kalk blendete, das Gras unter ihren Füßen seufzte leise auf, wenn sie es niedertraten. Matilda hatte immer noch ihren Pyjama an, aber darunter einen frischen Verband. Ich freue mich, dachte sie, und sah Doktor Schrobachers Rücken vor sich, die Muskeln unter dem weißen T-Shirt angespannt vom vorsichtigen Tragen. Ja, ich freue mich und gehe ihm hinterher wie der Oberzwerg dem Schneewittchen. *Hei ho, hei ho*, haben die sieben Zwerge in dem Zeichentrickfilm gesungen, es hat sich dann irgendwie auf *froh* gereimt. Es war der einzige Film, den sie je mit ihrem Vater gesehen hatte, ›ins Kino gehen‹ war immer Melas Domäne gewesen. Beim

Nachhausegehen stapfte er im Gleichschritt hinter ihr her und brüllte *Hei ho, hei ho, jetzt sind wir aber froh*, bis sie sich vor den anderen Leuten auf der Straße schämte.

»Hei ho, hei ho – jetzt sind wir aber froh«, sang Matilda laut hinter Doktor Schrobachers Rücken. Hier kann ich es loswerden, ohne mich vor irgend jemandem zu schämen, dachte sie. Sie bogen hintereinander um die Hausecke und in den Schatten der Laube ein, und Doktor Schrobacher setzte das Tablett auf dem Gartentisch ab.

»Ein musikalischer Morgen«, sagte er.

»Aus *Schneewittchen und die sieben Zwerge*«, sagte Matilda, »in der Walt-Disney-Version«, und stellte Milch und Marmelade auf den Tisch.

»Sehr interessant.«

Der Schatten war vom Licht gesprenkelt, fiel als ein Muster aus Hell und Dunkel über sie. Zwei verwitterte Korbstühle knarrten, als sie sich setzten. In den Efeublättern raschelten Amseln. Die Wiese vor der Laube summte in der Sonne.

»Was ist?« fragte Doktor Schrobacher, als Matilda nicht zu frühstücken begann, sondern aufrecht dasaß, die Hände im Schoß gefaltet.

»Es ist genau so«, sagte sie.

»Genau so?«

»Genau so, wie ich es immer wollte.«

»Prima«, sagte Doktor Schrobacher.

»Aber es ist mir unheimlich.«

»Warum?«

»Weil – etwas vom Wünschen übrigbleiben sollte. Etwas, das von der Vorstellung abweicht, die man sich gemacht hat. Weil –«

»– es plötzlich nichts mehr zu erfinden gibt?«
»Nein. Weil das hier *keine Erfindung* ist.«
»Das hier ist Wirklichkeit, Matilda. Die, von der ich Sie überzeugen wollte. Und Sie sehen, ich hatte recht. Sie sind am Land, Sie sind in Ihrem erträumten Haus, da sind die Hügel, dort die Ebene, alle Ihre Ahornbäume und Holunderbüsche rundherum, wir sitzen mitten im Efeu, wir frühstücken auf ungewohnte Weise miteinander, der Sommertag spiegelt sich in Ihren Augen, und ich möchte, daß Sie *Ja* sagen dazu. Hier ist nichts unheimlich. Hier ist alles richtig.«
»Es wird vergehen.«
»Na und? Jetzt *ist* es, Matilda.«
Eine Amsel schwirrte auf, mit einem kurzen hellen Zwitschern, und die Blätter zitterten ihr hinterher.
»Sie findet das auch«, sagte Doktor Schrobacher, häufte einen Löffel Marmelade auf sein Brot und biß hinein. Matilda griff nach ihrer Kaffeetasse und nahm einen Schluck. Die Stille war nur vom Summen der Insekten und dem Lufthauch in den Bäumen durchsetzt. Das ferne Geräusch eines fahrenden Autos schien in sie nicht eindringen zu können.
»Wie haben Sie dieses Haus gefunden?«, fragte Matilda.
»Diese Hütte, meinen Sie?« Doktor Schrobacher trank aus seiner Kaffeetasse und wischte sich dann mit dem Handrücken den Mund ab. »Durch Zufall. Wir sind einfach der Nase nach aus der Stadt hinausgefahren und ins Land hinein. Es war an einem warmen Oktobertag, und ich bin immer wieder von der größeren auf eine kleinere Straße abgebogen. Pauline lotste mich und beschrieb ständig die Farben des Herbstlaubes, vielleicht hat sie sie sogar notiert. *Gold Kupfer Flamme Erde*

fällt mir nur ein, sie war findiger. Jedenfalls erinnere ich mich an ihr Gemurmel, und sie beugte sich ständig aus dem Fenster, *die Wälder riechen nach Tod* sagte sie. Plötzlich schien sie sich zu sehr auf die Absperrung der Wagentür gelehnt zu haben, was genau geschah, weiß ich nicht – jedenfalls sprang die Tür auf und sie fiel aus dem fahrenden Auto. Zum Glück fuhr ich zu dem Zeitpunkt sehr langsam, die Straße war schmal und führte bergab. Sie schrie und ich bremste. Der brüchige Asphalt, über den sie geschlittert war, hatte ihren Schenkel aufgerissen und sie blutete stark. Ich zog mein Hemd aus, riß es in Streifen, und versuchte sie zu verbinden. Das Ganze war nicht so arg, aber sie schrie herum *Ich kann jetzt nicht mehr ins Auto – ich brauche ein Bett – ich bin schwer verletzt* und so weiter, und das irgendwo, auf einer kleinen einsamen Straße. Dann sah ich durch das schütter gewordene Laub einen Giebel. Oder nur die Ahnung eines winzigen Giebels. Ich lief den Pfad entlang – der, auf dem wir gestern gekommen sind –, und Pauline blieb auf der Straße sitzen, stöhnend gegen das Auto gelehnt. Und auf einmal stand ich vor dieser Hütte. Sie war unbewohnt und verwahrlost, und später habe ich sie spottbillig gekauft.«

»Und was wurde mit Paulines Schenkel?«

»Als ich zum Auto zurückkam, plauderte sie bereits mit einem Radfahrer. Den konnte ich gleich ausfragen, und Pauline zwang mich dann noch, sie im Auto bis zur Hütte zu fahren.«

»Und sie hat ihr gleich gefallen?«

»Sie wollte hier gleich ihr nächstes Buch schreiben. *Mein Blut hat mich hierhergeführt*, sagte sie klarerweise.«

»Und? Hat sie das Buch hier geschrieben?«

»Als die Hütte schließlich bewohnbar war, kam Pauline kaum noch her. Wir hatten uns inzwischen scheiden lassen.«
»Keine Zeile hat sie hier geschrieben?«
»Ich glaube – ein oder zwei Mal saß sie oben, unter dem Dach. Als sie ihren Computer endgültig mitgenommen hat, fand sie es dort *ohnehin viel zu eng*. *Alles um dich ist mir zu eng*.«
Matilda biß in ein Marmeladenbrot.
»Finden Sie das auch?« fragte Doktor Schrobacher, »daß alles um mich herum *zu eng* ist?«
»Noch nicht«, sagte Matilda kauend.
»Was nicht ist, kann noch werden, meinen Sie?«
Matilda schluckte einen Bissen Brot hinunter und trank Kaffee hinterher.
»Heute ist alles weit«, sagte sie dann, »wie der Sommerhimmel über uns. Aber wir kennen unsere – Möglichkeiten nicht. Wir wissen nicht, was in uns –«
»– schlummert?«
»Nein. *Lebt*.«
Doktor Schrobacher lehnte sich in seinem Korbstuhl zurück, der ein sanftes Knarren von sich gab. Über der hohen Wiese vor der Laube wirbelten zwei weiße Schmetterlinge, in einem verzückten Tanz befangen, den sie einander gleichzeitig darboten.
»Die beiden Kohlweißlinge da vor uns«, sagte Doktor Schrobacher, »sehen Sie sie? – *Die Enge* – die zwischen den beiden –«
»Hab ich mir auch grad gedacht.«
»– die ließe ich mir gefallen.«
»Das wäre es. Ja. Aber das können nur Schmetterlinge, einander so leicht und frei nicht zu verlieren. An diesem einen kurzen Sommertag, der ihr Leben ausmacht. Wir

sind schwere, dumme Tiere und schleppen dazu noch unseren hinderlichen Kopf herum.«
»Sicher, wir tanzen weniger gut als Kohlweißlinge. Vor allem in der Luft, ich geb es zu. Aber unser Kopf kann versinnbildlichen. Das da vor uns ist ein Sinn-Bild. Und glauben Sie mir, *so* können wir zwei uns zueinander und auseinander bewegen. Genauso.«
»Ich nicht. Für sowas bin ich zu schwer«, sagte Matilda.
Auf der anderen Seite des Hauses war plötzlich das Zuschlagen einer Autotür zu hören, der Wagen mußte sich lautlos genähert haben. Doktor Schrobacher stand auf. Jemand rief: »Herr Doktor? San Sie da?«, mußte es ins Haus hineingerufen haben. Dann näherten sich stapfende Schritte durch das Gras. Als Doktor Schrobacher aus dem Schatten der Laube hinaustrat, bog ein kleiner gedrungener Mann um die Hausecke. Sein Gesicht war gerötet, und er schwenkte einen Brief in der Hand.
»Hab i mir's doch gedacht, daß Sie heut da sind«, schrie er, obwohl er dicht vor Doktor Schrobacher stand, »und gestern war so ein Regen, da wollt ich den Brief net vor der Haustür liegen lassen. Sie brauchen ein Briefkastel, Herr Doktor! I hab's Ihnen immer schon g'sagt!«
»Das ist Herr Schliewanzer«, sagte Doktor Schrobacher zu Matilda, »der Briefträger vom Ort.« Dann wandte er sich dem Mann zu und deutete auf Matilda. »Darf ich vorstellen: Frau Bauer. Sie erholt sich hier.«
Herr Schliewanzer verbeugte sich in Matildas Richtung.
»Verehrung!« schrie er. »Ja, heut is es was zum Erholen! Aber gestern – die reine Sintflut! Sie *brauchen* a Postkastl, glauben S'mas, Herr Doktor!«

»Ich bekomme ja fast nie Briefe hierher«, sagte Doktor Schrobacher.
»Egal!«
Er schreit also durchgehend, dachte Matilda, nicht nur in der Erregung.
»A Brief is a Brief! Und manchmal ist nicht keinmal! Was hab ich hier in meiner Hand? Ha? Einen Briiiief! Oder seh'n Sie was anderes, Herr Doktor?«
»Nein, nein«, sagte Doktor Schrobacher beruhigend, »es ist eindeutig ein Brief.«
»Na bitte!«
Herr Schliewanzer drückte ihm den Brief in die Hand. Dann holte er ein Taschentuch aus seiner Hosentasche und wischte sich Gesicht und Hals ab.
»A Hitz' hat es heute schon! I bin extra herg'fahrn. Heut is er da, der Doktor, hab ich mir 'dacht. Und heut, wie ich sehe, Gottseidank einmal nicht allein! Seit die gnädige Frau aus'blieben is –«
»Wollen Sie sich setzen, Herr Schliewanzer?« Doktor Schrobacher deutete auf seinen Korbstuhl, »ein Bier vielleicht?«
»Naaa!« schrie der Briefträger, »die Meinige hat an Schweinsbrat'n im Ofen, da darf i net zu spät kommen. Wissen'S e, die strengen Damen! Wurscht, ob s' Bücher schreiben oder Schweinsbratln braten! Allerweil happig und Haar auf die Zähn'! Wir beide kennen uns aus, gell, Herr Doktor? Ha ha ha ha ---«
Ach so, dachte Matilda, erst wenn er lacht, wird er für seine Begriffe wirklich laut. Ob der Mann schwerhörig ist?
»Jedenfalls vielen Dank«, sagte Doktor Schrobacher, »daß Sie sich die Mühe gemacht haben. Und ich denke an den Briefkasten.«

»Na endlich!« brüllte Herr Schliewanzer, »endlich hamma Sie überzeugt, Herr Doktor! Die gnädige Frau hat von Anfang an g'sagt, sie kriegt a Menge Post, sie wird a Briefkastl brauchen! Aber der Herr Doktor! Glaubt, hier kann er aus der Welt verschwinden! Man verschwindt nicht! Auch nicht am Land! Das Auge der Öffentlichkeit und des Gesetzes is überall! Ha ha ha ha ...«
Au, das tut weh, dachte Matilda. Was ist, wenn der Mann *schreit*?
»Also, pfüat Ihna Gott!!« schrie der Briefträger im Diskant und Matilda zuckte zusammen. *Das* ist, dachte sie.
»Wünsche der Dame eine gute Erholung! Und Ihna a, Herr Doktor, Sie können's brauchen nach die Strapazen mit der Gnädigen –«
»Kommen Sie, Herr Schliewanzer«, unterbrach ihn Doktor Schrobacher, »ich begleite Sie zum Auto.«
»Tschüüüs, die Dame!!«
Dieser letzte Schrei von der Hausecke her, ein kurzes Wehen seines Taschentuchs, und dann schob Doktor Schrobacher Herrn Schliewanzer davon. Matilda hörte seine gellende Stimme, bis ein Wagenschlag zufiel und der Motor ansprang. Brummend entfernte sich das Auto.
Die Stille schien sich erst allmählich wieder zu entfalten, feierlich, wie eine Blume sich öffnet. Nach und nach war das Summen im Gras wieder zu hören. Die Bewegungen der Blätter. Vogelschwingen in der Luft. Und dann Doktor Schrobachers leichter Schritt, als er zurückkam.
»Was für ein Schreihals«, sagte er, »aber er meint es gut.«
»Die Frau zu Hause, die mit dem Schweinsbraten, tut mir leid«, sagte Matilda.

»Er ist viel unterwegs.«
Doktor Schrobacher setzte sich in den Korbstuhl und legte den Brief vor sich auf den Tisch. Dann verschränkte er die Arme über der Brust und sah vor sich hin.
»Was ist?« fragte Matilda.
»Der Brief ist von Pauline«, sagte Doktor Schrobacher.
»Gibt's nicht.«
»Doch.«
»Ein – alter Brief vielleicht? Hat der Herr Schliewanzer –?«
»Nein.«
Doktor Schrobacher sah immer noch starr vor sich hin. Sein Profil ist dunkel geworden, dachte Matilda, dunkel und scharf, eine Klippe.
»Der Brief ist vorgestern abgestempelt worden. Sie muß ihn im Gefängnis geschrieben haben, wie die Faxe an Sie und Anton. Und jemand hat ihn für sie aufgegeben.«
»Hat sie denn gewußt –?«
»Nichts hat sie gewußt! – Das heißt – ich habe ihr kein Wort davon gesagt, daß ich mit Ihnen hierherfahren würde. Aber *gewußt* hat sie es letztlich doch. Sie konnte immer schon perfekt kombinieren. Sich in die Pläne und Gedanken eines Menschen hineinversetzen, als wären es ihre eigenen.«
»An wen ist der Brief gerichtet?«
»An mich.«
»Daß er an Sie adressiert ist, weiß ich schon. Sonst wäre dieser Herr Schliewanzer nicht so euphorisch gewesen. Aber innen drinnen?«
»Ich hab ihn noch nicht aufgemacht.«
»Tun Sie's«, sagte Matilda.
Der Brief lag zwischen Kaffeetassen und Brotbröseln auf dem rissigen, grauen Holz des Tisches. Das Kuvert war

ebenfalls grau, die Adresse mit dünnem blauem Kugelschreiber draufgeschrieben.
»Das ist nicht Paulines Handschrift«, sagte Doktor Schrobacher.
»Der den Brief für sie aufgegeben hat, vielleicht. Der könnte auch die Adresse geschrieben haben.«
»Möglich.«
Doktor Schrobacher saß immer noch mit über der Brust gekreuzten Armen da und starrte auf den Brief.
»Ich möchte ihn nicht öffnen«, sagte er.
»Das versteh' ich«, sagte Matilda, »aber besser, Sie tun es gleich.«
»Er sieht häßlich aus.«
»Aber er ist *da.*«
Ein schwacher Windstoß ließ die Efeublätter aufrauschen. Die Gräser draußen in der Sonne beugten sich, eine Welle fuhr durch das Gras.
»Ich spaziere inzwischen ein wenig herum«, sagte Matilda.
»Nein. Bleiben Sie hier.«
Doktor Schrobacher griff nach dem Brief, schnell und mit Überwindung, als müsse er eine Ratte einfangen. Oder ein anderes flüchtiges Tier, vor dem einem schaudert. Dann riß er das Kuvert auf. Der Briefbogen trug den Aufdruck eines Pharmakonzerns und sah vergilbt aus, als hätte er lange Zeit irgendwo herumgelegen. Pauline hatte mit schwarzem Filzstift geschrieben, ihre großen wilden Buchstaben füllten das Blatt auf beiden Seiten. *HALLO FRITZ.* Matilda konnte die Anrede in Blockbuchstaben sofort lesen, und sie wandte den Kopf zur Seite.
»Nein«, sagte Doktor Schrobacher, »nicht wegschauen. Lesen wir gemeinsam, ich bitte Sie.«
»Es ist *Ihr* Brief.«

»Es ist vor allem *Paulines* Brief. Er gilt uns beiden, glauben Sie mir.«
Matilda rückte näher an Doktor Schrobacher heran und fühlte seine Schulter an der ihren. Schade, daß ich das jetzt lesen muß, dachte sie.

HALLO FRITZ! Ich konnte im Moment nur dieses Blatt Papier auftreiben, aber erstaunlich ist, daß ich hier überhaupt etwas auftreibe, findest Du nicht? Man wird mir diesen Brief aufgeben, da bin ich ganz sicher. (Warum? ... Das verrate ich nicht. Aber ich denke, Du kennst Art und Charakter meiner Überredungskünste. Auch Dich habe ich immer wieder überredet. Stimmt's, Liebster?) Gern hätte ich mitangesehn, wie Du diese Überraschung – na ja, sagen wir ERLITTEN hast ... Hat Herr Schliewanzer Euch den Brief gebracht? Liest sie mit, die Lady? – Egal. Wichtig ist folgendes: ab morgen bin ich also in der Psychiatrie. Du mußt mir meinen Computer bringen. Zwar hast Du gesagt, das würde anfangs nicht gehen, aber es MUSS gehen, tut mir leid. Ich muß weiterschreiben, diese Geschichte darf nicht nur gelebt werden. Also setz Dich ins Auto. Du mußt Deine Idylle leider unterbrechen und die Titten-Lady kurz allein lassen. Sie wird in unserer Hütte schon zurechtkommen, und in meinem blutroten Bett ihren Rücken auskurieren. Seltsam, was? (Nur auf den Dachboden SOLL SIE NICHT! Nicht an meinen Schreibtisch! Das ist ein Befehl!!) Du fährst in meine Wohnung, den Schlüssel hast Du wohl?, und holst den Computer und ein paar Kleidungsstücke, die ich Dir jetzt aufschreibe, ab. 1. Die schwarze LASTEXHOSE, die enge, Du weißt. 2. Bluse mit Muster aus Halbmonden (liegt zusammengelegt im Schrank). 3. Meinen roten Hausmantel, Du weißt, der so leicht zu öffnen geht (mit Deiner Hand, meine ich natürlich, kleiner Nimmersatt). 4. Schwarze Slips, einige. 5. Drei Paar Strumpfhosen. 6. Der Pullover (grau) aus Island, hast Du mir dort geschenkt, muß in der Kommode sein. Vielleicht noch den Schal, rot, mit oriental. Muster. Alles in die schwarze Reisetasche, und mir bringen. BITTE NICHTS VERGESSEN. Auch den Drucker und Schreibpapier natürlich! Ja, ein paar Filzstifte! – Meistens bist Du ja umsichtig genug, daß nichts fehlt, sei es also diesmal auch. Und beeile Dich!!!! Irgendwie bin ich, trotz glänzender Behandlung, ganz froh, hier rauszukommen. Einen von den Wachebeamten werd ich wohl nie wieder loskriegen, ob er mich in der Klinik besuchen kann? Ob ich dort auch ein eigenes Zimmer habe? (Hier hatte ich eines, Dank Deiner Gutachten ... ob Du wirklich für gut erachtet hättest, was alles – Nur ein Wortspiel, Schätzchen, beruhige Dich.) Trotzdem wird es langsam langweilig. Ich brauche meine Arbeit. Und ich brauche Dich, vergiß das nicht. Delektiere Dich meinetwegen noch ein Weilchen an der Lady und ihren Prachttitten – ich weiß, sowas brauchst Du ab und an, eine Art Ausgleich. Aber dann retour, Liebster. Wir werden einander einfach wieder verzeihen, darin haben wir Übung. Ich weiß, wie sehr Du an mir hängst. Hast Du Euer Bett auch mit den roten Überzügen ausgestattet? Die aus Seide, ich hab sie besorgt, aber leider haben wir zwei sie dann nicht mehr benützt. Sie müssen irgendwo in der Hütte sein. Solltest Du sie nicht gefunden haben – spare sie für mich auf. FÜR UNS. Alles wird wieder gut, glaube mir. Fast hätte ich Lust, Dich nochmals zu heiraten – vielleicht in Australien, nach den Ritualen der Aborigines? Das soll möglich sein, hab ich gehört. Wir beide, wild, bemalt, nackt, ich sehe es vor mir. Und dann ein ewiges Versprechen. Ich würde es diesmal halten, glaube mir. Bitte, bring mir auch Toilettesachen, der kleine

Koffer steht im Fach links, schaufle hinein, was auf dem Glasbord steht, ja? Zahnbürste und Paste nicht vergessen! Ja, und: Watte, Tampons, Kleenex. Klopapier werden sie dort wohl haben. Fahr heute noch los, jetzt gleich, nachdem Du gelesen hast, ich warte DRINGLICH auf Dich. Scheiße, daß die Kleine das Messer überlebt hat – aber was nicht ist, kann noch werden ... Nein, nein, ein Witz! Ein Witz, mein Fritz! Steig jetzt ins Auto, hol alles, und komm. Es muß Samstag sein, nach meiner Berechnung. Samstag Abend bist Du also bei mir. Hoffentlich bin ich in dieser Klinik anständig untergebracht. Wenn nicht, wirst Du mir's in Ordnung bringen. Was täte ich ohne Dich, Liebster. Und was tätest Du ohne mich, ohne DEINE PAULINE. ICH KÜSSE DICH. Los jetzt, mach Dich auf den Weg.

Am Ende des Briefbogens, ganz in die Ecke gepreßt, hatte sie mit Filzstift ein schwarzes Herz gemalt, aus dem eine – ebenfalls schwarze – Flamme schlug. Am Briefrand daneben war noch der Satz *Es gibt Brände, die können nicht gelöscht werden* hingekritzelt.
Matilda legte den Kopf auf Doktor Schrobachers Schulter und schloß die Augen. Mir ist ein bißchen schlecht, dachte sie. Gleichzeitig hörte sie, wie er den Brief in kleine Teile zerriß, seine Schulter zuckte dabei hin und her. Als läge ich auf einem Schiff in Seenot, dachte Matilda. Um uns ein wüstes Meer aus roter Seide. Wrackteile schwimmen herum: schwarze Herzen, gelbe Halbmonde, Lastexhosen, Filzstifte, Tampons, Computerteile. In einer schwarzen Reisetasche paddelt jemand auf uns zu, eine Frau mit langem Haar, das im Wasser schleift. Sie bewirft uns mit Malzbonbons, die wie Schrapnelle explodieren. Sie rudert mit einem riesigen

Küchenmesser, zerschneidet das rotseidene Meer. Geräusche, als würde Haut zerschnitten. Das Schiff unter mir atmet schwer.
»Ich möchte sie erwürgen«, sagte Doktor Schrobacher, »ich weiß, das ist ein unzulässiger Wunsch, aber ich möchte sie erwürgen.«
Die Frau springt auf unser Schiff, ihre dicken Waden schaffen das mühelos. Sie nimmt ihr schwarzes nasses Haar wie einen Strick in die Hand und kommt auf uns zu. Sie wird uns erwürgen.
»Sie wird *gar nichts*«, sagte Doktor Schrobacher, »uns nicht erwürgen, uns nicht erstechen, uns *nicht mehr stören* vor allem. Ich werde sie loswerden, und das bald. Matilda! Machen Sie die Augen auf.«
Matilda öffnete die Augen. Auf dem Tisch lagen die Papierschnipsel. Vor der Laube wiegten die Grashalme sich nach wie vor in der Sonne. Doktor Schrobacher legte vorsichtig den Arm um ihren Rücken und sie richtete sich auf.
»Fahren Sie jetzt weg?« fragte sie.
»Es wäre am gescheitesten. Ich muß Tabula rasa machen, je eher, desto besser.«
»Tabula rasa?«
»Das heißt *reinen Tisch.* Auf lateinisch.«
»Sie sehen, ich bin ungebildet.«
»Sie sind *wissend*, und das ist mir lieber.«
»Egal, was Ihnen lieber ist, *ich bin ungebildet*, und es macht mir nicht das geringste aus.«
Doktor Schrobacher rückte ein wenig ab und sah Matilda an.
»Sie sind wütend«, sagte er.
»Ja, scheinbar«, sagte Matilda und strich sich die Haare aus der Stirn. Mir ist plötzlich heiß, dachte sie.
»Und warum?« fragte Doktor Schrobacher.

»Ich weiß nicht.«
»Nein?«
»Doch. Mir geht auf die Nerven – was ich da alles gelesen habe.«
»Glauben Sie es?«
»Eigentlich nicht.«
»Aber uneigentlich?«
»Waren Sie zu lange ein blödes Schaf.«
Doktor Schrobacher stand auf und trat hinaus in die Sonne. Er steckte die Hände in die Hosentaschen und schaute auf die Wiese zu seinen Füßen hinunter. Er starrt in das Gras, als hätte ich ihn gezwungen, es zu fressen, dachte Matilda. Aber das habe ich nicht gemeint. Seine grauen Locken glänzen in der Sonne. Auch sein Nacken über dem T-Shirt glänzt.
»Sie haben sicher nicht unrecht, Matilda«, sagte Doktor Schrobacher, »etwas habe ich zu lange anstehen lassen. Aber das hatte mit einer gewissen Leere in meinem Leben zu tun. Mehr mit Phlegma, als mit Leidenschaft. Was Pauline schildert, sind *ihre* Vorstellungen. Sie hat mich zu ihrem Sklaven und zum sexuell Hörigen stilisiert. Und sie ist verrückt geworden. Ich glaube ihr auch kein Wort – oder keine Andeutung – über die durch Lust käuflichen Wachebeamten. Sie wird sie simpel bestochen haben, vielleicht hatte sie ihr Scheckbuch in der Unterhose versteckt, weiß der Teufel, ist mir auch egal. Ihre Phantasie jedenfalls ist unermeßlich, das schon, und von der will ich endlich befreit sein. Die darf sich nicht zwischen uns drängen, Matilda. Denn genau das ist Paulines Absicht.«
Nachdem er ausgeredet hatte, hörte Doktor Schrobacher auf, das Gras zu betrachten, hob den Kopf und sah Matilda an.
»Fahren Sie weg?« fragte sie.

»Ja«, sagte Doktor Schrobacher.
»Wann?«
»Am besten gleich. Dann bin ich abends wieder hier.«

Matilda hatte dem Auto nachgesehen, das langsam und schwankend zwischen der blühenden Schafgarbe verschwand. Dann hörte sie, wie Gas gegeben wurde, Doktor Schrobacher mußte auf die Straße hinausgebogen sein. Bald darauf löste sich das Motorgeräusch in der Stille der Hügel auf.
Matilda wandte sich wieder dem Haus zu und ging langsam zwischen den Sträuchern dahin. Die Holunderblüten waren dabei, abzufallen, und strömten einen starken Geruch aus. Vor der Eingangstür bog sie rechter Hand ab und entfernte sich vom Haus. Sie ging unter den Bäumen dahin, bis sie in die Ebene hinausblicken konnte. Der Ahornhain wurde von Feldern begrenzt, die in sanftem Schwung zum Flachland hinunterführten und dort weiterliefen. Matilda stand im Schatten der letzten Bäume. Am Fuß einer Böschung lag ein Maisfeld vor ihr, die langen grünen Blätter raschelten im leichten Wind, der von der Ebene heraufwehte. In der Ferne waren Dörfer zu erkennen, Kirchtürme und Getreidesilos. Das Dorf, zu dem die Hütte gehörte und von dem aus Herr Schliewanzer den Brief gebracht hatte, mußte wohl in den Ausläufern der Hügelkette liegen, Matilda sah seitlich, hinter Wellen von Wiesen, Weingärten und Waldungen einen ziegelroten Turm aufragen, daneben den geschwungenen Giebel einer barocken, schloßartigen Fas-

sade. Mehr nicht. Hier ist man wirklich ungestört, dachte sie, die Zivilisation flüstert nur. In der Ferne ein Moped, das aufheult, eine Kirchturmuhr, die schlägt. Aber nichts dringt wirklich bis hierher. Ich bin allein. Ich gehe jetzt zum Haus zurück, vorsichtig, einen Schritt nach dem anderen. Mein Rücken spannt immer noch ein wenig, ich sollte nicht hinfallen. Vor allem jetzt, wo ich allein bin. Da ist der Liegestuhl, den Doktor Schrobacher mir aufgestellt hat, unter dem Ahornlaub. Hier ist es nicht heiß, ich werde im Liegestuhl bleiben. Obwohl das Bett nicht mit roter Seide bezogen ist und die blutige Überdecke zusammengerollt in der Ecke liegt. Lieber hier bleiben. Langsam hineingleiten in den Liegestuhl. So. Die Kissen tun gut. Angenehm, ja. Nichts tut weh, den Kopf lege ich zurück. Das Laub über mir. In der Höhe vergoldet es die Sonne. GOLDGRÜN. Dazwischen Ausblicke in den blauesten Himmel. Obwohl der Baum reglos dasteht, sind seine Blätter in Bewegung. Ganz leise. Nur ein Atmen. Schau, ganz oben sitzt eine Ringeltaube. Jetzt kommt eine zweite geflogen, gottlob. Sie sind schön, die beiden. Hell, wie aus Milch. Was hat Mela mir aus einem Tierbuch vorgelesen, damals, im Laden? Sie hat mir das Buch nicht geschenkt, *es ist zu teuer* hat sie gesagt. Viele farbige Zeichnungen waren drin, und daneben Aphorismen. Neben dem Bild zweier Tauben stand:

Fliegt nur eine Ringeltaube auf
frage ich besorgt
Wo ist dein Freund?

Das habe ich mir gemerkt. Erstaunlich, was man sich merkt. Auf dem Bild saßen die beiden Tauben eng aneinandergeschmiegt auf einem Dachfirst. Sie hatten zimtbraune Streifen um den Hals, wie die zwei da oben. Es waren naturalistische, sehr genaue Zeichnungen. Ich hätte das Buch gern gehabt. Die Luft ist still und warm, ich werde müde. Mittag muß schon vorbei sein. Ich soll ein Käsebrot essen, hat Doktor Schrobacher gesagt, abends würde er kochen, Kalbsschnitzel und Kartoffelauflauf. Ich habe aber jetzt keinen Hunger. *Was ist das*?!- Au weia, klopft mein Herz! Es waren nur die Ringeltauben, die aufgeflogen sind. Aber knatternd, wie Geschosse. Nur die Ruhe. Ich bin dieses Alleinsein wohl nicht gewöhnt. Immer das Rumoren der Stadt um mich, auch wenn ich allein war. Und jetzt bin ich hierher geraten wie an ein anderes Ende der Welt. Wo befinden sich Mela und Anton? Ich weiß es nicht mehr genau. Ahhh, dieser Windhauch. Die Blätter rauschen ganz leise. Ich glaube, ich habe Gänsehaut am Körper vor Wohlgefühl. Mein Arm ist von der Lehne geglitten, schlafe ich schon? Nein. Meine Hand fühlt Gräser und Blättchen. Erde dazwischen. Alles warm zwischen den Fingern. Den Kopf zur Seite sinken lassen. Jaaaa. In dem Tierbuch gab es auch das Bild einer Kuh. Sie erschien mir so schön, ein Antlitz von solcher Schönheit, die Tiefe ihrer Augen. *Warum sagen wir BLÖDE KUH?* habe ich gefragt. Papi Kurt hat von seinem Pult herübergerufen – wie so oft waren keine Kunden im Buchladen – *Um davon abzulenken, daß die blödesten aller Geschöpfe WIR sind, mein Schatz. Und sag auch niemals FIESES SCHWEIN. Sag immer FIESER KURT. Dann stimmt der Vergleich.* Mela hatte aufgeseufzt und ihm einen dunklen Blick zugeworfen. *Jetzt ist Papi blöd* sagte sie dann. Ich fand, daß er es diesmal nicht war. Ich fand, er hatte irgendwie recht. – Augen auf, Matilda, jemand kommt! – Ach was. Eine Amsel hat in vertrocknetem Laub nach Würmern gesucht, das raschelt dann eben. Warum bin ich so hysterisch? Komm, Augen wieder zu. Die Stille ist sanft. Niemand weiß, wo du bist. Du bist ganz verloren. Abhanden gekommen. Nur ein paar Bäume und Vögel wissen um dich. Keine Erträumung ist nötig, denn du bist sowieso dort. Doktor Schrobacher sollte bald wiederkommen. Aber es ist auch schön, auf ihn zu warten. Ohne daran zu denken, wo er jetzt ist. Er wird wiederkommen, das genügt. Wenn er den Auflauf macht, werde ich die Kartoffeln schälen. Das kann ich gerade noch. Mit ihm kann ich mich auch in dieses Bett legen. Aber bis er da ist, bleibe ich hier unter den Bäumen. Die Beine ausstrecken, das tut gut. Dabei den Rücken nicht bewegen, ihn in Ruhe lassen. Nachts habe ich ihn vielleicht ein wenig überfordert. *Wir* haben ihn ein wenig überfordert. Das sagte Doktor Schrobacher, als er mir den neuen Verband anlegte, und so ist es. Wir. Nicht nur ich. Einem Körper ausgeliefert, der allein tanzt. Irgendwo brummt ein Auto. Mein Liegestuhl schwingt leise hin und her. Ich lasse mich los. Die Schaukel trägt mich über die Wipfel und wieder zurück. Ich glaube, jetzt schlafe ich ein. Es ist, als läge ich *in* den Ahornblättern, so frisch und leicht umgibt es mich. Eine Baumschaukel, ja. Wenn sie mich ins Firmament hochtreibt, sehe ich neben mir die Lerchen in der Luft schwirren und singen. Der Himmel ist blaß, so hoch oben. Blaß vor Weite. Die Rechtecke der Felder fügen sich ineinander wie ausgelegte Schals. *Lange schmale Halstücher* steht dafür im Duden. Wenn ich im Hinterzimmer des Buchladens Langeweile hatte, habe ich im Duden geblättert, und Mela sah es gern. *Gut so* sagte sie *lerne Wörter begreifen.* Eigenartig, was mir im Gedächtnis geblieben ist. Daß Eos die griechische Göttin der Morgenröte ist, und Eosin ein roter Farbstoff, zum Beispiel. Daß die Kippe eine Spitze oder Kante, eine Turnübung, und ein Zigarettenstummel sein kann. Und die Ribattuta ist ein langsam beginnender, allmählich schneller werdender Triller. Was die Lerchen um mich herum von sich geben, ist wohl etwas Ähnliches wie Ribattuten. Unglaublich, wie sie die Luft beherrschen. Meine Ahornschaukel gleitet an ihnen vorbei, ich sehe das Glänzen ihrer kleinen dunklen Augen und schlafe einen köstlichen Schlaf dabei. Im Schlaf die Welt überschauen, was gibt es Köstlicheres. Wo die Ebene ausläuft, ist der Horizont golden, ein weiches verschwimmendes Gold, das den Absturz unsichtbar macht. Etwas fliegt von dorther auf mich zu, wird langsam größer. Etwas Dunkles. Ein kleiner Körper. Ein menschlicher Körper. Ein Säugling. Es ist das afrikanische Kind, jetzt erkenne ich es. Immer näher kommt es. Ganz nahe jetzt. Das uralte Kindergesicht. Die anklagenden Augen streifen mich, aber sie schauen ruhig. Es ist ja bereits tot, das Kind. Es fliegt vorbei wie ein Gestirn auf seiner Bahn. Aber jetzt schert es aus und beginnt mich gleichmäßig zu umkreisen, was will es von mir. Ich habe es doch schon in mich aufgenommen, und es wird mich ohnehin beschweren bis ans Ende meiner Tage. Das Kind bewegt seinen Mund. Es spricht! Es spricht wie ein erwachsener Mensch, besser gesagt, es ruft mir etwas zu. *Ich soll dich nicht nur beschweren!* hat es gerufen. Was sonst sollte geschehen, ich bin weit weg von allem, einer von vielen nutzlosen Menschen, ich kann nur aufschreien und alles in mich hineinholen, um es dann zu vergessen. Was schreit das Kind mir jetzt zu? *Kümmere dich um die Welt!* Gut und schön, was heißt denn das. Wie kann man sich um die Welt kümmern. *Sie fängt neben dir an* hat es jetzt gesagt. Laut und deutlich. Es breitet seine kleinen dünnen Arme aus und fliegt wieder davon. Warte, Kind! Ich muß dir noch etwas sagen! Ich habe mich nie um Politik gekümmert! Hörst du? Und die afrikanischen Zustände sind so verworren! Wie die jugoslawischen! Wie alle Zustände, die man nicht bewohnt! Und ich leide an meinen eigenen Zuständen! Verstehst du, Kind? Wie kann man sich um die Welt kümmern, wenn man selbst verkümmert? *Keine Wortspiele!* hat es mir doch tatsächlich zugerufen. Was? Ich verstehe es kaum noch, das dunkle Kind, es wird immer kleiner im Wegfliegen. Aber es ruft zu mir her. *Um Politik geht es nicht, nur um deine Aufmerksamkeit. Erfinde dir, was du willst, aber laß die Welt nicht aus den Augen. Laß dir von mir sagen, daß der* – WAS? Ich verstehe dich nicht mehr! Daß der – wer? was? Kind! Kleines dunkles Kind! Bleib stehen! Oder kehre um, einmal noch! Totes ewiges altes winziges anklagendes Kind, flieg mir nicht wieder davon. Was genau willst du mir sagen? Meine Schaukel dreht einen Looping und fällt wieder zur Erde zurück, das auch noch. Es wird so eng. Das Herabfallen scheint die Luft gegen meinen Hals zu pressen. Kind, hilf mir. Etwas drückt mir den Atem ab. Ich ersticke, glaube ich. Ich würge. – Was schnürt sich da um meine Kehle. Ich kann nicht mehr schreien. Gleich sterbe ich. Es wird so dunkel, ich muß die Augen aufmachen. Ich schlafe nicht mehr, ich muß die Augen aufmachen –

Matilda sah Paulines Gesicht über sich. Es war rot vor Anstrengung und seltsam verzerrt. Als hätten Augen, Nase und Mund die Plätze gewechselt. »Gleich hab ich dich«, stieß Pauline keuchend hervor, und zog das, was um Matildas Hals gelegt war, noch fester zu. Schwarze Sterne zuckten auf, am Rande einer tiefen Finsternis. Matilda hob ihren Arm, es war, als zöge sie ihn aus der Tiefe eines Sumpfes hoch. Dann bohrte sie ihre Finger in Paulines Gesicht. Sie fühlte, daß sie einen ihrer Augäpfel berührt hatte, und krallte sich in ihrer Wange fest. Pau-

line brüllte auf und ließ ein wenig nach. Matilda konnte Luft holen, und riß gleichzeitig an Paulines Haaren, die über den Liegestuhl hingen. Sie riß mit aller Kraft, als wolle sie sie ausreißen. Wieder schrie Pauline auf. »Verdammtes Weibsstück«, kreischte sie und faßte mit einer Hand nach ihrem Haar. Als Matilda fühlte, daß Pauline lockergelassen hatte, griff sie schnell nach dem, was sie hätte strangulieren sollen, und zog es sich vom Hals. Es war ein weißer Frotteegürtel.
Pauline, die hinter dem Liegestuhl stand und versucht hatte, sie zu erwürgen, beugte sich blitzartig nach vorn und versuchte, den Gürtel wieder an sich zu reißen. Ihre winzigen Brüste berührten Matildas Kopf, das lange schwarze Haar fiel wie ein Schatten über sie beide. Ehe Paulines Hände zupacken konnten, hatte Matilda das Frotteeband um sie geschlungen. Ich wußte nicht, daß ich das kann, dachte Matilda, aber jetzt eben war ich sehr geschickt. Wie ein Cowboy, der sein Lasso wirft. Ich habe Paulines Hände tatsächlich in der Schlinge. Aber was nun.
»Wenn du glaubst, daß dir das was nützt, irrst du dich«, keuchte Pauline dicht über ihr. Sie waren beide in einem Zelt aus schwarzen Haaren gefangen, Paulines Achselhöhlen rochen stark nach Schweiß. Matilda knüpfte den Gürtel noch fester. Als sie aufstehen wollte, drückte Pauline sie mit den Ellbogen in den Liegestuhl zurück, und ein stechender Schmerz fuhr ihr durch den Rücken. Egal, dachte Matilda, packte Paulines Arme und zerrte sie mit einer wild entschlossenen Bewegung zu sich herunter. Es war fast ein Salto, mit dem Paulines Körper über den Liegestuhl hinwegrollte. Matilda hatte die Enden des Gürtels nicht losgelassen, und als Pauline mit dem Rücken im Gras lag, stand sie über ihr und hielt sie weiterhin

fest. Pauline begann zu strampeln, sie schlug mit ihren Beinen nach Matilda und spuckte sie an.
»Nur weil du ein fettes Weib bist!« schrie sie, »ein muskulöser fetter Brocken! Aber ich krieg dich schon noch klein, ich werde dir deinen fetten Hals schon noch umdrehen. Wir sind allein auf weiter Flur, ich habe Zeit!«
Sie wälzt sich unter mir herum, dachte Matilda, als wäre sie ein Käfer, der nicht auf die Beine kommt. Meine Wunde tut jetzt fürchterlich weh, aber ich darf sie nicht loslassen. Ich werde niederknien und sie außerdem am Liegestuhl festknüpfen, der wirkt zumindest als Hindernis. Au, das war ihr Fuß in meinem Bauch. Weitermachen. So. Den Liegestuhl wird sie so schnell nicht los, und wenn sie ihn noch so herumschüttelt. Wenn ich nur auch ihre Beine festbinden könnte.
Pauline trug eine weite graue Hose, die ihr über die runden weißen Waden hinaufgeglitten war. Ihren Oberkörper bedeckte nur ein Unterhemd mit dünnen Trägern. Einer dieser Träger war abgerissen. Matilda griff danach und zerrte daran. Das Hemd zerriß völlig, und Matilda hatte ein Teil davon in der Hand. »Arschloch!« schrie Pauline. Matilda versuchte, ihre Füße einzufangen, aber Pauline schlug mit ihnen um sich und stieß sie Matilda in den Leib. Was tue ich, dachte Matilda. Und in der nächsten Sekunde saß sie auf Paulines Bauch und warf ihren eigenen Oberkörper über deren Beine. Wir benehmen uns wie Freistilringerinnen, dachte sie kurz, und knüpfte gleichzeitig Paulines Knöchel mit dem Hemdfetzen aneinander. Der Körper unter ihr zuckte und bäumte sich, aber es gelang ihr schließlich, auch Paulines Füße zu fesseln. Nicht für lange, dachte Matilda, dieses Baumwollhemdchen wird bald nachgeben. Sie blieb auf Paulines Bauch sitzen, drehte sich aber deren

Gesicht zu. Es war schweißbedeckt. Die malzbraunen Augen glühten, als würden sie demnächst aus dem Kopf springen wie heiße Lavabrocken. Die Frau ist wahnsinnig, dachte Matilda, was mache ich nur mit ihr. Ich kann doch nicht ewig so auf Paulines Bauch sitzenbleiben und sie dadurch bändigen. Außerdem spüre ich etwas Warmes auf meinem Rücken, sicher hat meine Wunde zu bluten begonnen.

»Bilde dir ja nicht ein, daß du mich besiegt hast«, sagte Pauline plötzlich. Sie hatte mit einem letzten wilden Ruck aufgehört, sich zu wehren, streckte die gefesselten Beine aus und lag ruhig unter Matilda. Ihre Haare liefen wie dünne schwarze Schlangen durch das Gras und ihr Oberkörper war jetzt völlig nackt. Der Rest des Hemdes lag zerknüllt in ihrer Magengrube. Da es plötzlich still geworden war, konnte man hören, wie heftig beide atmeten.

»Wie bist du denn hierhergekommen?« fragte Matilda. Daß ich sie das frage. Sie wollte mich wieder umbringen, und ich frage sie *das*.

»Abgehauen. Und ein Auto gestohlen.«

»Aus der Psychiatrie abgehauen?«

»Warum nicht? Nichts leichter als das. Und das Auto stand quasi vor der Tür.« Jetzt schien Pauline sich unter ihr fast wohlig zu räkeln, und sie lächelte triumphierend zu Matilda hinauf. »Ich finde, ich habe das alles genial getimt. Mir war klar, daß mein Brief unseren Schrobbi von dir weglocken würde. Ungefähr Samstag vormittag. Also bin ich um diese Zeit ausgerissen. Es war kinderleicht, ich mußte eigentlich nur weggehen, die kümmern sich ohnehin kaum um einen. Mußt nur freundlich dreinschauen und nicht so tun, als wolltest du weglaufen. Dann war da das Auto mit Schlüssel, die Götter wollten

es so. Wenn nicht, hätte ich ein Taxi genommen und hier auf meine Weise bezahlt ... darin habe ich mittlerweile Übung.«
Pauline kicherte leise und blinzelte zu Matilda hoch. Ihre Schultern und ihr nackter Oberkörper wirkten abgemagert, die Haut spannte über dem Schlüsselbein, die kleinen Brüste schienen noch kleiner geworden zu sein. Sie schaut mich an wie ein obszönes Kind, dachte Matilda.
»Ich glaube, dein Rücken blutet«, sagte Pauline, »ich spüre etwas Warmes, und auf deinem Pyjama sind Flecken.«
»Kann sein«, sagte Matilda.
»Irgendwann wirst du zu schwach, mich festzuhalten. Ich brauche nur zu warten.«
Paulines Körper entspannte sich noch mehr, Matilda fühlte, wie er unter ihr nachgab und weich wurde.
»Außerdem blutest du mir direkt in den Schoß, das ist angenehm. Erinnert mich an eine andere warme Feuchtigkeit.« Pauline schloß die Augen. »Wenn ich dich nicht sehe – könnte ich glauben – Du bist schwer wie ein Mann, weißt du das?«
Paulines Unterleib geriet in sanft kreisende Bewegung. Ich kann nur auf ihr sitzen bleiben, dachte Matilda.
»Aber der Gedanke, daß deine großen Brüste über mir hängen, ist auch stimulierend«, sagte Pauline mit geschlossenen Augen, »vielleicht lerne ich so, Fritz zu verstehen. Oder deinen Anton. Ja, deine Brüste regen mich auf. Schade, daß du meine Hände zusammengebunden hast. Sonst würde ich dir gerne unter die Jacke greifen, um sie anzufühlen. Die Form deiner Brustspitzen würde mich interessieren. Du warst zwar nackt, als ich dich erstochen habe, aber ich konnte damals nur deinen Rücken sehen. Sind sie so spitz wie meine? Schau jetzt mal auf mich herunter, ich bin sicher, meine sind jetzt besonders

spitz. Ah, ich fühle mich gut. Ich bin so erregt. Ich glaube, ich komme bald.«
Der Körper unter Matilda begann immer heftiger zu kreisen.
»Ah. Und die Vorstellung, daß dein Blut mir in die Möse fließt – Besser als Sperma. Das jetzt – ist überhaupt besser – als je irgend etwas – Ah – ich sollte es vielleicht – nur noch – mit Frauen – treiben – ja – o ja –«
Paulines Orgasmus brach mit Gewalt hervor, und ihr Stöhnen geriet zuletzt zu einem langen Schrei. Du meine Güte, diese verrückte Frau, dachte Matilda, während sie auf Paulines Körper hin- und hergeschüttelt wurde. Ich muß aufpassen, daß der Frotteegürtel und die Hemdschnur nicht aufgehen. Sie nutzte Paulines Ekstase und zog die Fesseln fester. Wie könnte ich sie weiter ablenken, überlegte sie, soll ich ihr meine Brüste *zeigen*? Aber ihren Orgasmus hatte sie ja schon.
Langsam kam der Körper unter Matilda wieder zur Ruhe und Pauline öffnete schließlich träge ihre Augen.
»Laß ihn mich anschauen«, sagte sie.
»Wen?«
»Deinen Busen.«
Na bitte, dachte Matilda. Sie ließ Paulines Fesseln nicht aus den Augen, während sie langsam die blaue Pyjamajacke hochhob. Zeit lassen. Für alles viel Zeit lassen. Als die Luft ihre nackte Haut berührte, merkte sie, wie verschwitzt sie war.
»Beeindruckend«, sagte Pauline, »fasse ihn bitte selber einmal an.«
»Wen?«
»Na wen. Deinen Busen natürlich, frag nicht so blöd.«
Eine spezielle Form von Terror, dachte Matilda, den ich hier erlebe. Besser, ich knöpfe meine Jacke auf, statt sie

hochzuhalten. Das schmerzt nämlich im Rücken. Eigenartig, dieser Striptease.
Während sie einen Knopf nach dem anderen löste, starrte Pauline sie reglos an. Dann öffnete Matilda langsam ihre Jacke. Wie das Vorhangziehen im Kasperltheater, dachte sie. Wenn Mela ihn zog, tat sie es genauso feierlich. Und ich schaute wohl genauso gespannt zu wie jetzt Pauline. Es war ein antikes, schön gemaltes kleines Kasperltheater aus Pappendeckel und stand zum Verkauf im Buchladen. Auch die gemalten Figuren waren aus Pappendeckel. Allein durfte ich nie damit spielen, später wurde es verkauft. Der Kasperl hatte kleine Schellen auf der Mütze. Der Vorhang war aus roter Seide, mit einem Goldstreifen am Saum.
»Los«, sagte Pauline.
Also los, dachte Matilda, was bleibt mir übrig. Sie hob die Hände und berührte ihre Brüste.
»Streicheln«, sagte Pauline.
Vielleicht hat Doktor Schrobacher schon erfahren, daß sie abgehauen ist, dachte Matilda und streichelte langsam ihren Busen. Vielleicht ahnt er, daß sie hier ist und kommt bald.
»Die Brustspitzen!« befahl Pauline.
Scheiße, sie stellen sich auf, dachte Matilda, als sie ihre Brustspitzen streichelte.
»Sie stellen sich auf!« schrie Pauline triumphierend.
Das tun sie immer, wollte Matilda sagen, aber hielt sich dann zurück. Nicht viel reden, nur Zeit gewinnen, dachte sie. Da liebkose ich mich selbst, obwohl mein Rücken teuflisch weh tut. Und meine Brüste reagieren, als gehörten sie nicht zu mir.
»Du hast Blut auf der Brust«, sagte Pauline, »jetzt werden grade deine Finger blutig.«

Matilda sah schnell an sich herab. Tatsächlich, da liefen von der Schulter herab dünne rote Linien, die von Blutstropfen gezogen worden waren. Sie fing einen dieser Tropfen mit ihrem Zeigefinger ab und verschmierte ihn über der Brustwarze. Eklig, dachte Matilda, aber vielleicht gefällt ihr das so sehr, daß sie wieder eine Weile außer sich gerät. Pauline jedoch blickte nur grübelnd zu ihr hoch.

»Diese Szene möchte ich aufschreiben«, sagte sie, »und zwar auf der Stelle. Deine großen Brüste, deine Hand mit den blutigen Fingern, die roten Linien auf deiner Haut. Die erstaunlich hell ist, wie die Farbe mancher Kiesel. Über deinem Kopf die Ahornblätter, tiefes Grün. Da ich nicht malen kann, muß ich das aufschreiben. Jetzt. Laß mich ins Dachzimmer.«

Um Gotteswillen, dachte Matilda, jetzt wird das Geraufe wieder losgehen, warum will sie denn plötzlich *schreiben*?

»Dein Computer ist doch nicht hier.«

»Woher weißt du das? Warst du oben in *meinem* Zimmer?«

Paulines Körper hatte sich mit einem Schlag angespannt.

»Nein. Ich dachte nur, daß er nicht hier ist.«

»Aber Papier ist hier. Und irgendein Stift. Bring mich hinauf.«

»Nein«, sagte Matilda.

»Ich laufe nicht weg. Und ich tu dir nichts mehr.«

»Das glaube ich dir nicht.« O Gott, ich will nicht mehr mit ihr kämpfen, dachte Matilda, ich habe Schmerzen.

»Du kannst mir aber glauben. Sage ich nicht immer, was ich vorhabe? Ich hatte vor, dich diesmal endgültig umzubringen. Aber unsere Liebesszene war zu schön. Dieser

Orgasmus hat mich geschafft. Sollen die mich hier ruhig finden, was passiert schon? Ich bin ohnehin verrückt. Erzähle du ihnen einfach nicht, daß ich dich erwürgen wollte. Dann bringen sie mich in aller Ruhe in die Psychiatrie zurück, und die Sache hat sich.«

Als Pauline sich aufrichtete, klappte der Liegestuhl zusammen und fiel schwer auf ihren Oberarm.

»Arschloch«, schrie sie, »du hast vergessen, mich auch davon loszubinden!«

»Ja«, sagte Matilda, »das hab ich vergessen.«

Sie saß vorgebeugt im Gras und ihr schwindelte. Sie sah die vom Kampf zerdrückten Halme und Blättchen ineinandergleiten, zu einer graugrünen Masse werden, Blasen bilden, und auf und niedersteigen. Das Erdreich vor ihr schien immer heftiger in Bewegung zu geraten, und sie fühlte, daß ihr übel wurde.

»Nicht zu glauben, wie du mich in der Eile derart gut fesseln konntest«, Pauline riß an dem Frotteegürtel, der ihren Arm an den Liegestuhl band, »sei jetzt bitte auch *Ent*fesselungskünstlerin und befreie mich.«

Matilda wandte ihren Kopf zur Seite und erbrach.

»Na wunderbar«, sagte Pauline. Sie blieb ruhig sitzen und wartete ab. Ich kann nicht mehr, dachte Matilda immer wieder, und dennoch krümmte sie sich gleich darauf, und ein neuer Schub Erbrochenes schoß ihr aus dem Mund.

»Dir *ist* aber schlecht«, kommentierte Pauline, »was habt ihr zwei denn gegessen? Meist kocht Fritz doch vorzüg-

lich. Oder das kommt von deiner Stichverletzung. Wer weiß, vielleicht krepierst du jetzt doch noch daran.«
»Nein«, sagte Matilda, »ich krepiere überhaupt nicht.«
Sie riß ein paar Blätter aus und wischte sich damit den Mund ab. Jetzt ist Ruhe, dachte sie, und mir ist auch nicht mehr schwindlig. Sie soll jetzt schreiben. Ich muß sie dazu bringen, daß sie irgendwo sitzt und zu schreiben beginnt. Und ich darf sie nicht aus den Augen lassen. Leider tut mir der Rücken abscheulich weh, aber ich zeige es ihr nicht. Matilda beugte sich zu Pauline hinüber und versuchte die Knoten des Gürtels aufzulösen.
»Ich hab's gleich«, sagte sie, »unser Gerangel hat sie so festgezogen.«
»*Gerangel* nennst du das?« Pauline lachte.
Um Himmelswillen, dachte Matilda, nicht dieses dunkle gurrende Lachen, keine Erotik mehr, bitte. Sie riß an den leicht gelockerten Knoten, und sie ließen sich endlich lösen.
»So«, sagte Matilda, »jetzt kannst du ins Haus und schreiben.«
»Ach ja – ich wollte schreiben –«, sagte Pauline.
Sie blieb sitzen und rieb ihren Arm. Matilda rollte den Frotteegürtel zusammen und behielt ihn in der Hand. Vielleicht brauche ich ihn noch, dachte sie. Wenn Doktor Schrobacher nur käme. Ihr fiel plötzlich auf, daß die Sonne bereits schräg stand, und es war heiß unter den Bäumen.
»Gehen wir«, sagte Matilda und stand auf. Ein Stechen durchfuhr dabei ihren Rücken.
»Ja«, auch Pauline rappelte sich langsam hoch, »Ihr Erbrochenes stinkt fürchterlich in der Hitze.«
Sie wandte sich um und ging vor Matilda auf das Haus

zu. Sie ging aufrecht und mit nacktem Oberkörper, die schwarzen Haare fielen ihr über den Rücken wie ein Cape. Kleine Blättchen und Gräser hatten sich zwischen den aufgerauhten Strähnen verfangen. Trotz allem eine Königin, dachte Matilda und folgte ihr. Geht schnurstracks auf das Haus zu, als könne es gar nicht anders sein. Ich, mit meinem blutigen Pyjama, wackle hinter ihr her wie ein müder Untertan. Sie hat mich auch wieder gesiezt. Da geht sie, die Verrückte, und ist völlig bei sich. Wo bleibt nur Doktor Schrobacher.
Die Mauern des kleinen Hauses leuchteten im späten Licht. An der Eingangstür riß Pauline im Vorbeigehen eine weiße Rose aus der Hecke, hob den Arm und steckte sie sich beiläufig ins Haar. Matilda blieb dicht hinter ihr, aber die beiden Stufen vor der Türschwelle machten ihr Mühe. Meine Wunde, dachte sie, das Bluten entkräftet mich.
»Ist doch nett hier«, sagte Pauline und sah sich im Raum um, »netter, als ich's in Erinnerung hatte. Auf Dauer wäre es mir zu klein, aber Fritz ist so ein Schrebergartenmensch, à la *das Glück wohnt in der kleinsten Hütte.* Nicht für mich. Das Glück – wenn schon – wohnt nur in den großen Leidenschaften. In Palästen von Liebe und Haß.«
Recht so, dachte Matilda, schon ist sie bei ihrem Lieblingsthema, dem Haß, gelandet, sie soll weiterphilosophieren.
»Was macht eigentlich die Geschichte von Jakob und Jessica?« Blöde Frage, dachte Matilda.
»Blöde Frage«, sagte Pauline, »Sie können sich vorstellen, daß ich in der Zwischenzeit nicht sehr zum Weiterschreiben kam.«
»Ach ja, natürlich.« Ich rede nur Blödsinn, dachte Matilda. Warum kommt niemand. Ich weiß nicht, wie lange

ich noch durchhalten kann. »Aber jetzt – du wolltest doch jetzt schreiben.«

»Duze mich nicht«, sagte Pauline, »unsere love-affair ist vorläufig vorbei. Und ob ich schreiben will oder nicht, weiß ich schon selbst. Ich bin nicht unzurechnungsfähig, also behandle mich auch nicht so.«

Sie ging langsam durch das Zimmer, als sähe sie jeden Gegenstand zum ersten Mal. Das späte Licht fiel durch die Fenster und ließ ihr schwarzes Haar glitzern, als sie hindurchschritt. Vor dem Bett blieb sie stehen.

»Weiß wie die Unschuld«, sagte Pauline.

Dann riß sie die Decke hoch.

»Sieh mal an. Die Flecken auf dem Laken sind aber so unschuldig nicht, ihr müßt es ja ordentlich getrieben haben. Aber wenigstens ist mein rotes Seidenbettzeug sauber geblieben. Das hätte er nie über sich gebracht, mein guter anhänglicher Schrobbi, ich hab's gewußt.«

Wir wollten Ihr blödes rotes Bett nicht! Matilda schrie Pauline an, ohne den Mund aufzumachen. Nehmen Sie die ganze Seide aus dem Schrank und verschwinden Sie endlich. Ich sieze Sie von Herzen gern, und für alle Zeit. Und am liebsten würde ich Sie nie wieder anreden müssen. Ich möchte Sie vergessen dürfen. Statt dessen muß ich jetzt hinter Ihnen her sein, wie hinter einer Naturgewalt, die es zu beschwichtigen gilt. Als wären Sie je zu beschwichtigen. Wie spät mag es sein?

Pauline warf sich mit einem Schwung auf das Bett und schloß die Augen.

»Kommen Sie zu mir«, sagte sie.

Das nicht, dachte Matilda, das tue ich wirklich nicht. Ich lasse mich nicht von dieser Frau in diesem Bett vergewaltigen. Doktor Schrobacher, wo bleiben Sie. Mein Rücken tut höllisch weh und ich bin müde.

»Wird's bald«, sagte Pauline, »euer beflecktes Linnen törnt mich an. Legen Sie sich schleunigst zu mir.«
»Nein«, sagte Matilda, »mein Rücken ist zu blutig.«
»Noch besser«, Pauline hob träge den Arm und winkte sie gebieterisch zu sich her, »daß Blut mich ebenfalls antörnt, wissen Sie doch längst.«
»Das alles ist blödsinnig!« Jetzt schreie ich wirklich, und ich dürfte nicht so schreien, dachte Matilda. »Sie wollten doch ins Haus, um zu *schreiben*! Sie haben es mir versprochen!«
»Reg dich nicht so auf und brülle hier nicht herum«, sagte Pauline.
Sie richtete sich wieder auf und schaute um sich, als suche sie etwas. Und noch ehe sie den Kopf bis dorthin gedreht hatte, sah Matilda selbst den Messerblock in der Küchennische stehen. Eine blitzende, gut geschliffene Anordnung von Messern in allen Größen, wie perfekte Köche sie benötigen.
»Gehen wir jetzt rauf an Ihren Schreibtisch?«
Ich habe die Frage viel zu atemlos gestellt, dachte Matilda, und löste den zusammengerollten Frotteegürtel in ihren Händen unauffällig wieder auf. Gleich wird sie es sehen. Gleich wird sie die vielen Messer sehen.
»Ich weiß schon, warum du mich oben haben willst«, sagte Pauline und wandte ihr Gesicht lächelnd zu Matilda zurück.
»Damit Sie das tun, was Sie wollten. Schreiben.«
»Ich glaube nicht, daß ich das jetzt immer noch will.«
»Was wollen Sie dann?«
Pauline nahm die weiße Spalierrose, die zu rutschen begonnen hatte, aus ihrem Haar. Dann preßte sie sie mit beiden Händen an ihre Nase und roch daran. Dabei ließ sie Matilda nicht aus den Augen und hörte nicht auf, zu lächeln.

»Vielleicht möchte ich ein Motiv unserer Geschichte wiederholen.«

»Was sagten Sie? Ich hab Sie nicht verstanden, Sie haben zuviel Rose vor dem Mund.« Matilda nahm die beiden Gürtelenden fester in die Hände. Pauline biß in die Rose, als wäre sie ein Fleischstück, zerdrückte sie mit den Fingern, und streute die zerfetzten Blütenblätter über das Bett. Dann lachte sie hell auf.

»Wie du siehst, ist nichts vor mir sicher, auch ein unschuldiges Blümchen nicht. Jedenfalls denkst du dir das gerade, ich erkenne es am Schatten in deinen Taubenaugen. Ja, mein Täubchen. Du bleibst jetzt, wo du bist. Ich werde aufstehen und mir etwas Schönes holen, du weißt schon was. Mit Sicherheit bin ich schneller als du und näher dran, du hast also keine Chance. Das Sortiment hier ist übrigens weitaus besser als das in meiner Küche. Und diesmal gehe ich direkt ins Herz, von vorne her. So ein Glück wie beim letzten Mal wirst du nicht nochmal haben.«

»Man wird wissen, daß Sie es waren«, sagte Matilda.

»Na und? Ich bin doch verrückt.«

»Wenn Sie's noch mal tun, wird Ihre Unzurechnungsfähigkeit unglaubhaft.« Ich muß reden, dachte Matilda und versuchte sich unmerklich näher ans Bett zu schieben. Ich muß ihr Hölzchen hinwerfen, an denen ihre Gedanken sich festhalten wollen. »Vor allem, wenn Sie nochmals die – gleiche Methode anwenden.«

»Wahnsinnige sind immer auf etwas fixiert.«

»So wie Sie auf Doktor Schrobacher?«

»Täubchen!« Pauline schrie auf vor Lachen, »auf *dich* bin ich fixiert, wenn überhaupt. Doch nicht auf Schrobbi. Der gehört einfach dazu, verstehst du? Es gibt Bestandteile, die ein Leben zusammensetzen, einer davon ist er.

Ihm geht es genauso mit mir, ich bin sein fehlendes Teil, nach dem er ewig suchen muß, wenn er es nicht hat. Wir sind einander *unerläßlich*. Das ist was anderes als Fixiertsein. Da sind andere Dimensionen im Spiel, ewige, glühende, tödliche. Und da gibt's kein Entrinnen, auch wenn Schrobbi manchmal mit solchen Gedanken spielen sollte, wenn dein Riesenbusen ihn aufregt. Ich mag es nicht, wenn er mit solchen Gedanken spielt. Genausowenig wie mit deinem Busen. Apropos«, Paulines Blick glitt prüfend über Matildas Oberkörper, »ich muß aufpassen –«

– daß ich mit dem Messer dazwischentreffe, zwischen deine großen Titten, das denkt sie jetzt, dachte Matilda. Die sinkende Sonne warf Lichtbahnen tief ins Zimmer hinein, und Pauline saß da wie in einem Strahlenkranz. Wie eine Katze, deren Fell durchleuchtet wird. Eine Katze auf dem Sprung. Die bonbonbraunen Augen schienen an Matilda zu kleben, während der Körper sich anspannte, um die zielsicherste Bewegung vorzubereiten. Die kleinen nackten Brüste vibrierten leicht, während sie, bereit zum Absprung, die Arme gegen das Bett stemmte.

»Wie kommen Sie von hier weg, wenn Sie mich erstochen haben?« Weiterreden, weiterfragen, irgendein Gespräch weiterführen, dachte Matilda, nur nicht wieder kämpfen müssen.

»Ich *bleibe*, mein Schatz. Und wer immer mich hier findet – du kannst mir glauben, daß ich auf vollendete Weise die irrsinnig gewordene, vorübergehend umnachtete Schriftstellerin darstellen werde, der ein Unglück passiert ist.«

»Doktor Schrobacher werden Sie damit nicht überzeugen.«

»*Doktor Schrobacher* kann mich am Arsch lecken, und Schrobbi *werde* ich zu überzeugen wissen. Es ist mir noch immer gelungen.«
»Könnte die Situation – könnte *er* sich nicht verändert haben?«
»Du meinst, weil er in dich verknallt ist, meine Süße? Da irrst du leider. Ist er nicht wieder brav wie ein Ochse all meinen Befehlen gefolgt? In die Stadt gefahren, wahrscheinlich gehorsam erst zu meiner Wohnung und dann in die Klinik, und hat dich mutterseelenallein zurückgelassen?«
Da hat sie recht, dachte Matilda. Jetzt könnte er aber langsam zurückkommen.
»Vielleicht ist er nur arglos«, sagte sie.
»Bei mir ist man nicht ungestraft arglos«, antwortete Pauline.
Da hat sie auch recht, dachte Matilda.
Vor einem der geöffneten Fenster flog eine Amsel aufzwitschernd vorbei, es klang, als würde sie ins Zimmer hereinschreien. Pauline zuckte zusammen. Dann schnellte sie hoch. Und ehe Matilda *Nur die Ruhe, das war doch nur ein Vogel* schreien konnte, wozu sie angesetzt hatte, wischte Pauline zur Küchennische und riß das größte der Messer aus dem Block. Sie bewegte sich schnell wie ein Schatten. Als sie Matilda mit dem Messer gegenüberstand, befand sich das Bett als Barriere zwischen ihnen, denn Matilda war gleichzeitig schutzsuchend an dessen Breitseite ausgewichen. Diese schnelle Bewegung hatte ihr weh getan, und die warme Feuchtigkeit auf ihrem Rücken war wohl wieder Blut. Gemischt mit Schweiß. Angstschweiß. Ja, ich habe jetzt Angst, dachte Matilda. Weil ich mir nicht mehr zu helfen weiß. Pauline steht da wie ein Racheengel mit dem Flammen-

schwert. Das große Messer blitzt in der einfallenden Abendsonne und blendet mich. Ja, zum Teufel, *sie* versucht mich zu blenden. Und kichert dabei. Der Widerschein auf dem Messer ist so grell, daß ich die Augen schließen muß.

»Ich seh, ich seh, was du nicht siehst«, schrie Pauline vergnügt.

Vielleicht lenkt sie das wenigstens kurz ab, dachte Matilda, soll sie mit dem Messer in der Sonne herumspielen. Aber was dann? Wenn sie über das Bett zu mir herspringt, hat sie mich schnell durchbohrt. Soll ich mich auf den Boden legen? Nein. Dann gelingt es ihr noch leichter. Ich müßte ihr irgendwie das Messer abluchsen und sie wieder fesseln. Aber wie?

»Auch die Sonne ist mein Freund, weil sie auf mein Messer scheint!!« schrie Pauline jetzt.

Das Spiel mit der Sonne scheint ihr ein behagliches Gefühl von Macht zu geben, dachte Matilda, ich muß das nutzen.

»Kein sehr guter Reim«, sagte sie.

»Überlassen Sie das Reimen bitte mir. Die Dichterin bin ich«, sagte Pauline.

Sie bewegte das Messer weiterhin spielerisch in der Sonne, die Lichtpfeile fuhren in Matildas Augen. Obwohl ich kaum etwas sehe, kann ich doch ausnehmen, wo sie sich befindet, dachte Matilda. Es wird scheußlich wehtun, aber egal. Wenn *ich* sie anfalle, kann sie schlechter zustoßen. Matilda hielt den Frotteegürtel so zusammengerafft, daß seine beiden Enden fest in ihren Handflächen lagen.

»Sie sind vom Licht umkränzt und geben ein herrliches Ziel ab«, sagte Pauline und ließ das Messer in der Sonne tanzen, »trali-trala, gleich bin ich da.«

Jetzt!
Matilda sprang über das Bett und stürzte sich auf Pauline. Sie warf ihr den Frotteegürtel als Schlinge über den Körper, und riß damit Pauline das Messer aus der Hand. Im Fallen schnitt das Messer tief in Matildas Schulter. Sie schrie auf, ließ sich aber nicht aufhalten, den Gürtel enger um Pauline zu ziehen. Diese hatte sich blitzartig in Matildas Haaren verkrallt und zog an ihnen, als wolle sie sie ausreißen. Es tat so weh, daß Matilda meinte, sie würde vor Schmerz erblinden. Trotzdem ließ sie nicht locker, hing an Pauline wie eine Saugglocke und hielt sie mit dem Gürtel fest.
War wieder eine Amsel am Fenster vorbeigeflogen? Matilda, das Gesicht in Paulines heißem kleinem Bauch vergraben, hatte einen Schrei vernommen. Den Schrei einer Amsel wohl. Der Abend, der das Haus umgab, stand ihr plötzlich vor Augen. Die durchleuchteten Ahornblätter, das Gold des Himmels, in der Ebene bereits die ersten lila Schatten. Und aus den Fenstern dieses kleinen weißen Hauses das Keuchen und die Schreie eines mörderischen Kampfes. Die Stille rundum wird alles gleichmütig verschlucken. Irgendwann wird das Messer doch in meinem Körper landen und auch ihn still werden lassen. Matilda umklammerte den wilden, sich aufbäumenden Körper Paulines und fühlte, wie sie dabei einschlief. Ich muß mich davonmachen, dachte sie verschwommen, ehe ich vor Schmerzen sterbe.
Aber da schrie sie schon wieder, die Amsel.
»Aufhör'n!«
Die Amsel?
»Aufhör'n!! – Ja sakra, solchene Weiber!!«
Die Lautstärke dieser Stimme ließ Matilda ihren Kopf heben, der in Paulines Bauch vergraben war. Auch Pau-

lines Griff in ihr Haar hatte sich blitzartig gelockert. Mit tränenden Augen sah Matilda Herrn Schliewanzer von der geöffneten Tür her auf sie beide zustürzen, ihr war, als triebe er durch hohes Wasser zu ihnen her.
»Herrschaftszeiten nochamal«, brüllte der Mann, »was machen'S denn da, die Damen?«
Er packte Pauline von hinten und riß sie aus Matildas Umschlingung. Der Frotteegürtel wurde dabei so gewaltsam aus Matildas Händen gezerrt, daß er brennende Striemen zu hinterlassen schien. Herr Schliewanzer warf Pauline auf das Bett, griff nach dem Gürtel, der an ihr hing, und band ihr die Hände am Rücken zusammen. Dabei schrie und stöhnte er unaufhörlich vor sich hin.
»Ich hab's ihm ja net glauben wollen, dem Herrn Doktor -- des kommt von Ihrer Psychose, hab ich ihm g'sagt --- wegen Ihrer Arbeit --- alle Tag' mit lauter Verruckte --- Jetzt denken's --- es gibt keine normalen Leut' mehr ---«
»Au, Sie Arschloch«, schrie Pauline, »Sie drehn mir den Arm aus!«
»Gusch, gnädige Frau!« brüllte Herr Schliewanzer zurück, »zu die normalen Leut' gehör'n *Sie* höchstwahrscheinlich wirklich net --- die andere Dame, die sich hat erholen wollen, is ja von oben bis unten voller Blut --- der Doktor hat g'sagt, daß Sie sie umbringen woll'n --- und recht hat er g'habt!! --- Ich Trottel hab's nicht glauben wollen!!«
»Ein Trottel *sind* Sie!« Pauline bemühte sich, um einige Dezibels lauter zu schreien als der Briefträger. »Aber Sie glauben wieder *das Faaalsche*!!«
»Schrein'S net so«, sagte Herr Schliewanzer plötzlich in erstaunlich gemäßigter Lautstärke und zog ein letztes

Mal an dem Knoten, mit dem er Paulines Arme erfolgreich gefesselt hatte. Dann richtete er sich schweratmend auf. Pauline lag bäuchlings auf dem Bett, ihr Gesicht war Matilda zugewandt, die noch so dalag, wie sie beim Dazwischentreten des Briefträgers nach hinten gefallen war. Auf schmerzendem Rücken, mit halb angezogenen Beinen und einer blutenden Schulter. Ich fühle mich so blutverschmiert, als wäre ich ein Säugling und eben geboren worden, dachte Matilda. Ja, Neugeborene müssen sich so fühlen. Gern würde ich jetzt auch so schreien, anhaltend meine Empörung herausschreien, der Welt auf diese Weise geschenkt worden zu sein. In meinem Fall *wiedergeschenkt*.

»Noch einmal davongekommen, das Täubchen«, sagte Pauline.

Matilda wandte ihr den Kopf zu und sah zwei Augen auf sich gerichtet, hinter denen ein ganzes Herdfeuer zu glosen schien. Die langen Haare hingen Pauline über die Wange und den nackten Rücken wie ein schwarzes Netz, und sie schwitzte heftig am ganzen Körper. Aber sie lag jetzt ruhig und starrte Matilda unverwandt an.

»Sind des Sie, des *Täubchen?*« fragte Herr Schliewanzer, während er sich über Matilda beugte.

»Unter anderem«, sagte Matilda.

Pauline kicherte.

»Vielleicht gefällt Ihnen Schlampe, Titten-Lady oder Fettbrocken besser, Herr Schliewanzer?« fragte sie.

»Gnä' Frau!!« Der Briefträger erhob wieder seine Stimme, »i hab' immer gedacht, Sie san a noblige Schriftstellerin, sozusagen eine Intello na, wie heißt denn das – also: intelligent halt. A bisserl spinnert vielleicht. Aber *sooo*!!!«

Matilda wandte den Kopf hoch, weil er ihr direkt ins Ohr gebrüllt hatte.
»Mei! die arme Dame!« schrie er weiter, »die schaut wirklich guat aus! Woher kommt's denn eigentlich, so viel Blut?«
»Ich habe eine alte Wunde am Rücken, die wieder aufgebrochen ist, und eine Schnittverletzung an der Schulter«, sagte Matilda, »könnten Sie einen Notarztwagen rufen?«
»Na, net nötig«, Herr Schliewanzer setzte sich erschöpft auf den Bettrand, »der Doktor kommt e mit so einem Wagen.«
»Doktor Schrobacher?« fragte Matilda.
»Na klar. Schrobbi kommt«, sagte Pauline.
»Der Doktor hat sehr aufgeregt bei mir ang'rufen, er hätt' nur meine Telephonnummer im ganzen Dorf, hat er g'sagt. Und es tät ihm leid, daß er mich am Wochenende stört, aber in seinem Haus könnt' sein, daß die Gnädige grad' die andere Dame umbringt. Ich soll schnell hinfahr'n, weil er no in der Stadt ist und länger braucht. I soll aufpassen, hat er g'sagt, und er käm' auf jeden Fall mit einer Ambulanz.«
»Sicher ein Wagen von der Psychiatrie«, murmelte Pauline, »die werden mich abholen.«
Ihre Stimme klang plötzlich, als wäre sie am Einschlafen. Matilda schloß die Augen. Auch Herr Schliewanzer schwieg jetzt und seufzte nur ab und zu schwer auf. Stille, dachte Matilda. Es gibt sie doch wahrhaftig noch. Tiefe, köstliche Stille. Nur Vögel schwirrten draußen durch die Bäume und zwitscherten manchmal auf. Immer noch fielen Sonnenbahnen ins Zimmer, Matilda fühlte Wärme dort, wo sie ihren Körper erfaßten. Die sanfte goldene Wärme des frühen Abends. Da liegen wir nebeneinander auf diesem Bett, das nun tatsächlich ein Schlachtfeld ge-

worden ist, dachte Matilda, und ich bin wieder nicht gestorben. Über uns seufzt der Briefträger und paßt auf. Hoffentlich muß ich nicht ins Spital zurück. Eigentlich möchte ich nur schlafen.

Das Bett löste sich vom Boden und schwebte hoch. Wie ein fliegender Teppich. Nein, ein fliegendes Bett natürlich, warum sollen nicht auch Betten fliegen können. Es drehte sich im Kreis. *Da liegt's ja, das Messer*, sagte Herr Schliewanzer, seine Stimme klang von der Tiefe des Zimmers zu ihnen herauf. Also fliegt er nicht mit, dachte Matilda. Macht nichts. Es war sehr leicht, das Hausdach zu durchbrechen. Besser gesagt, zu durchdringen, nichts brach oder splitterte, das Bett glitt anstandslos himmelwärts. Auf einmal lag das kleine Haus unter ihnen, das ganze Terrain war aus geringer Höhe gut zu überblicken. Der Hügelrand, die Ahornbäume. Pauline schläft, dachte Matilda, sie merkt nicht, daß wir hier oben schweben. Die Dachziegel gehören ausgebessert, glaube ich, ich muß es Doktor Schrobacher sagen. Da, der Pfad durch die hochstehende Wiese voller Schafgarbe ist deutlich auszunehmen. Und die gewundene Asphaltstraße. Das Bett hat sich leicht auf der Stelle gedreht, mir wird ein wenig übel dadurch. Ich konnte nie Karussell fahren, ohne daß mir schlecht wurde. *Du mußt deine Angst bezwingen lernen, sonst wirst du so wie ich*, sagte mein Vater und, zwang mich in eines dieser im Kreis fliegenden Schüsselchen, deren Flugbahn immer höher gerät. Wieso ging er überhaupt mit mir auf diesen Jahrmarkt? Weiß ich nicht mehr. Jedenfalls saß ich während des ganzen Fluges starr und mit geschlossenen Augen, klammerte mich an, und kotzte nach dem Aussteigen auf Papis Schuhe. Direkt auf seine handgefertigten Maßschuhe. Jetzt ist mir auch nicht sehr wohl. Außerdem sickert nach wie vor Blut aus meinem Körper. Ob es vom Bett heruntertropft? Auf das Hausdach? Ob ich am Ende *verblute*? Eigentlich möchte ich Pauline diese Freude nicht machen. Andererseits soll das ein milder Tod sein. Eine Art Auslöschen. Werde ich Doktor Schrobacher nicht mehr wiedersehen? Schade darum. Schade um alles. Auch um Anton und seinen schmalen hellen Körper. Seinen Körper sehe ich besser vor mir als sein Gesicht. An Mela darf ich gar nicht denken, sie wird verzweifeln. Schrecklich, die Verantwortung, die man seinen Müttern gegenüber hat. Werden sie alle wieder zum Kind für unsereinen, wie man es früher für *sie* war? Obwohl – für Mela habe ich mich immer schon verantwortlich gefühlt. Das kam von ihrer verfluchten Tapferkeit. Ich lernte zu sehr, mit ihr zu fühlen, weil sie ihre wahren Gefühle nie zeigte. Tut mir leid, Mela, wenn ich dich jetzt allein lassen muß. Meine Schulter ist pitschnaß vor Blut, ich spüre die warmen Wellen, wenn es herausströmt. Das Messer war sehr scharf, glaube ich. Damit hätte Doktor Schrobacher abends die Kalbsschnitzel und Kartoffeln geschnitten, der Raum hätte nach Essen gerochen, trotz der geöffneten Fenster, die Nachtschmetterlinge wären wieder um die Lampe geflogen, und ich ins Kornblumenblau, sobald er mich angesehen hätte. Wirklich schade um das alles. Pauline neben mir rührt sich nicht, vielleicht sind wir beide tot. Haben so lange miteinander gekämpft, und wozu. Wozu wollte sie mich unbedingt ermorden. Und wozu war sie nett zu mir, als wir uns kennenlernten.

Wozu dieses Getöse zwischen Menschen. Was wollen wir denn alle voneinander.
Das Bett begann sich schneller zu drehen und Matilda hätte gern erbrochen. Aber sie war zu müde dazu. Ein seltsamer Ton begann die Luft zu erfüllen, das rhythmische Auf- und Abschwellen eines ununterbrochen anhaltenden Klanges. Kündigt sich so der Tod an? Für das Sterben weiß ich mir keine Erfindung, dachte Matilda, ich muß es gewähren lassen. Wie das Kämpfen. Einen Nachmittag lang habe ich gekämpft und es blieb kein Platz fürs Erfinden. Jetzt trudle ich in der untergehenden Sonne herum, das Bett dreht sich im Kreis und saugt mich auf. Ja, soll es mich aufsaugen. Soll mein eigenes Blut mich aufsaugen. Das Bett so rot wie von Pauline gewünscht, und ich endlich dahin. Gott, ist mir schlecht und bin ich müde. Warum wird dieser Ton immer lauter. Etwas rumpelt zwischen den Schafgarben auf das Haus zu. *Rumpelt* der Tod, wenn er einem näher kommt?
»Was sagen'S, liebe Dame?«
Au, das tat weh. Genau ins Ohr. Das muß Herrn Schliewanzers Stimme gewesen sein. Was tut *er* denn plötzlich hier oben?
»Jetzt kommt er, der Doktor. Hören'S mich? *Endlich is er da*!«
Ich höre Sie viel zu gut, Herr Schliewanzer, schrein Sie bitte nicht so. Obwohl Sie so weit weg sind, irgendwo tief unter mir. Ich kann mich nicht rühren. Ich komme nicht mehr hinunter. Das Bett ist eine Schraube, die sich in den Himmel dreht. Und jetzt kotze ich. Scheiße, ich kotze.
»Schnell, Herr Doktor, kommen'S. Sie hat sich schon eine Weil' nicht mehr g'rührt, und jetzt speibt's. Herrschaftszeiten! Und dauernd hat's geblutet wie ein Schwein!

Das heißt – Pardon – ich wollt' sagen – wia der Teufel halt!«
»Schrobbi! Daß du endlich da bist, Fritz. Du mußt mir helfen.«
Pauline strampelt neben mir, sie stößt gegen meine Schulter. Ich kann nicht schreien, die Kotze verstopft mir den Mund. Warum kommt dieses verdammte Bett nicht zur Ruhe. Ich werde ersticken, nachdem es mit dem Verbluten auch nicht geklappt hat. Etwas faßt nach mir. Hebt mich hoch. Endlich kann ich wenigstens ausspucken. Obwohl ich ungern mein Erbrochenes auf Doktor Schrobachers Hütte spucke. Etwas hält mich. Etwas Warmes. Ich spüre einen Atem auf meinem Gesicht. Hat jemand meinen Namen gesagt?
»Ich bringe Sie hinaus in den Sanitätswagen.«
Als es Matilda gelang, die Augen zu öffnen, sah sie Doktor Schrobachers Gesicht über sich. Er schien sie zu tragen. Er blickte nicht auf sie hinunter, sondern angespannt vor sich hin. Kurz sah sie die weißen Spalierrosen hinter seinem Kopf vorbeigleiten. Dann einen wolkenlosen Abendhimmel, durch den einige Schwalben flitzten. Bis sie in das weiße Innere eines Rettungsautos gehoben wurde. Doktor Schrobachers Gesicht verschwand, dafür tauchte das von Doktor Iris Schlemm über ihr auf.
»*Sie?*« fragte Matilda.
»Ja, da staunen Sie«, sagte Doktor Schlemm, »aber heben wir uns das Staunen für später auf, ich muß Sie jetzt verarzten. Na bravo, der Schnitt auf der Schulter kann sich sehen lassen. Fast bis zum Knochen. Wollen Sie eine leichte Betäubung?«
Matilda schüttelte den Kopf. Das heißt, sie versuchte ihn zu schütteln, es tat aber zu weh.
»Nein«, sagte sie dann.

Doktor Schlemms weißblonde Haare schwangen um ihr Gesicht, während sie arbeitete. Verglichen mit den Stunden davor kümmerte Matilda der jetzige Schmerz kaum. Er tat auf konstruktive Weise weh. Ihre Übelkeit war verschwunden und sie beobachtete das Gesicht der Ärztin. Manchmal tauchte daneben das eines jungen Mannes in weißem T-Shirt auf, der ihr zu assistieren schien, die beiden wechselten ab und zu kurze sachliche Sätze. Das Blut wurde von Matildas Körper gewaschen. Als die Schulter verbunden war, bat Doktor Schlemm sie, sich aufzurichten.
»Jetzt schau ich mir den armen Rücken an.«
Die Hände der Ärztin taten Matilda fast wohl. Sie hatte das Gefühl, als würde zwischen ihren Schulterblättern Ordnung gemacht.
»Ist nur wieder aufgebrochen«, sagte Doktor Schlemm, »wenn ich die Wunde jetzt nochmals verkleistere, dann *nur noch* Ruhe, ja?«
»Aber gern«, sagte Matilda.
Während die Ärztin sie verband, breitete sich zugleich mit den frischen Verbänden eine Empfindung unendlicher Sauberkeit in ihr aus. Alles schien sauber zu werden. Ihre Haut, ihr Körperinneres, ihr Kopf und ihr Herz. Zum ersten Mal, dachte Matilda, zum ersten Mal empfinde ich wohl, was *Rettung* bedeutet. Wie es Leben mit einem Schlag erneuert.
»Ich bin froh«, sagte sie.
»Sie haben allen Grund dazu«, antwortete die Ärztin.
Man hatte Matilda die blutgetränkte Pyjamajacke ausgezogen, und sie saß mit nackten Brüsten auf dem schmalen Notbett. Den Rest ihres Oberkörpers bedeckten weiße Bandagenstreifen. Ich sehe aus wie ein blaßgewordenes Zebra, dachte Matilda, als sie an sich herabsah.

»Gibt es eine *Jacke oder Bluse* für Matilda?«
Doktor Schlemm hatte sich aus der geöffneten Tür des Krankenwagens gebeugt und zum Haus hingeschrien. Als sie keine Antwort erhielt, zuckte sie mit den Schultern und reichte Matilda eine Decke, die im Auto lag.
»Nehmen Sie vorläufig die«, sagte sie, »und lehnen Sie sich wieder zurück.«
Sie blieb neben Matilda im Auto sitzen und beide schauten in die Holundersträucher hinaus, die den Türausschnitt füllten. Der junge Arzt ging draußen auf und ab und durchquerte immer wieder das Bild.
»Muß ich wieder ins Spital?« fragte Matilda.
»Nein, nicht unbedingt. Aber bleiben Sie lieber hier im Auto, bis die andere Sache erledigt ist.«
»Die andere Sache?«
»Bis die andere Frau abtransportiert worden ist.«
»Ist *noch* ein Wagen hier?«
»Ja. Einer von der Psychiatrie.«
»Ihr seid alle auf gut Glück hierhergefahren?«
»*Gut Glück* ist gut. Aber wie auch immer – Ihr Doktor Schrobacher schien sich der Sache völlig sicher zu sein, und er war so außer sich, daß man ihm glauben mußte. Erstaunlich, daß er mich überhaupt erwischt hat. Gewöhnlich mache ich solche Einsätze nicht, aber er hat mich überredet. Außerdem –«, sie sah Matilda an, »außerdem habe ich all das – ja wohl ziemlich präzise prophezeit, oder?«
»Ja«, sagte Matilda, »ziemlich.«
Vom Haus drangen plötzlich gellende Schreie zu ihnen her. Der junge Arzt, der sinnend vor den Sträuchern gestanden hatte, hob den Kopf und rannte aus dem Bild. Matilda schloß die Augen. Schrei jetzt nicht so, Pauline. Bleib königlich und brutal. Laß dich nicht *abtransportie-*

ren. Geh freiwillig. Lache dein böses Lachen so laut du willst, aber schrei nicht *so.*

»*Du Arsch*!« Aus Paulines unartikuliertem Kreischen formten sich Worte, die im Krankenwagen deutlich zu hören waren. »*Es ist deine verdammte Pflicht – mich zurückzubringen! – Du kannst nicht einfach hierbleiben! – Und jetzt ein hübscher Sommerabend mit deiner Dulcinea, was? – Ich dulde es nicht! – Hörst du? – Ich – dulde – es – nicht*!!«

Doktor Iris Schlemm bedeckte ihr braungebranntes Gesicht mit den Handflächen. Sie saß gebückt da, als wäre sie plötzlich unendlich müde geworden.

»Du lieber Himmel –«, murmelte sie.

»*Komm mit mir! – Fritz! – Du kannst mich jetzt nicht allein lassen! Ich brauche dich! Und du mich auch!! Ich weiß es doch! Für wen bin ich irrsinnig geworden, ha? Für wen hab ich versucht, aus der Welt zu schaffen, was uns trennen könnte? Nur weil mir wieder nicht gelungen ist, dieses Weibsstück hinzurichten – kannst du jetzt doch nicht bei ihr bleiben!! Bleib nicht bei ihr! Fritz!! Hier, in unserer Hütte! Wessen Blut hat die Hütte entdeckt? Meines!! Ich finde alles mit Blut – ich bezahle alles mit Blut! Unser Leben ist blutig, Fritz! Eine offene Wunde, du weißt es! Unmöglich für dich, ein heiles Leben zu führen! Mit ihr auf der Türschwelle sitzen und verdauen, was? Friiiitz!! Du – kommst – jetzt – mit – mir!! Friiiiitz!*«

»O Gott, ich kann diese Sätze nicht mehr hören«, sagte Doktor Schlemm, ohne den Kopf aus ihren Händen zu heben.

»Sie sind in uns allen«, sagte Matilda.

»*Sowas kann sich doch niemals ändern! Was einem gehört, gehört einem eben. DU BIST MEIN! So heißt es doch!! Mein Schrobbi! Du darfst mich nicht verlassen! Du hast es*

nie getan! Warum jetzt plötzlich? Weil SIE da ist! Und das hab ich gewußt! Aber nicht, wie dick und kräftig sie ist! Hätte ich sie heute endgültig erledigt, dann wärst du bei mir geblieben!! Laßt mich los, ihr Trotteln! Niemand darf mich anfassen, nur er!! – Friiiitz!!«
Paulines Stimme, ihre schreiend aneinandergereihten Worte, kamen immer näher. Dazwischen waren Männerstimmen mit kurzen Einwürfen zu hören. Offensichtlich wurde sie mit Mühe vorwärts geschleppt.
»Wo ist das Auto?« flüsterte Matilda.
»Es konnten nicht beide Wagen so nahe zufahren. Hinter dem unseren.«
»*Das ist Verrat*!« schrie Pauline jetzt in unmittelbarer Nähe. »*Wir können einander immer wieder verstoßen – aber nicht verraten!! Wenn ich dich verstoßen habe – wußte ich, daß du zurückkommst! Ein phantastisches Jo-Jo-Spiel! Wir können doch immer wieder SPIELEN – daß wir einander verlassen – Aber du willst jetzt ernst machen!! Ich seh es an deinen Augen! – Ich will nicht mehr in die Klinik zurück! Unter diesen Umständen – au, reißen Sie mir nicht den Arm aus – unter diesen Umständen will – ich – nicht – mehr – zurück*!!«
Jetzt geriet Pauline in den Bildausschnitt der geöffneten Tür. Man hatte ihr ein weites dunkelrotes Hemd übergezogen, es mußte eines von Doktor Schrobachers T-Shirts sein. Er und ein kräftiger, weißgekleideter Mann hielten ihre Arme fest und zogen sie vorwärts. Ein anderer, ähnlich kräftiger und weißgekleideter Bursche, und der junge Arzt hatten ihre Taille und ihre Beine umfaßt. Sie schien sich mit aller Kraft zu wehren, die Haare hingen ihr über das Gesicht wie ein zerrissener Schleier.
Matilda richtete sich auf. So geht das nicht, dachte sie, so kann man sie doch nicht abschleppen. Als Pauline wieder

wie wild versuchte, sich loszureißen, erspähte sie Matilda und die Ärztin im Inneren des Krankenwagens. Sofort erstarrte sie.
»Aha«, sagte sie nur.
Lange nicht mehr gehört, dachte Matilda, dieses *Aha.* Aber was sonst ließe sich jetzt sagen. Es war plötzlich sehr still geworden, man hörte nur noch angestrengte Atemzüge. Die untergehende Sonne umgab die Menschengruppe vor dem Auto mit einem rötlichen Schimmer, dahinter fuhr ein sanfter Windhauch durch die Sträucher. Doktor Schrobacher sah Matilda an, während er Pauline umklammert hielt. Das Haar klebte ihm naß auf der Stirn, und die Augen schienen blaue Löcher in sein Gesicht zu reißen. Die Männer in den weißen Ärztekitteln schauten ungeduldig vor sich hin.
»Sie haben gewonnen«, sagte Pauline, »vorläufig wenigstens.«
»Ich wollte nie gewinnen«, antwortete Matilda.
»Was sonst?«
»Nur leben.«
Gottseidank, sie lacht wieder, dachte Matilda. Sie lacht hinter ihren Haaren hervor, und ihr Gesicht sieht sofort nicht mehr so aus, als wäre es aus Asche.
»Nur leben! Juhu!«, sagte Pauline, »was für ein anspruchsloses Geschöpf! Wohl doch das richtige für dich, mein lieber Schrobbi.«
»Geh'n wir?« fragte einer der kräftigen Männer. Der andere räusperte sich unruhig.
»Gleich.« Pauline versuchte sich das Haar aus dem Gesicht zu schütteln, während sie Matilda weiterhin anstarrte.
»Ich hab vorhin eine gewaltige Szene geboten, was?«
»Ja. Gewaltig«, sagte Matilda.
»Kommt alles in meine Geschichte. Ist alles Tarnung.«

»Mir klar.«
»Das hoffe ich auch. Daß Ihnen das klar ist. *Ich* bin nie verstört. Ich störe nur.«
Sie formuliert wieder, dachte Matilda. Ist heimgekehrt in ihre Welt.
»Wenn ich weiterschreibe – schicke ich Ihnen ab und zu, was ich geschrieben habe. Ja?«
»Würde mich freuen«, sagte Matilda.
Doktor Iris Schlemm drehte sich ihr erstaunt zu und die weißen Männer schüttelten einhellig ihre Köpfe. »Was soll *das* denn jetzt –«, murmelte einer fast unhörbar. Aber Pauline hatte es gehört und wandte sich ihm zu.
»Das soll Ihnen nur beweisen, daß wir kultivierte Menschen sind. Im Gegensatz zu Ihnen. Ich bin Schriftstellerin.«
»Komm, Pauline«, sagte Doktor Schrobacher.
Ich glaube, er weint, dachte Matilda. Das ist nicht nur Schweiß, was unter seinen Augen glänzt. Er muß einen schrecklichen Nachmittag gehabt haben. Und jetzt das.
»Ja, ich fahre jetzt los«, sagte Pauline. »Du hast doch alles für mich geregelt, Fritz? – Bekomme ich bald meinen Computer?«
»Er – ist schon dort. Komm jetzt.«
Pauline nickte und schaute nochmals, nach einer langsamen Drehung, in den Krankenwagen hinein. Jetzt ist sie wieder Königin, dachte Matilda, die Malzbonbonaugen glänzen, Halbmonde umflattern sie, Doktor Schrobachers Hemd ist rot wie dunkles Blut, alles wieder da.
»Aber eines Tages bringe ich Sie trotzdem um«, sagte Pauline.
Dann zogen die Männer sie weiter.

I glaub's net«, sagte Herr Schliewanzer.
»Wollen Sie noch ein Glas Wein?« fragte Doktor Schrobacher.
»Na, danke«, sagte der Briefträger, »i muß dann geh'n.«
Die Tischlampe beleuchtete seinen schütter behaarten Kopf, den er ratlos hin- und herwiegte, und nach kurzer Pause stieß er wieder hervor: »I glaub's net.«
Er brüllt gar nicht mehr, dachte Matilda. Er ist erstaunlich tonlos geworden, der arme Mann. Sie lag im frisch überzogenen Bett und trug einen frischen Pyjama. Ihr verwundeter Körper brannte und pulsierte, aber das machte ihr nicht viel aus. Wenn nur rundum alles so ruhig blieb. Doktor Schrobacher, Herr Schliewanzer, Frau Doktor Schlemm und der junge Arzt saßen um den Tisch und tranken eine Flasche Wein. Vor den geöffneten Fenstern war es dunkel, nur noch ein blasser apfelfarbener Streifen zog sich hinter den Bäumen am Horizont entlang.
»Wir müssen auch langsam losfahren«, sagte die Ärztin, »was meinen Sie, Otto?«
»Es ist schön hier«, sagte der junge Arzt und nahm einen Schluck aus seinem Glas.
»Da stimme ich Ihnen absolut zu. Aber sehr viel länger kann ich uns nicht entschuldigen. Da sie mir schon gegen alle Vorschrift erlaubt haben, mit dem Wagen das Stadtgebiet zu verlassen. – Wie geht es Ihnen, Matilda?« fragte sie zum Bett hinüber.
»Gut«, sagte Matilda.
»Also! Dann!«
Der junge Arzt, der Otto hieß, stand gemeinsam mit der Ärztin auf. Er stützte sich auf die Tischplatte und schaute zum Bett hinüber.
»Nur noch eines – verzeihen Sie die Frage – aber *war-*

um wollte die Frau eigentlich – die andere – Dame umbringen?«
»Otto!« rief die Ärztin, »nicht *das* jetzt! Kommen Sie, mein Lieber, ich erzähle Ihnen alles bei der Rückfahrt.«
»Also mi tät des a interessieren –« murmelte Herr Schliewanzer und erhob sich ebenfalls schwer von seinem Platz, »*sie* is do dem Herrn Doktor davong'rennt – und nachher wird's auf einmal so spinnert vor lauter Eifersucht?«
»Eifersucht ist eine Leidenschaft –«, begann der junge Arzt, der ein wenig beschwipst zu sein schien.
»Ja, ja. Ist uns allen bekannt – die mit Eifer sucht, was Leiden schafft, gehn wir jetzt endlich. Kommen Sie, Otto.«
Doktor Iris Schlemm beugte sich kurz zu Matilda hinunter. Ihre hellbewimperten Augen ähnelten den Nachtschmetterlingen, die unter der Lampe herumflogen.
»Wenn Sie in die Stadt zurückkommen, lassen Sie sich bitte bei mir anschauen.«
»Ja, sicher. Und vielen Dank.«
»Gute Erholung die Dame!« brüllte Herr Schliewanzer und verbeugte sich von der Tür her in Richtung des Bettes. Da schau an, er hat seine Stimme wiedergefunden, dachte Matilda, ganz gut, daß er jetzt geht.
Doktor Schrobacher verließ als letzter den Raum, und die Schritte entfernten sich durch das Gras zu den Autos hin. »– wirklich Ruhe –«, hörte Matilda noch sagen, und das Wort »Klapsmühle«. Ganz zuletzt ein gellendes »Pfiat Ihna!!« aus dem Munde Herrn Schliewanzers, dann wurden die Motoren angelassen. Jetzt schwanken sie davon, dachte Matilda, der große Krankenwagen und das kleine Auto des Briefträgers, davon zwischen den dunklen

Schafgarben, und dann hinaus auf die Straße, und das Haus mit seinen hellen Fenstern bleibt zurück, und ich liege in diesem Haus. Und Doktor Schrobacher dreht sich um und geht langsam auf das Haus zu, und fragt sich, was eigentlich ihn dort erwartet. Er geht so langsam, weil er todmüde ist. Und weil ihm das Herz zerrissen wurde.

Doktor Schrobacher kam herein und schloß die Tür hinter sich. Er setzte sich wieder an den Tisch und goß sein Weinglas voll. In der Stille hörte man ihn trinken und die Schmetterlinge und Insekten gegen den Lampenschirm klopfen.

»Es war schrecklich«, sagte Doktor Schrobacher.

Er trank sein Glas aus und füllte es dann nochmals an.

»Als mir bewußt wurde, was los ist – war ich überzeugt, daß Sie tot sein würden, wenn ich Sie finde. Trotzdem habe ich alles Mögliche organisiert. Diesen klaren Kopf zu behalten war das schlimmste.«

Inzwischen hatte sich auch der letzte helle Streifen am Horizont aufgelöst, das Ahornlaub hing schwarz vor der Nacht. Manchmal flüsterte es im Wehen der Luft, und der Geruch nach Blättern schlug ins Zimmer. Matilda atmete tief ein. Ich erlebe es, dachte sie, ich erlebe diese Nacht, und hätte genausogut nichts mehr von ihr wissen können.

»Aber das tollste war *Ihr* klarer Kopf, Matilda«, sagte Doktor Schrobacher, »wenn's drauf ankommt, sind Sie die pure Vernunft und Schläue. Anders hätten Sie Paulines Wahnsinn nicht überleben können.«

Er hob das Glas und trank mit großen Schlucken.

»Sie ist weitaus verrückter, als ich je dachte. Sie hat tatsächlich den Verstand verloren – wie man so schön einfach und einleuchtend sagt. Ich wußte immer, daß sie gefährdet ist. Aber ich schloß bei ihr trotz allem nur auf eine überspitzte, phantasiegeplagte Persönlichkeit. Und auf Hysterie natürlich. In den letzten Tagen aber wurde sie psychotisch.«

»Was für eine Erkenntnis. Das alles war Ihnen doch schon klar, als sie mich zum ersten Mal ermorden wollte und mir in den Rücken stach.«

Was tue ich, dachte Matilda. Warum spreche ich so laut.

Doktor Schrobacher hob die Augen und sah sie an.

Ich glaube, ich will etwas sagen, dachte Matilda. Etwas steht plötzlich sehr klar vor mir, aber ich kann es noch nicht so recht benennen. Auf jeden Fall tut es weh, mehr, als meine Wunden es tun. Ich will nicht mehr hinsehn. Ich will gar nicht entziffern, was vor mir steht. Ich glaube, ich will doch nichts sagen. Ich wurde gerettet und lebe, statt tot zu sein. Das ist doch etwas. Das genügt.

»Matilda, wollen Sie mir etwas sagen?« fragte Doktor Schrobacher.

Ach was, gar nichts will ich sagen. Worte bleiben sowieso immer hinfällig. Ich werfe sie alle auf einen Haufen und klettere über sie hinweg und davon. Scheiße, sie wollen sich aber nicht so häufen lassen wie ich es will. Da. Sie vereinzeln sich immer wieder und schwirren wie Bienen um mich herum. Worte, lächerliche Worte. Sie kommen mir so nahe, als wollten sie, daß ich sie einfange.

»Matilda!« Doktor Schrobacher schlug mit der Hand auf den Tisch, es knallte sehr laut. »Ich brauche eine kurze Atempause. Eine gewisse Strecke Normalität. Der heutige Tag hat mir gereicht, Matilda. Laufen Sie mir jetzt nicht in eine Erfindung davon. Schauen Sie mich bitte an und sagen Sie, was Sie mir sagen wollen.«

Also gut. Er hat recht. Ich werde die Worte fangen, obwohl sie mir nicht gefallen. Ich werde etwas aussprechen, obwohl es nicht meiner Sprache entspricht. Ich kann diesen Satz nicht leiden. Aber wie sagte ich zu Doktor Schlemm, und hörte mir selbst überrascht dabei zu? *Sie sind in uns allen*, sagte ich. Ja, solche Sätze sind in uns allen.
»Pauline – hat gewonnen«, sagte Matilda.
Doktor Schrobacher starrte sie an. Dann hob er seine Hand und rieb sich die Stirn, als täte sie ihm weh.
»Geht es jetzt auch *dir* ums Gewinnen, Matilda?«
»Sie fragen mich das so müde, und ich werde selbst müde, wenn ich mich höre. Nein, es geht mir nicht ums Gewinnen. Aber es ist so. Man kann es nur so tödlich einfach sagen. Pauline hat mit allen Mitteln gekämpft. Und sie hat gewonnen.«
»Was hat sie gewonnen?«
»Sie.«
»Mich?«
»Sie zurückgewonnen. Die Abhängigkeit, von der Sie beide immer sprachen, war kein Märchen. Sie wollten Pauline entrinnen, ja. Aber als Sie sie derart überwältigen mußten, wurde sie für Sie wieder zu dem, was sie stets war. Wir können nicht aufhören zu lieben, was wir einst liebten. Von dem, was uns einst eingenommen hat, werden wir nie wieder frei.«
»Das behauptest du?«
»Das behaupte ich.«
»Es ist Blödsinn. Das widerspricht allem menschlichen Verhalten.«
»Dann widerspreche *ich* allem menschlichen Verhalten. Dieses Lieben kann unzählige Formen annehmen, auch die pervertiertesten. Auch die von Gleichgültigkeit. Aber es bleibt am Leben.«

»Matilda! Du sprichst doch wohl bitte nicht von *der einzigen Liebe*, an die später nichts mehr herankann?«
»Nein. Davon nicht. Aber von der Liebe.«
»Ich atme auf. Dann darf ich dich also trotzdem weiterlieben?«
»Erst wenn Sie zugeben, daß Pauline gewonnen hat. Daß sie eine unzerstörbare Bedeutung für Sie besitzt, trotz aller Verrücktheit. Daß auch mein Tod daran nichts geändert hätte.«
»Außer daß ich mein Leben lang nicht mehr froh gewesen wäre.«
»Geben Sie zu, daß Pauline gewonnen hat?«
»Also gut. Pauline hat gewonnen.«

Als Doktor Schrobacher sich neben Matilda ins Bett legte, schlief er so schnell ein, daß es einer Ohnmacht glich. Er hatte vergessen, die Tischlampe abzudrehen, und Matilda wollte auch nicht mehr aufstehen. Die Wunde auf ihrer Schulter pochte sanft, der Rücken schmerzte kaum, sie war froh, reglos liegenbleiben zu können. Sie verfolgte mit ihren Augen die Flüge der Nachtfalter, wie sie unter dem Licht ihre Kreise zogen. Kreise, Zacken, Ellipsen, Schwünge. Flugbahnen wie zwischen Licht und Dunkel gespannte Fäden, die schnell wieder zerrissen.
Doktor Schrobachers Profil erhob sich wie ein Schattenriß gegen dieses helle Wirbeln. Wie ein dunkler Gebirgszug, der den Vordergrund beherrscht, und dahinter das Licht eines geflügelten Himmels. Er war so eingeschla-

fen, wie er sich in das Kissen zurückgelegt hatte, und er schnarchte. Seine Augenlider zuckten im Schlaf.
Morgen ist Sonntag, dachte Matilda. Wie habe ich diese Woche begonnen, und wie endet sie jetzt. Ich hatte meinen Therapeuten besucht, der mit mir nicht weiterkam und der mir gefiel. Ich hatte mit meinem Mann geschlafen und war ihm eine Last, wie stets. Meine Mutter und ich kümmerten uns umeinander, auch wie stets. Die Stadtmitte mit ihren dunklen alten Häusern umgab mich, wie schon mein ganzes Leben lang. Ich schuf mir meine erfundenen Welten und wurde von ihnen verfolgt, je nachdem. Alles in allem war ich weder unzufrieden noch unglücklich, ich begann diese Woche wie jede andere auch. Und jetzt liege ich hier im Bett neben einem Mann, den anzuschauen mir das Herz aufgehen läßt. Ich kann es nur so beschreiben. *Das Herz geht mir auf.* Er ist nicht mehr derselbe. Nicht mehr derselbe Mann, der mir mit dem Notizheft seufzend gegenübersaß. Er schläft neben mir und ich kenne seinen Körper. Ich liege in seinem Haus, das dem ähnelt, von dem ich schon oft geträumt habe. Vor den geöffneten Fenstern stehen Bäume in der Dunkelheit, und manchmal hört man sie leise atmen. Nicht Hauswände und Straßenbeleuchtung, und ein Nachthimmel über den Dächern, der im Widerschein der Stadt niemals gänzlich dunkel wird. So, wie ich es gewöhnt war, und wie ich an alles gewöhnt war, das mich umgab, ohne daß ich es allzusehr mochte. Mittlerweile bin ich von einer Frau zweimal um ein Haar ermordet worden. Von einer Frau, die außer einem sternalen Syndrom nichts Ungesundes an sich zu haben schien. Daß sie an einer Geschichte über den Haß schrieb, mußte nicht notwendig auf Mordlust schließen lassen. Mein Mann Anton schläft jetzt wohl in unserem gemein-

samen Bett, wird morgen spät aufstehen und nicht zu seinen Museen gehen. Er wird allein frühstücken und sich verraten fühlen. Vielleicht besucht Mela ihn und bringt selbstgemachte Marmelade, weil sie immer und überall jede Wunde verkleben möchte. Sie unsichtbar machen. So tun, als gäbe es sie nicht. Sie werden beide freundlich sein und kein Wort über mich verlieren.

Matilda fühlte, daß sie ebenfalls dabei war, einzuschlafen. Ja, die beiden in ihren sommerlichen, schattigen Wohnungen, die übereinanderliegen, dachte sie, die beiden in ihren kleinen Höhlen inmitten der großen steinernen Wabe *Stadt*, sie erwarten mich in irgendeiner Form zurück. Jeder auf seine Weise. Anton düster und großmütig. Mela erleichtert und mit allem zufrieden, wenn ich nur in ihrer Nähe bin. Was werde ich tun. Jetzt wäre doch wieder der Augenblick gekommen, mir diese reale Frage gar nicht anzutun und mich in meine freie, erfundene, mir gehörige Welt davonzumachen. Die ich überall bewohnen kann, und vor allem in Antons schweigsamer Wohnung, in dieser Wiege unseres beiderseitigen Schweigens. Warum liege ich hier und kämpfe gegen meine Träume, und bin nicht schon längst entwischt.

Doktor Schrobacher stöhnte im Schlaf auf und drehte seinen Körper zur Seite. Dadurch war sein Gesicht Matilda plötzlich zugewandt, und sie fühlte seine Atemzüge auf dem ihren wie leichte warme Windstöße. Obwohl ihre Schulter dabei schmerzte, hob sie den Arm und berührte mit ihrer Handfläche seine Wange. Sie strich leise darüber hin, über die weiche Haut an den Schläfen und Backenknochen, und tiefer über die rauhe Fläche der Bartstoppeln. Sie legte eine Fingerspitze auf seine Lippen, die warm und trocken waren, und schob sie zart an der

Linie seines Mundes entlang. Ich zeichne mir seine Züge ins Herz, dachte Matilda. Oder wie immer man das nennen will, wohinein man seine Erinnerungsbilder zeichnet. Ich werde mir dieses Gesicht bewahren, auch wenn ich es verlasse.

Hallo, Anton«, sagte Matilda.

Sie hatte längere Zeit warten müssen, ehe er abnahm.

»Ja, hallo«, sagte Anton.

Matilda stand in der Telephonzelle auf dem Dorfplatz. Durch die Glasscheibe fiel ihr Blick direkt auf eine Anschlagtafel mit Plakat. *DIE HOANZINGER MISTBUBEN SPIELEN AUF* stand da schwarz auf gelber Leuchtfarbe. Anton schwieg und schien abzuwarten.

»Hast du je von den *Hoanzinger Mistbuben* gehört?« fragte Matilda.

»Nein.« Antons Stimme klang beherrscht.

»Ich lese gerade ihr Plakat, deshalb. Ich bin auf einem Dorfplatz.«

»Schön für dich.«

Matilda sah Doktor Schrobacher gegenüber im Schatten der Kirche auf und ab gehen. Ein Kleinbus fuhr vorbei und verdeckte ihn kurz.

»Anton?«

»Ja?« fragte Anton nach einer Pause zurück.

»Ich wollte dich fragen, ob ich bei dir wohnen bleiben kann.«

»Wohnen bleiben?«

»Ja. Für eine Weile.«

»Und dann?«
»– möchte ich irgendwo eine eigene Bleibe haben.«
»*Eine eigene Bleibe*?« Anton lachte. Als hätte ich ein Fremdwort schlecht ausgesprochen, dachte Matilda.
»Genau das. Ja.«
Anton schwieg wieder, und am Kirchturm begannen Sonntagsglocken zu läuten. Der betonierte Platz leuchtete in der Sonne.
»Und womit willst du deine *Bleibe* bezahlen?« fragte Anton schließlich.
»Das muß nicht dein Problem sein.«
»Übernimmt dich dann dein Schrobacher?«
Matilda hatte nur das leichte, vorn durchzuknöpfende Kleid über ihren Verbänden angezogen, aber sie fühlte, wie ihr plötzlich der Schweiß ausbrach. Kurz lehnte sie den Kopf gegen die Glasscheibe. Doktor Schrobacher blieb stehen und sah über die Straße zu ihr her.
»Niemand übernimmt mich«, sagte sie dann, »vielleicht kannst du dir das mit der Zeit vorstellen. Bis dahin bliebe ich gerne noch in deiner Wohnung.«
»Als – meine Frau?«
»Als Frau. Nur das.«
Sie hatten wegen des Glockenläutens lauter gesprochen. Als jetzt die Glocken verstummten, trat tiefe Stille ein. Als wäre in den Telephonleitungen eine Schweigeminute ausgebrochen. Als wäre etwas gestorben, dachte Matilda.
»Das heißt –«, begann Anton mit unsicherer Stimme.
»Das heißt, daß wir auch miteinander sein können, wenn wir wollen.«
»Verläßt du ihn?«
»Nein«, sagte Matilda.
Sie hörte Antons Atemzüge. Dann sprach er so laut, daß sie den Telephonhörer von ihrem Ohr entfernen mußte.

»Du bist nach wie vor geistesgestört! Wie stellst du dir das alles eigentlich vor? Willst du auf diese Weise bei mir – Miete bezahlen? Wirst du jetzt zur Nutte, oder was?«
»Ich wollte bei dir bleiben«, sagte Matilda.
»*So?*«
»Ja, so. Also anders.«
Anton atmete immer noch heftig, aber er schwieg eine Weile.
»Hör zu«, sagte er dann leiser, »es gibt nicht umsonst Verabredungen zwischen Menschen. Die Ehe ist auch eine. Du kannst nicht plötzlich Bäumchen-wechsle-Dich spielen, munter hin und her. Denn ich glaube, etwas in der Art schwebt dir vor. Wenn du bei mir bleiben willst, mußt du dich zu mir bekennen.«
»Indem ich auch bei dir bleiben will, tu ich das ja.«
»*Auch* bei mir geht nicht.«
Matilda berührte mit ihrer verwundeten Schulter den Telephonkasten und zuckte zurück. Es tat höllisch weh. Doktor Schrobacher mußte das beobachtet haben, sie sah, daß er den Arm hob, als wolle er sie zu sich herwinken.
»Ist was?« fragte Anton.
»Ja«, sagte Matilda, »mir hat etwas wehgetan.«
Anton schwieg.
»Ich hab kein Kleingeld mehr für das Telephon«, sagte Matilda nach kurzer Pause, »ich muß aufhören. Könntest du also Mela sagen, daß ich zu ihr kommen werde?«
»Wann?«
»Bald.«
Anton schwieg nochmals. Dann sprach er schnell und laut, als müsse er es hinter sich bringen.
»Komm jetzt erstmal her. Wir werden weitersehen.«

Und er legte auf.
Matildas Rücken schmerzte ein wenig, als sie den schweren Hörer auf die Gabel zurückhob. Doktor Schrobacher verließ den Schatten, überquerte die Fahrbahn und öffnete von außen die Tür der Telephonzelle. »War's das?« fragte er, und Matilda nickte. Er stand vor ihr und sah sie an. Wie frisch er heute wieder aussieht, dachte Matilda. Männer rasieren sich und ziehen ein frisches weißes Hemd an und wirken sofort wie neugeboren.
»Fahren wir zurück?« fragte Doktor Schrobacher.
»Was wäre die Alternative?«
»Uns kurz ins Gasthaus zu setzen.«
»Gefällt mir.«
Matilda verließ das Telephonhäuschen. Doktor Schrobacher hielt ihren heilen Arm untergefaßt und ging langsam neben ihr her.
»Wird das wirklich nicht zuviel?« fragte er.
»Und wenn schon«, sagte Matilda.
Sowieso ist alles zuviel, dachte sie, zuviel ist geschehen. Allzu lange geschah nichts und jetzt fühle ich, wie alles seinen Platz verläßt. Alles bewegt sich neu. Und ein wenig vorsichtig, wie mein desolater Körper.
Das Gasthaus befand sich auf der anderen Seite des Dorfplatzes, der Kirche gegenüber. Es hieß *Zum Piffl-Wirt*, jedenfalls stand das mit dunkelgrüner Schrift auf die weißgetünchte Fassade geschrieben. An das wuchtige Gebäude mit den grünen Fensterläden schloß ein Gastgarten an, den ein hoher grüngestrichener Holzzaun vor der Straße verbarg. Einige große Kastanienbäume warfen ihre Schatten über die wenigen Tische und Stühle, die aufgestellt waren. Außer ihnen beiden saßen hier draußen keine Gäste.
»Der sonntägliche Stammtisch ist drinnen, in der Gast-

stube«, sagte Doktor Schrobacher, »außerdem sind die meisten Leute noch in der Kirche.«
Ein dünnes Mädchen mit orangerot gefärbten, kurzgeschnittenen Haaren kam heraus, nahm gelangweilt zur Kenntnis, daß sie beide ein kleines Bier wollten, und schlurfte träge wieder ins Haus zurück. Der Baumschatten milderte auf angenehme Weise die Vormittagshitze und Matilda lehnte sich behutsam in ihren Sessel zurück. Dann legte sie beide Hände, sanft ineinandergeschlungen, auf das grünkarierte Tischtuch vor sich.
»Die Bäume hier sind glücklicherweise noch nicht von dieser blöden Motte befallen«, sagte sie, »in der Stadt sind alle Kastanienbäume jetzt schon vertrocknet.«
Doktor Schrobacher nickte leicht und sah sie an. Diese dunkelblauen Augen, dachte Matilda, da sind sie wieder. Wollen wieder etwas von mir wissen. Wie gut ich diesen forschenden Blick kenne.
»Haben Sie – alles geregelt?« fragte Doktor Schrobacher.
»Ich glaube schon«, sagte Matilda.
»Sie *glauben*?«
Matilda schaute auf ihre großen Hände, die so friedlich vor ihr lagen. Der Blätterschatten spielte auf ihnen.
»Ich gehe zurück«, sagte sie dann.
»Zu Ihrem Mann?«
»Oder zu Mela. Zurück in mein altes Haus jedenfalls.«
»Matilda«, sagte Doktor Schrobacher und sah sie an.
»Ich werde dort nicht bleiben«, sagte Matilda, »glaube ich jedenfalls. Möchte ich jedenfalls nicht. Aber vorerst gehe ich zurück. Weil ich auch bei Ihnen nicht bleiben kann.«
»Warum nicht?«
»Weil ich Ihnen immer wieder begegnen möchte.«
»Wir werden einander verlieren.«

»*So* niemals.«
»Da bist du sicher?«
»Da bin ich sicher.«
Das Mädchen kam mit den zwei vollen Biergläsern aus dem Haus und stellte sie wortlos auf den Tisch. Als es zurückging, pfiff es die Melodie von *Don't worry, be happy* vor sich hin und kratzte ungeniert seinen stichelhaarigen, orangeroten Kopf. Einige Spatzen sprangen über den Kiesboden, einer ließ sich sogar kurz auf dem Tisch nieder, wandte seine flinken Augen hin und her und flog wieder davon. Doktor Schrobacher nahm sein Glas und trank es zur Hälfte aus. Der weiße Schaum umrahmte seine Lippen, als er es wieder absetzte, und er fuhr sich mit dem Handrücken über den Mund, um ihn abzuwischen. Dann starrte er Matilda wieder an.
»Schauen Sie nicht so«, sagte Matilda.
»Ich muß so schauen. Ich kenne mich nicht aus.«
»Ich mochte den Begriff *auskennen* nie. Irgendetwas ist dann immer *aus*.«
»Für mich ist etwas aus, wenn du wieder verschwindest.«
»*Löse dich von allem, ehe du es herzt*«, sagte Matilda.
»Wer behauptet das?« fragte Doktor Schrobacher.
»*Nimm in deine Arme nur, was dir nicht gehört.*«
Doktor Schrobacher hob sein Glas und trank das Bier aus.
»Diese Gescheitheiten gehn mir auf die Nerven«, sagte er dann.
Wind kam auf und die Bäume über ihnen begannen zu rauschen. Auch Matilda nahm ihr Bierglas und trank. Die Sommerluft strich ihr über Gesicht und Körper. Wenn ich nicht die Verbände am Leibe hätte, dachte sie, würde ich jetzt gern die Arme heben und mich strecken. Mich

verbreitern und vergrößern, bis ich in die Kastanienwipfel hinaufreiche.
»Von wem sind diese Gescheitheiten?«, fragte Doktor Schrobacher, »von Ihnen?«
»*Laß Liebe angedeihen und nicht zur Fessel werden*«, sagte Matilda.
»Danke, es reicht.« Doktor Schrobacher schob das Bierglas zur Seite und lehnte sich über den Tisch zu ihr her. »Wem immer ich die klugen Sätze zu verdanken habe, ich weiß, was Sie mir damit sagen wollen, Matilda. Wir fahren jetzt zurück in die Hütte und ich werde heute endlich Kalbsschnitzel und Kartoffelauflauf machen. Wir trinken eine Flasche Rotwein dazu, und dann legen wir uns in die Liegestühle und schlafen ein wenig im Schatten. Oder noch besser, wir gehen gleich ins Bett. Wie auch immer. Wir ruhen uns aus.«
»Ja«, sagte Matilda, »ruhen wir uns aus.«

Mit einem Schlag fiel das Laub aus allen Bäumen. Matilda sah zu und erschrak überhaupt nicht. Eher hatte sie diese seltsame Naturerscheinung erwartet. Sie watete knietief durch frische gehäufte Blätter, manchmal warf sie sich bäuchlings in besonders weich anmutende Laubberge. Die Bäume selbst ragten kahl und glänzend in einen glasblauen Himmel. Auf den ferneren Hügeln sahen sie aus wie Blumenstengel. Blumenstengel ohne Blüten, bis an den Horizont über die Hügel gestrichelt. Eine andere Endlosigkeit, dachte Matilda. Immerhin. Eine mit Bäumen. *Du mit deinen Bäumen* hatte ihr Vater gesagt und den Kopf geschüttelt. Sie hatte immer Bäume gezeichnet. Hohe Bäume, die das steinerne Haus in der Stadt hätten überragen können. Oder Bäume zwischen Gräsern. Oder eben Hügel voll kleiner gestrichelter Bäume ohne Laub. *Weil sie nicht zwischen Bäumen leben darf* versuchte Mela sie zu verteidigen. *Wer darf das schon* brummte Papi Kurt und legte einen Bildband ausgewählter Landschaftsmalerei auf ihren Tisch im Hinterzimmer des Buchladens. *Da drin sind Bäume, schöner als in Wirklichkeit* sagte er. Nein, dachte Matilda, sie waren nicht schöner als in Wirklichkeit. Bäume, wenn sie vor einem stehen, sind schöner als *die* Wirklichkeit, also können sie nicht schöner als *in* Wirklichkeit sein. Bäume muß man nicht erfinden. Auch wenn sie kahl sind wie jetzt, ein Geflecht aus Ästen. Nur werde ich ihnen jetzt ihr Laub zurückgeben. Es zurückerfinden. Ich kann das. Aber nicht gleich, wir haben Zeit. Einmal noch werfe ich mich in diesen Haufen kleiner weicher Birkenblätter, direkt neben mir. Er duftet ähnlich wie klares Wasser. Oder dort, in einen Berg Ahornlaub, der ein wenig bitter riecht. Tauche mein Gesicht darin unter. Wenn ich so liegenbliebe? Ganz darin versinken würde, die Blätter sich über mir schließen ließe wie ein sanftes Grab? – Nein, noch nicht. Schluß jetzt. Ich rapple mich hoch – so. Sieh an, wie aufrecht ich dastehen kann, auch mit diesem schweren Körper weise ich in den Himmel. Jetzt hebe ich meine Arme – erschaffe mein Bild – *Jaaa*! Halleluja, es ist gelungen! Mit einem Schwups haben alle Bäume sich wieder belaubt. Bis hin zum Horizont, bis hin zum fernsten Hügel. So lobe ich mir die Träume. Wenn sie mir untertan sind. Matilda lachte und lief im Schatten herum, über ihr rauschte das Laub. Die Verbände lösten sich von ihrem Körper und flatterten hinter ihr her wie

Fahnen. Oder Spruchbänder. Plötzlich blieb eine der weißen Mullbinden an einem Baumstamm hängen. Matilda stolperte und stürzte zu Boden, aber sie tat sich nicht weh. Eine Weile blieb sie ruhig liegen und rührte sich nicht. Eigenartigerweise lag sie auf dem Rücken. Als sie die Augen öffnete, sah sie das Ahornlaub über sich in der Sonne zittern. Es mußte bereits Nachmittag sein. Und auf dem Ast da oben saß wieder die Ringeltaube. Der Vogel neigte den Kopf und sah mit einem runden Auge zu ihr herunter.

Liege ich hier immer noch allein und warte? dachte Matilda. Es fuhr ihr plötzlich heiß durch den Körper. War am Ende alles geträumt? Fing es erst jetzt an, wirklich zu werden? Hatte sie völlig umsonst gekämpft und war keineswegs gerettet? Würde Pauline leise hinter sie treten, den Gürtel um ihren Hals legen oder sie mit ihren Haaren ersticken, war Pauline immer noch auf dem Weg, das zu zerstören, was sich ihr entzog, zu erwürgen, was ohne sie weiterleben wollte? Würde sie jemals aufhören damit? Doch nur, wenn man davonliefe und sich unsichtbar machte. Ich sollte wieder unsichtbar werden, dachte Matilda, und in einer meiner Endlosigkeiten verschwinden. Sie fühlte, daß ihr Herz unmäßig klopfte und daß sie Todesangst hatte. Was war jetzt wirklich? Hatte sie geträumt oder gelebt? Lag sie allein hier unter den Ahornbäumen, war Doktor Schrobacher noch in der Stadt? Näherte sich Pauline bereits zwischen den Schafgarben lautlos dem Haus und würde dann ebenso lautlos hinter den Liegestuhl treten? Ich muß verschwinden, dachte Matilda, komm, beweg dich. Panik begann in ihr zu läuten, dieses schrille Geklingel, das jeden klaren Gedanken verdrängt. Sie hatte das Gefühl, gelähmt zu sein, sich nicht mehr rühren zu können. Mit ungeheurer Anstren-

gung gelang es ihr schließlich, den Kopf zur Seite zu drehen. Doktor Schrobacher lag neben ihr im Liegestuhl und schlief.
Bingo, dachte Matilda, atmete tief aus und schaute ihn an.
Er hatte die Hände über dem Bauch gefaltet und die Beine weit von sich gestreckt. Aus den Cordhosen ragten seine nackten Füße. Der Kopf war ihm zur Seite gesunken, mit friedvollem Gesicht lehnte er am Holzrahmen des Liegestuhls und atmete durch den halbgeöffneten Mund regelmäßig aus und ein. Der Baumschatten warf vereinzelte, sanft bewegte Sonnenflecken über ihn. Er ruht sich wirklich aus, dachte Matilda.
Ihr Herz klopfte immer noch ein wenig zu schnell. Vorsichtig richtete sie sich auf und versuchte geräuschlos den Liegestuhl zu verlassen. Es gelang ihr, ohne daß ihre Wunden sonderlich geschmerzt hätten, und mit leisen Schritten ging sie zum Haus. Wie tags davor leuchtete es in der Nachmittagssonne, und als sie an der Hauswand entlang zur Toilette ging, drang die gespeicherte Hitze auf sie ein wie ein heißer Atem. Der Holunder duftete süßlich.
Matilda wusch sich Gesicht und Hände mit kaltem Wasser, die Verbände zerrten ein wenig auf der Haut, als sie sich über die Waschmuschel beugte. Sie hatte plötzlich Durst, wollte aber zum Trinken nicht den Zahnputzbecher benützen. Also ging sie mit ihren vorsichtigen Schritten wieder die grellweiße Hauswand entlang, bog um die Ecke, und kam zur offenen Eingangstür. Sie betrat den Raum, in dessen Schatten die schrägen Sonnenbahnen einfielen. Fliegen summten, flogen durch die geöffneten Fenster aus und ein. Das Bett sah noch so aus, wie sie beide es am Morgen verlassen hatten, weiß und

ungeordnet. Die rote Überdecke war mitsamt dem blutigen Laken aus dem Zimmer verschwunden. Auf dem Tisch standen die Reste der mittäglichen Mahlzeit.
Matilda ging zur Küchennische, nahm ein frisches Glas aus dem Bord, ließ das Wasser laufen, bis es kalt war, füllte das Glas und trank. Dann stellte sie das Glas in das Abwaschbecken zurück. Ich sollte Doktor Schrobacher ein wenig zur Hand gehen, dachte Matilda. Vielleicht Geschirr waschen. Könnte ich es schaffen, ohne daß auch seine Hütte sich hinter meinem Rücken weiß verschleiern würde, wie von Spinnennetzen durchzogen? Wäre einen Versuch wert.
Als Matilda sich umwandte, um wieder hinaus und zu den Liegestühlen zurückzugehen, sah sie plötzlich die Treppe neben sich. Sie hatte sie zwar immer schon gesehen, aber plötzlich befand sie sich dicht neben ihr und sie blickte hinauf. Von oben fiel Lichtschein herab und die Holzstufen glänzten unter dem Staub. Die Treppe war ziemlich eng und steil und besaß kein Geländer. Matilda mußte sich an der Seitenwand abstützen, als sie hinaufstieg. Ich muß aufpassen, dachte sie, ich darf nicht ausgleiten. Es gab keine Tür, sie konnte den Dachboden bereits von den Stufen aus einsehen. Der Raum wirkte größer, als man es bei diesem kleinen Haus angenommen hätte. Der Fußboden bestand auch hier aus Holzbohlen. Die Dachschräge hatte man zwischen den Balken weiß getüncht. Im Giebel selbst befand sich ein Fenster, davor stand ein recht großer Tisch und ein Korbsessel. Das Fenster war geschlossen, und es war stickig hier oben.
Als Matilda vorsichtig balancierend die letzten Stufen überwunden hatte, ging sie zum Fenster. Der Boden knarrte unter ihren Schritten und Staub schwirrte in der

Sonne. Aber als sie die sperrigen Fensterflügel geöffnet hatte, drang sofort die warme, wehende Nachmittagsluft herein. Der Blick von hier oben fiel direkt in die Baumwipfel, teilweise sah man über sie hinweg. Doktor Schrobacher in seinem Liegestuhl schimmerte zwischen den Blättern herauf. Er schläft noch, dachte Matilda.
Sie wandte sich in den Dachbodenraum zurück und betrachtete den Tisch, der direkt vor ihr stand. Auch er war von Staub bedeckt. Nach einer Weile ging sie langsam um den Tisch herum und setzte sich in den Korbsessel. Jetzt hatte sie das geöffnete Fenster, Bäume und Himmel vor sich. Und die rechteckige Tischplatte. Ein zusammengerolltes Kabel und eine Schachtel, in der sich früher Tintenpatronen BCI–10 Black befunden hatten, zeugten noch von der ehemaligen Anwesenheit eines Computers. Es gab eine Tischlampe mit gläsernem Schirm, einen tulpengemusterten Tontopf, in dem Stifte aller Art steckten, und einen dicken Stoß Papier, wohl en gros eingekauft. In einer flachen weißen Schüssel befand sich ein Durcheinander von Radiergummis, Bleistiftspitzern, bunten Ölkreiden, eine kleine verbogene Schere, ein Kleberoller, eine Schachtel Zündhölzer, eine Blech-Taschenuhr, die nicht ging, und einige große Büroklammern. Matilda hatte die Hände in den Schoß gelegt und ließ ihre Augen so aufmerksam wandern, als dürfe sie nichts übersehen. Erst ganz zuletzt beugte sie sich über die halbbeschriebene Seite, die direkt vor ihr, in der Mitte der Tischplatte lag. Sie lag schräg, als hätte die Schreiberin sie beim Aufstehen von sich geschoben. Ein schwarzer Filzstift war auf dem Blatt liegengeblieben.
Matilda schob den Stift mit ihrem Zeigefinger vorsichtig zur Seite. Was sie vor sich sah, war Paulines Handschrift, so wie sie sie von den Briefen her kannte, aber weniger

wild, die Buchstaben kleiner gehalten. Nur wenige Sätze standen auf dem Blatt Papier, und Pauline hatte sie untereinander gereiht, als handle es sich um eine Liste.

Wenn ich die Nerven verliere, ist es berechtigt
So vieles ist unerträglich
Der Gedanke an den Tod vor allem
Diese Angst
Und der ewige Verlust
Nichts gehört einem
Ist es ein Wunder
daß man einander das Herz aus dem Leibe reißen muß
Um sich etwas zu eigen zu machen
muß man darum kämpfen
Ich gebe nicht mehr nach
Ich will
DAS LEBEN AN MICH REISSEN
wir werden ja sehen, was
Ach Scheiße, nichts wie weg von hier
Ein idiotisches Kämmerchen und idiotische Notizen
stopfen im Köpfchen die vielen leeren Ritzen
(letztes ländliches Gedicht)
der Pauline Gross, wer es findet, sei gesegnet oder vom Blitz erschlagen

Darunter hatte sie eine Zeile durchgestrichen und unleserlich gemacht, und über den so entstandenen schwarzen Querbalken eine dicke schwarze Wellenlinie gezogen, die nur bis zur Mitte der Zeile führte. Da mußte sie aufgesprungen sein, das Blatt von sich gestoßen und den Filzstift hingeworfen haben. Ist Doktor Schrobacher nie heraufgestiegen und hat das gelesen? fragte sich Matilda. Oder er tat es und ließ alles unberührt liegen, wie Pau-

line es verlassen hatte. Wie man bei geliebten Toten zu tun pflegt.
Die Sonne stand bereits tief hinter den Bäumen und einige Schwalben durchkreuzten das Fenster. Matilda hatte den Blick vom Tisch gehoben und schaute hinaus. Sie sah über die vom späten Licht durchgoldeten Ahornblätter hinweg und erblickte dahinter, sehr fern, die Ausläufer der Ebene. Die Linie des Horizontes bog sich zart und fliederfarben, verschwamm unterhalb des durchsichtig scheinenden Himmels. Ein feiner Abbruch, dachte Matilda, keiner kann mir weismachen, daß es so nicht ist. Das Schiff der Welt fährt unaufhörlich ins Nichts. Jeder Horizont ist gleichzeitig Bug, eine scharfe Begrenzung also, die ans Unendliche prallt und es zugleich zerteilt. Immer wieder sehe ich es so, Doktor Schrobacher kann darüber lächeln, soviel er will.
Matilda senkte den Blick wieder auf das Blatt Papier vor sich. Dann griff sie zögernd nach dem Filzstift und versuchte Paulines schwarze Wellenlinie fortzusetzen, sie bis zum Ende des Querbalkens zu führen. Der Stift war jedoch ausgetrockenet und schrieb nicht mehr. Klar, dachte Matilda, er war nicht zugeschraubt, wer weiß, wie lange er hier schon liegt. Warum auch möchte ich partout diese Linie vollenden, ich sollte hier weiterhin alles so liegenlassen, wie es daliegt. Trotzdem zog sie den Tontopf zu sich her und suchte zwischen den Stiften nach einem, der noch funktionieren könnte. Da, ein schwarzer, ordentlich zugeschraubter Filzschreiber. Sie nahm ihn zur Hand, öffnete den Verschluß, setzte bei Paulines Wellenlinie an und führte sie zu Ende. Ihr war, als hätte sie einer Ranke, die Halt sucht, den Weg gewiesen, und auf diese Weise etwas vollendet. Etwas, das nach Beendigung schrie. Matilda schraubte den Stift wieder zu und

wollte ihn in den tulpengemusterten Topf zurückstecken. Aber dann behielt sie ihn doch in der Hand. Ein seltsames Gefühl, dachte sie, ich habe lange nichts mehr dergleichen zwischen den Fingern gehabt, keine Feder, keinen Zeichenstift. Seit wann wohl. Seit langem habe ich aufgehört zu lesen und keine Silbe mehr niedergeschrieben. Sogar zum Einkaufen weigere ich mich, mir auf einem Zettel Notizen zu machen und vergesse deshalb immer wieder die Hälfte.
Matilda schob Paulines Aufzeichnung vorsichtig zur Seite, ihr war, als täte sie etwas Verbotenes. Egal, dachte sie, Verbote zählen nicht mehr. Auch nicht die eigenen. Sie nahm das oberste Blatt vom Papierstoß, legte es statt dessen vor sich auf die Tischplatte und betrachtete es. Ihr schien, das leere Blatt Papier sähe auch sie unverwandt von unten her an. Es ähnelt mir, dachte Matilda, meiner Gedankenlosigkeit, ehe die Erfindungen einbrechen. Es ähnelt der Leere in meinen Träumen und der Leere des Lebens, wenn es nur aus Wirklichkeit besteht. Ein leeres Blatt Papier ist Leere schlechthin, ein Wunder also, von dem ich nicht mehr wußte.
»Matilda?« rief Doktor Schrobacher.
Sie stand auf, trat zum Fenster und sah ihn unter den Bäumen stehen. Er hob beide Arme und streckte seinen Körper, schien gerade aus dem Nachmittagsschlaf erwacht zu sein und nach ihr Ausschau zu halten.
»Hier oben bin ich. Am Dachboden.«
Er trat unter den Bäumen hervor und sah zu ihr hinauf.
»Aha«, sagte er.
»Ja. Aha.«
Sie blickten einander an.
»Ich mache uns jetzt Kaffee«, sagte Doktor Schrobacher.
»Wau«, sagte Matilda, »ich komme dann.«

Er verschwand Richtung Haustür, und Matilda verließ das Fenster. Sie ging langsam um den Tisch herum und setzte sich wieder in den Korbsessel. Ohne zu zögern nahm sie den Filzstift zur Hand und schraubte ihn auf. Sie hörte, wie unten Wasser aufgedreht und dröhnend in die Emailkanne gefüllt wurde. Dann begann sie zu schreiben.

Daß die Erde eine Kugel ist, wußte Matilda natürlich. Man hatte es ihr gesagt, sobald sie alt genug war, für solche Tatsachen aufnahmefähig zu sein. Sie kam auch gar nicht auf die Idee, es zu bestreiten. Aber jede flache Wiese, jede Ebene, alles, was einem fernen und gradlinigen Horizont zustrebte, endete für sie als Absturz. Sie meinte diesen Knick, diesen Bruch vor sich zu sehen, so deutlich, als hätte sie ihn schon einmal vor Augen gehabt. Ja, sie sah Tiefe vor sich, die gleichzeitig Höhe und Weite war.